마음에서 마음으로, 입에서 입으로 전해오는

한국인의 風流

편집부 엮음

太乙出版社

마음에서 마음으로, 입에서 입으로 전해오는

한국인의 風流

편집부 엮음

太乙出版社

머 리 말

옛부터 사랑방에 둘러앉으면 재미있는 이야기가 많았다. 사랑방하면 대청마루나 안방과는 차이가 있는 곳으로, 주로 손님을 대접하거나 밤이면 머슴들이 모여앉아 새끼를 꼬면서 한담을 주고받던 정담어린 장소이다.

그런 까닭에 이곳에 모이는 사람들은 무슨 격식을 따지지 않고, 또한 어떤 예의범절을 떠나서 저마다의 소견이나 줏어들은 이야기들을 재미있게 털어놓곤 하였다. 그래서 사랑방에서 흘러나오는 이야기는 그 짜임새부터가 일반 소설이나 문학 작품과는 거리가 멀다. 저마다 흥미 위주로 이야기를 진행해 나가기 때문에 때로는 앞뒤가 어수선할 때도 있다. 그러나 흥미 하나만은 뛰어나다.

또 한가지, 사랑방에 모여앉아 새끼를 꼬거나 마작을 하면서 부담없이 진행하는 이야기일망정 그 내용의 대부분은 그 고장에서 일어나는 사실이나 일화일 경우가 많다. 때로는 이야깃꾼인 본인이 직접 경험하거나 주위 사람들의 경험담을 정리하여 전달하는 경우도 있다. 그러한 관계로 듣는 사람들은 저마다 손에

땀을 쥐면서 흥미진진하게 듣게 되고, 그 이야기들은 또 다른 사랑방에서 사랑방으로 전달되어 오랜 세월 동안을 우리 민족의 가슴 속으로 흐르는 저력을 지켜왔던 것이다.

이 책은 전국 방방곡곡의 사랑방에서 흘러나오는 이야기들을 비교적 사실적인 측면에 입각하여 재정리한 것이다. 우리 민족의 혼이 깃들어 있고, 서민들의 꿈과 애환이 서려있는 이 이야기들을 통하여 오늘날의 우리들로서 한 번쯤 마음의 여유를 가지고 생각해볼 만한 시간을 만들었으면 싶다. 비단 흥미본위로만 읽어버리지 말고, 이야기의 내용이나 주인공의 행적을 통하여 우리 삶의 현주소를 음미해볼 수 있기를 바란다.

엮은이 씀.

차 례

12

차　례

처용랑의 가무

헌강왕과 용왕

헌강왕은 신라 제49대 왕이었다. 그가 재위하고 있을땐 그 성은 이 곳곳에 미쳐, 백성들은 태평한 세월을 즐길 수 있었다. 백성들의 생활은 윤택하고 재난은 자취를 감추어 나라땅 어느 곳에든 격양가가 울려 퍼지지 않는 곳이 없을 뿐더러 도둑이 없어 노적가리를 그냥 들녘에 쌓아놓았으며 결코 대문을 잠그고 자는 법이 없었다.

이렇게 백성들이 편안한 생활을 즐기게 되자 거기 편승하여 신라의 문화는 한층 더 발전을 보게 되었다.

백성들은 근심 걱정이 없으므로 매일 술마시고 춤추며 노래를 부르는 것으로 세월을 보내는 것이 일쑤였다.

헌강왕은 자신도 가무를 무척 즐기는 사람이었으므로 그는 거의 하루도 걸르는 일 없이 조신들을 거느리고 경치좋은 곳을 찾아다니며 춤과 노래를 즐기는 것이었다.

그러므로 이 시대엔 화랑도의 충용성 보다도 풍류성이 전체 국민을 현혹하였고 산해정령들 까지도 춤을 추며 향락을 즐겼다.

그래서 처용랑 같은 풍류남아도 태어났는지 모른다.

9월 9일 중량절이었다.

왕은 중신과 더불어 월상루에 올라 가을 잔치를 베풀었다. 누각에서 내려다 보는 장안의 즐비한 집들은 한결같이 금기와로 이어 번쩍번쩍 빛났고 장안은 온통 풍악소리가 넘쳐 이곳 저곳 넓은 마당에서는 남녀들이 흥겹게 가무를 즐기는 광경이 보였다.

태평세월의 한가로운 민정에 만족한 왕은 배종한 시종 민공에게 물었다.

"백성들의 살림이 풍족해서 저렇게 태평세월을 즐기니 참으로 다행하오. 듣자나 민간에서 밥을 짓는데 나무를 때지 않고 숯을 쓴다 하니 그게 사실이오?"

"폐하께서 즉위하신 이래로 성덕을 베풀은 까닭에 천지의 음행이 조화되고 풍우 또한 순조로워 해마다 풍년이 들고 외적의 침략도 없어서 백성 들의 의식이 풍요롭게 되었습니다. 따라서 민심이 순량해져 국내에 도적이 없어 졌으며 밤에도 대문을 닫지 않고 길에 천금이 떨어져 있더라도 남의 물건을 공으로 얻으려는 욕심이 없어서 그 주인이 찾을때까지 그대로 있게 되었으니 실로 요순시절이 다시왔다 하겠습니다. 고미현에서는 삼남생의 여자까지 있어서 성세의 행운을 증명하고 있습니다."

이말에 왕은 크게 기뻐하여 곧 신하들에게 잔을 권하며 군신이 혼연일체가 되어 한데 어울려 춤추며 노래를 불렀다.

위에서 다스리지 않아도 백성들 스스로가 법을 지키며 생활을 즐기고 있었기 때문에 소송사건이 전혀 일어나지 않았다. 왕은 까다로운 정치를 할 필요가 없었으므로 각처로 유람 하며 백성들과 더불어 풍악을 즐기게 되었다.

어느날인가의 일이다. 왕은 신하들을 이끌고 학성의 임해루에
행차하여 하루를 즐기고 돌아오는 길이었다. 주위의 경치가 그림
과 같이 아름다웠기에 홀딱 반해 행렬을 멈춘 왕은 그곳에서 다시
술좌석을 벌리었다.

이때 갑자기 검정 구름이 하늘을 덮어 오더니 주위가 깜깜해져
서 바로 눈앞의 길도 보이지 않게 되었다.

"비도 오지않는 천지가 암흑으로 화했으니 이게 무슨 변천이
오?"

이상스럽게 생각한 왕은 곧 일관에게 천기를 물었다.

"아무래도 용이 무슨 심술을 부리는가 봅니다. 용을 위로하는
무슨 행사라도 하여야 좋을까 하옵니다."

"그럼 용신을 위해서 절을 세워 위로하도록 하라."

이에 헌강왕은 곧 칙령을 내렸다. 그러자 금새 먹장같던 검은구
름이 걷히우고 다시 밝고 명랑한 일광이 천지를 비치었다. 그래서
왕은 그곳을 개운포라고 칭하고 새로운 항구를 만들었다.

그러자 어디선가 풍악소리가 울려 오고 바다 저편에서 오색구
름이 찬란하게 피어 올랐다. 그리고 그 꽃구름은 풍악소리와 어울
려 미풍을 타고 헌강왕이 있는 곳으로 서서히 밀려 왔다. 가까이
다가온 이들은 용왕의 일행이었다. 용왕은 그의 아들 칠형제를
거느리고 나타나 헌강왕 앞에 이르자 공손히 예를 올리었다.

"대왕의 밝으신 덕에 감복하여 외람됨을 무릅쓰고 나왔나이
다."

용왕이 헌강왕의 명덕을 높이 칭송하자 헌강왕이 대답하여

가로되,

　"용왕께서 그렇게 칭찬해 주시니 그저 황공할 따름이외다. 자,
어서 오셔서 함께 술을 드시고 가무를 즐겨 주셨으면 하오."

　이렇게 하여 헌강왕과 용왕과의 사이에 주연이 벌어졌다.

　용왕은 헌강왕에 대한 칭송의 표시로서 풍악을 잡히고 칠형제
아들과 더불어 춤을 추었다. 사파의 세상에서는 볼 수도 없는
아주 경쾌하고 수려한 춤이었다. 용궁에서만 추워지는 춤이었던
것이다.

　가무가 끝나자 용왕은 헌강왕에게 말하기를,

　"저의 자식 칠형제 중에서 제일 총명한 놈으로 폐하께 바치오니
서울로 데리고 가셔서 왕정을 보필하게 하옵소서."

　용왕은 처용랑이라는 아들을 헌강왕에게 바친 다음 용궁으로
돌아갔다. 처용랑은 용왕의 아들 중 가장 뛰어난 자였다.

　용왕에게서 처용랑을 얻은 헌강왕은 환궁하는 즉시로 영취산의
명당 자리를 잡았다.

　그리고는 개운포에서 용왕과의 약속대로 용왕을 위한 절을
세웠다.

　그절 이름이 망해사인 것이다.

　그 뿐만이 아니었다. 처용랑에게는 높은 벼슬을 주고 경치좋고
양지바른 언덕에 좋은 집까지도 지어 주었다.

　그러나 처용랑은 속세의 부귀에는 눈꼽 만큼의 뜻이 없는지라
늘 우울해했다. 별로 입궐하는 일도 없이 정원에 나와 앉아 먼
하늘가에 시선을 둔채 넋을 잃고 있기가 일쑤였다.

　그러는 처용랑의 눈에는 오직 항상 높은 하늘과 깊은 바다 속을

자유롭게 다니던 시절에 대한 향수가 아련히 깃들어 있는 듯 했다.

형제들과 어울려 놀던 산호림이며 또 수궁에서 즐겨 부르던 노래와 춤이 처용랑은 그리웠다.

비록 아버지인 용왕의 지엄하신 분부를 받들어 헌강왕을 따라온 처용랑이었지만 그는 한시도 용궁을 못잊고 있었다. 특히 처용랑은 고향 생각이 심한 날엔 식음을 전폐하고 자리에 눕는 것이었다.

시중을 드는 하인이,

"옥체를 보살피옵소서."

하고 음식 들기를 권할라치면은,

"나에게 속세의 것이라면 모두 싫다. 부귀도 재물도 맘에 없을 뿐이다. 자연과 더불어 자유롭게 사는것 보다 더한 행복이 어찌 있을 수 있겠나?"

하며 하늘과 바다에 대한 향수를 못내 잊지 못하는 그 였던 것이다.

이런 소식을 전해 들은 헌강왕은 근심이 대단했다. 용왕의 극진한 호의를 배려하여 데려온 처용랑이 고향 생각에만 젖어 있다니 근심이 아닐 수 없었다.

어느날 헌강왕은 조신들을 모아놓은 자리에서 처용랑에 관한 일을 하문하였다.

"처용랑을 서울에 머물게 하여 정사에 재미를 느끼게 하는 방법은 없을까."

그러자 한 신하가 나서서 말하기를,

"폐하께서 그런 문제로 고민하실 것이 아니라 그 처용랑이란 작자를 아주 가고싶어 하는 용궁으로 쫓아 버리는 것이 어떨까 하오."

"그건 안될 말이오. 경들은 용왕께서 특별히 배려하여 맡기신 일을 벌써 잊었단 말이오."

이때 일관이 나서서 말했다.

"한 가지 방법이 있기에 아뢰오."

하며 방법을 제출했다.

"예쁜 여인을 얻어 여인에게 정을 붙이게 하는 것이 가장 상책일가 하오."

왕은 그럴듯하게 여겨 그날로 즉시 방방곡곡에 방을 써붙였다.

나라에서 후히 상을 내릴 터이니 나라안의 모든 쳐녀들은 간택에 응하라는 것이다.

이 소문은 심심 산천에 까지 퍼져 나갔다. 여기저기서 간택에 응한 처녀들이 모여 들었다.

드디어 처용랑의 장가드는 날이 박두에 왔다.

헌강왕은 손수 신라땅에서는 가장 아름다운 여자를 골라 처용랑과 결합시켰다.

일관의 말대로 가장 아름다운 여자와 결혼한 처용랑은 참다운 사랑의 매력을 느꼈던지 그 잘생긴 얼굴에 화사한 미소를 머금었다.

"당신같이 어여쁜 여자가 있는줄은 모르고 내 용궁 생각만 하여 왔다오. 이제야 비로소 사는 보람을 느끼겠소."

"황송한 말씀이외다. 소녀는 그저 훌륭한 낭군을 모시게 되었음을 되려 외람되게 생각하는 바입니다."

둘은 이렇게 속삭였다.

실로 장안 사람들까지도 이들의 미모가 마치 꽃과 나비같다 해서 늘 부러운 듯 화제에 올리곤 하는 것이었다. 그건 조금도 과장됨이 없는 표현이었다.

장안의 모든 사람들은 물론 귀신들 까지도 처용랑의 아내에 매혹되어 그녀를 탐낼 정도였던 것이다.

그런데——.

모든 악신 가운데 엉큼한 마음을 가진 고약한 신이 있었다.

그는 백성들에게 병마를 주는 역신일 뿐 아니라 호색가 여서 예쁜 여자라면 사족을 못쓰는 것이었다.

역신은 처용랑의 아내가 절세의 미인이라는 소문을 듣고 그녀를 남몰래 찾아가 보았다. 과연 소문에서 듣던 바와 마찬가지로 참으로 예쁘다는 사실을 알게 되었다.

역신은 수단과 방법을 가리지 않고 처용랑의 아내를 홀려내려 했다.

귀공자의 모습으로 변장하기도 하고 때로는 장군으로 변장하여 그녀를 찾아오기도 하였던 것이다.

그러나 처용랑의 아내는 허락하지 않았다. 허락하기는 커녕 냉정하고 위엄있는 목소리로 꾸짖기까지 하는 것이었다.

"일국의 장군이라면 그 체면을 생각해서라도 감히 이러지는 못할 것이오. 빨리 이 방에서 물러가지 않으면 큰 소릴 지를 테니 어서 나가시오."

역신은 그만 얼굴을 붉히며 물러서고 마는 것이었다.

어느날 밤이었다. 비장한 결심을 한 역신은 처용랑이 집에 없는 것을 알고는 처용랑의 집으로 스며 들었다. 미남자로 몸을 바꾼 역신은 요술을 부려 잠든 처용랑의 아내가 몽마에서 깨어나지 못하도록 만들었다. 그리고는 이제 됐다싶어 제 마음대로 여인을 끼고 누웠다. 오랫동안 소망해 오던 아름다운 여인을 드디어 범하고 만것이었다.

그런데 역신이 한참 처용랑의 아내를 범하고 있을 무렵, 처용랑은 궁궐에서 왕이 베푸는 연회에 참석하고 있었다.

밤이 깊어 달이 이즈러 지도록 술을 마시며 춤을 추고 노래를 부르던 처용랑은 왕을 위시하여 모든 신하들을 독특한 춤과 노래로 정신을 못차리게 하고 있었다. 더구나 그의 희멀건 얼굴과 오똑하게 솟은 콧날등 수려한 미모에 반하여 가슴을 조이는 궁녀들도 많았다. 왕후 까지도 처용랑의 잘생긴 용모에 가슴이 설레였는지 처용랑을 자기 가까이 불러 손수 술을 따라주기 까지 하였다.

이렇게 마시고 흥겹게 춤을 추며 한밤을 거의 지새운 처용랑은 문득 자기의 아내를 생각해 내었다. 자기를 둘러싸고 있는 궁녀들이 많은 틈에서 그는 불현듯 더 없이 허전해지는 감정을 느낀 것이다.

처용랑은 집에서 자기를 기다리고 있을지도 모르는 아내를 생각하게 되었다.

아내 생각을 하고보니, 한시라도 빨리 집으로 돌아가고 싶은 마음이 들었다. 허긴 밤도 퍽 깊었기에 피곤하기도 했다.

헌강왕도 놀이에 지쳤는지 자리를 뜰 기미를 보였다. 처용랑은 그런 낌새를 눈치 채기가 무섭게 왕에게 작별인사를 고하고 집으로 발걸음을 옮기었다. 용궁을 잊도록 사랑하는 아내였기에 처용랑은 늘 처의 일을 생각했다.

처용랑은 연신 춤을 춰 가면서 집을 향하였다. 집에 도착한 처용랑은 덩실덩실 춤을 추면서 방문을 열었다.

그폰 역신은 한참 처용랑의 아내를 끼고 누운채 잠에 빠져 있었다.

어느 사나이가 자기 아내를 끼고 누워 곤히 잠자고 있는 모습을 본 처용랑은 노래를 부르며 춤을 추웠다. 자기가 즉흥적으로 작사 작곡하여 부르는 노래였는데 그것이 후일에 유명한 처용가가 되었다.

　　동경 볼 리래 새도록 노니다가
　　드러 내 자리를 보니
　　다리 내히로새라
　　아으,
　　둘은 내해어리라 둘흔 뉘해어니오.

그러나 처용랑은 추하지 않았다.

자기 아내가 딴 남자와 동침을 하여 간통하는 장면을 목격하고도 처용랑은 오히려 노래를 지어 부르면서 덩실덩실 춤을 추는 것이었다.

지금까지도 신라 향가로서 국문학에서 크게 비중을 차지하고 있는 처용가는 그때 비로소 불려지기 시작했다. 여기 그 뜻을 옮겨보면 다음과 같다.

> 서라벌 밝은 달 아래 밤이 새도록 놀다가
> 집에 들어와 내 자리를 보니
> 다리가 넷이로다.
> 둘은 내 아내 것이언만 둘은 누구의 것이냐

　나는 기쁠 때만 노래와 춤을 일삼지 않고 슬프거나 노여울 때도 노래와 춤으로 그 불행한 느낌을 잊는다. 이것이 모두 나의 풍류의 공덕이니라!"

　"공의 그런 풍류가 저에겐 무서운 금부나 칼보다도 무섭습니다. 금후로는 공의 그림자나 화상만 있는 장소에도 얼씬하지 않겠으니 이번만 용서해 주십소서."

　"나는 이미 용서해 주지 않았느냐. 오직 너한테 엄명해 두는건 다시는 다른 인가에 침입해서 귀한 인명을 병역으로 괴롭히거나 저승으로 잡아가지 말도록 해라. 내가 아닌 다른 남편의 아내를 범하면 그 현장에서 네 목이 달아날 것은 물론이다."

　이런 처용랑의 훈계에 감격한 역신은 백배 사죄하고 다시는 인명을 해치지 않게 되었고 처용랑의 화상만 봐도 도망갔다고 전한다.

방아타령

가난한 백결선생

왕세자 탄생의 축하연이 벌어졌다.

명활성 내에 있는 궁중은 물론이요 서라벌에는 경축놀이가 계속되었다. 특히 왕가와 귀족들은 음식을 만판지게 차려놓고 춤과 노래를 열흘동안 벌여 왕세자의 탄생을 경축하였다.

신라 20대 자비왕은 용상에 도사리고 앉아 신하들의 배알을 받고 희희낙낙하였다. 왕세자가 탄생한지 십오일이 되던 날 상대등(높은 대신) 김인관이 비가에 들이리고 아뢰었다.

"상감……"

"상대등 무슨 말인지."

"상감…… 왕세자 탄생을 기념하여 신라 방방곡곡에서 기쁨의 노래 소리가 드높게 들리옵니다. 백성들은 상감의 성덕을 찬양하옵고 신라의 부강을 노래하고 있사옵니다. 이처럼 즐거운 경사가 또 어디 있사오리까. 하지만 우리 신라는 문화적으로 훌륭하오나 한가지 빠진 것이 있사옵니다. 그것은 마치 옥에 티와 같사옵니다."

"상대등, 신라의 서라벌 뿐 아니고 백제 고구려 까지 떨치고 있는 줄 아는데 무엇이 빠졌던 말이오?"

상대등은 또한번 이마를 조아리고 아뢰었다.

"신라에는 공예가 발달하여 건축, 불상, 회화, 검무 등에 있어서는 손색이 없사오나 음악이 부족하옵니다. 우리 신라음악을 두드러지게 창작하여 사해에 떨치도록 하옵소서."

"신라 음악? 희소곡 같은 음악이 있지 않소."

자비왕은 희소곡을 말하였다. 그러나 김인관은 또한 이마를 조아렸다.

"상감, 신라의 궁중아악을 창작하여 궁중에서 왕세자 탄생을 축하하도록 하옵소서."

하고 귀족들의 음악을 창작해야 한다고 주장했다.

"그럼 상대등의 주관하에 궁중아악을 만들도록 힘쓰오."

자비왕은 마침내 상대등 김인관에게 분부를 내리셨다.

김인관은 전국에 이러한 방을 붙여 재주있는 악공사들을 모집했으며 궁중에 들어오는 악공들에게는 상당한 대우로 보수를 준다고 선전했다. 악공모집의 방을 본 악공들은 구름떼와 같이 모여들었다.

이때 낭산 밑에 거문고를 잘타는 백결이란 사람이 있었다. 나이 오십이 되어도 혈육은 없고 헌 누더기를 걸친 아내가 있을 뿐 굶는 날이 먹는 날보다 많았다. 이를 테면 찢어지게 가난한 선비 백결이었다.

백결선생의 부인이,

"여보 나라에서 악공을 모집한다는데 당신도 나가봐요. 돈을 주고 높이 대우한디니 이침에 우리노 서지쌀을 면해야 하지 않겠소? 당신의 거문고는 따를 악공이 없을 터인즉 매일같이 들어앉아 하품이나 하지 말고 출세의 길을 찾아요."

하고 등이라도 떠밀라치면,

"치워요, 치워! 나는 출세할 재주도 없고 출세할들 무슨 소용이 있소."

하고 흩어진 머리를 흔들었다.

"아니 그럼 단 둘 살림이 이꼴인데 장차 굶어 황천에 가겠소? 이집을 봐요, 벽은 헐어지고 지붕은 비가 새고 먹을 것은 없지 이런 속에서 거문고만 타면 세월이 좋아진대요?"

"치워요 치워! 나더러 궁중에 들어가 그 썩고 썩은 무리들 속에서 아첨을 하고 살란 말이요?" 더구나 이번 악공모집은 귀족 왕가들이 즐겨 부를 궁중음악을 만드는 것이 목적이란 말이요. 나는 평생을 백성들이 함께 부르는 흥겨운 음악을 하는데 바치겠소."

일테면 궁중음악이 아닌 서민음악을 하면서 살겠다는 뜻이다. 백결부인은 기가 차고 역증이 나지 않을 수 없었다.

"맘대로 하세요. 여편네 치마자락이 다 찢어져서 잡초가 들어나도 모른다는 당신과는 평생 해로를 못하겠소."

"허어, 이젠 갈라지자니 나이먹고도 아직 철이 들지 못하고 아이들 생각밖에 못하오."

백결선생은 이럴때면 답답한 심사를 실어 거문고를 희롱하였다.

살림은 궁색하나 백결선생의 명망은 서라벌에 떨치고 있었다. 그래서 선생의 도를 배우고자 찾는 선비가 많았으나 선생은 우국

지정으로 궁중의 안일과 사치와 부패를 매타하고 민본주의를 역설했다.

한번은 상대등이 사자를 보내 궁중에 초청했지만 선생은 초야에 묻혀 살겠노라면서 굳이 이를 거절했다. 백성의 생활을 모르고 정치하는 것은 귀족이나 왕가들이 잘살기 위해 백성을 괴롭힐 뿐이라고 꾸짖어 보기도 했다.

백결선생은 화랑정신을 고취하고 국가의 부유하기를 꾀하려면 국민이 한몸 되어 무예를 닦고 희생정신을 가져야한다고 역설하기도 했다. 내한몸의 영화를 누리기 위해 백성을 머슴처럼 혹사하고 착취하는건 큰 죄악이라고 말했다.

궁중의 사치, 신하의 부패를 탄식하는 백결선생은 백성의 한사람으로서 곤궁한 생활에 허덕이는 백성을 대표하는 대변자이기도 하였다.

서라벌에서는 집집마다 설차림에 여념이 없었다. 궁중에서는 오색찬란한 장치를 하고 술과 떡과 고기등 산해진미를 모아들이기에 바쁘고 악공들은 신년 연회에 연주할 궁중아악을 창작하고 연습을 하기에 바빴다.

백결선생이 사는 낭산 밑에서도 떡방아 찧는 소리가 들렸다. 설날에 먹을 떡을 하느라고 아녀자들은 떡방앗간에 열을 지었다.

쿵 쿵 쿵……

떡방아 찧는 소리는 백결선생의 귀에도 들어왔다. 가난한 백성들은 설날에 먹을 떡을 찧고 있었다. 백결부인이 남편에게 말했다.

"마을에서는 집집이 떡을 하느라고 야단들인데 우리집은 떡쌀은 고사하고 먹을 쌀도 없으니 설날은 내일 모렌데 장차 어찌하겠소. 마을 집에서는 찰떡을 한다 인절미를 한다 송편을 한다 야단들이건만 우리집은 수수떡도 못하니 이게 사람이 사는 골몰이요? 당신두 귀가 있거든 저 떡방아 찧는 소리를 들어봐요. 아이고 내사 설날을 맞이 하기전에 복장이 터져 죽겠어요!"

백결선생은 귀를 기울이고 떡방아 소리를 듣더니 입을 떼었다.

"설날은 누구나 맞이하게 마련이구 또 떡을 먹건 못먹건 한살 더 먹게되는게 아니요. 떡을 못 먹는다 서러워말고 나이 먹는다고 서러워하오."

부인은 울화통이 터져 죽을 지경이었다.

"나이 먹는 것도 원통한데 떡도 먹지 못하고 나이를 먹자니 기가막힐 노릇이요."

하고 백결선생을 원망하며 슬피 울었다.

그러나 백결선생은 태연하게,

"떡을 못먹는 사람이 비단 우리뿐이겠소."

하고 떡방아 소리에 귀를 기울였다.

이날밤 백결선생은 거문고에 설움을 싫고 줄을 다루다가 피곤하여 잠이 들었다.

이때 문밖에서 사람 발소리가 들렸다. 백결선생은 문을 열고 눈이 쌓인 뜰을 내다보면서,

"누구냐?"

하고 물었다. 마루 앞에 서있던 자는

"도둑이 올시다."

라고 대답했다.

"무얼 도둑질 하자고 왔더냐?"

"쌀이나 가져갈까 하구……모레가 설날인데 떡쌀이 없어 떡을 못하고 있소. 마누라의 구박을 받다가 도둑질 나왔습죠."

"허허……너두 떡방아를 못찧느냐? 자 들어와서 쌀이 있거든 가지고 가거라."

하고 방을 개방했다.

"죄송하옵니다. 용서하십시요."

도둑은 방안을 살펴 보았으나 쌀가마는 없었다. 잘못 들어왔다 생각한 도둑은,

"댁에서도 떡방아를 찧지 못합니까?"

다른데 가서 쌀을 도둑질하게되면 떡쌀을 보태들이겠다고 하며 나가는 도둑을 불러세웠다.

"이놈아 떡을 못하면 못했지 도둑질 해 지은 떡을 먹고 속이 편하겠느냐? 사람은 다 제 분복대로 살아가는 거야. 떡쌀이 없다고 도둑질 나선다면 서라벌은 도둑천지가 되고 말것이다. 아무리 가난해도 사람은 도둑심사를 버리고 부지런히 일해야 지."

"선생님 잘 알겠습니다. 기실은 마누라의 성화에 못이겨 나서기 는 했습니다만…… 부끄럽습니다."

도둑은 사과하고 돌아갔다. 오밤중인데도 방앗간에서는 떡방아 소리가 쉬지 않았다. 방아소리를 들으면서 백결 선생은 잠이 들었 다.

다음날 아침에도 방앗간에서는 떡방아 찧는 소리가 들렸다. 내일은 새해 설날이다. 떡방아 소리는 쉬지 않고 들렸다.

쿵 쿵 쿵……

백결선생은 그 소리에 맞춰서 거문고의 줄을 골랐다. 그러나 방아 찧는 소리를 나타내기란 어려웠다. 거문고를 빗겨 놓고 일어섰다. 방문을 나서 방앗간을 찾아갔다. 마을 부녀자들이 모여서 방아를 찧고 있었다. 그들이 발을 밟을 때마다 방아찧는 공이 올라갔다. 발을 떼면 방아공이 내려쳐 진다.

방아 찧는 모양을 한참동안 바라보던 백결선생은 다시 집에 돌아왔다.

쿵 쿵 쿵 쿵당 쿵당

한참을 골라도 방아찧는 흥과 설날의 기분이 잘 나타나지 않았다. 백결선생은 거문고를 타다가 손을 떼고 한숨을 쉬었다.

"잘 나타나지 않아…… 실감이 나지 않는건 보기만 하고 체험을 못한 까닭일까."

백결은 다시 방앗간을 찾아왔다.

"그 방아를 나두 좀 찧을까."

하고 부녀자에게 말했다. 그부녀자는,

"남정네가 어찌 방아를 찧어요. 호 호 호…"

입을 싸 쥐고 웃었다.

"어디 한번 찧어 봅시다."

"어이고 망칙해라. 오십이 넘은 분이 망령이 들었나봐."

여러 아녀자들은 까르르 웃었다.

"한번 찧어 봅시다."

백결선생은 간청했다. 방아를 찧던 여자가 물러서며,

"정녕 소원이라면 찧으세요. 한말만 찧으시면 설날 자실 떡을 드리죠."

하였다. 백결선생은 떡은 소용이 없고 떡보다 중한 창작이 목적인 것이다. 그래서 한말을 찧었다.

쿵 쿵 쿵

한말을 다 찧은 백결은 집에 돌아와서 거문고를 뜯었다. 밤중까지 거문고 줄을 고르면서 가사를 지었다. 가사에 맞춰 줄을 고르기도 하였다.

어유아 방아요

이 방아가 뉘 방안가

서라벌 조작방아

어유아 방아요

이 방아가 뉘 방안가

강태공이 조작방아

어유아 방아요

"됐다 됐어 방아타령 됐다."

백결선생은 거문고를 밀어놓고 춤을 추었다.

부인은 백결선생이 부르는 노래와 춤을 바라보다가 저도 흥이 나서 방아타령에 맞춰 춤을 춘다. 백결선생의 부처가 끌어안고 노래하고 춤을 추자 방앗간에 모였던 마을 여자들도 우우 몰려와서 구경을 했다.

어유아 방아요

이 방아가 뉘 방안가

　　서라벌 조작방아

　　어유아 방아요

마침내 구경꾼들도 합세하고 춤을 추었다. 신묘한 가락 방아찧는 율동미, 체험을 예술화한 방아타령─ 이때 백결선생이 탄 곡이 일천 오백년 흘러내리면서 구전으로 널리 알려진 오늘의 방아타령이다.

　오늘날 부르는 남도 방아타령과 서도 방아타령의 기원은 신라의 방아타령이 그 기원이며 구전되어 오다가 정착된 것이다. 그리하여 신라의 문화는 백제 고구려까지 전파되고 후세 우리 민족의 얼이 되었던 것이다.

　　노었다 좋다

　　춘추절이 적막이오

　　개사추의 넋이로다

　　먼산에 봄이 드니

　　불탄 풀이 속잎난다

　　에헤 어헤요

　　에헤 어헤요

　　에헤 우여라 방아로구나

이 방아타령의 근본도 백결선생이 창작한 방아타령의 변화된 형태라 하겠다.

농군재상

농부가

> 어여픈 상사뒤요
> 천리건곤 태평시의
> 도덕높은 우리성군
> 강구연월 동요듯던
> 요임군 성덕이라
> 어여로 상사뒤요

추수때가 되면 여기 저기서 농부가가 흥겨웁게 들리는가 하면 "어디여! 어디여!" 하고 소를 모는 소리가 맑게 하늘에 번져간다.

정묘조 때 일이다.

장단대신 이종성은 벼슬 높고 나이 많아지자 고향 장단으로 내려가 아들 손자들과 농사를 지으며 말년을 보내게 되었었다.

그런데 마침 그 이웃에 박가 성 쓰는 농부 한사람이 살고 있었는데 이 농부 어찌된 셈인지 나랏님 이상으로 이대감의 덕망을 흠모하고 있어놔서 이 하늘아래 이대감님 같은 어른은 없다,—고 여기고 농삿일에도 이골이 난 처지였건만 이대감의 본을 받아 대감이 밭을 갈면 자기도 본따서 밭을 갈았고 대감이 논을 갈면 자기도 논을 갈곤하여 매사를 꼭 대감이 하는대로만 몇해를 두고 하였다.

어쨌던간에 박가 성 쓰는 농부는 이렇게 해서 다른 때완 달리 많은 수확을 얻어 한뼘 만큼의 논은 이제 제법 그전의 두배정도로 불어나게 끔 되었다.

그런 어느 해의 일이다.

대감은 갑자기 무슨 생각이 나서인지 농토를 모두 남에게 쓰도록 흩어서 빌려주고는 도통 농사질 생각을 하지 않는 것이다.

"아니 어째서 농사를 짓지 않으시고 저러실까?……."

매년과 같이 이대감을 따라 농사 지어오던 박서방으로서는 이같은 이대감의 저의가 어디에 있는지 알 수 없어 걱정이 태산같았다.

대감을 따라 농사를 안짓자니 내년에는 필경 굶어죽을 테고 그렇다고 멋대로 농사를 짓자니 그 또한 성패 여부를 알 수 없어 은연 중 고민에 싸이게 되었다.

그런데 때는 벌써 한식을 지나 곡우가 이삼 일간이다 격하였으므로 사방에선 논두럭 가래질들을 시작하고 있지 않는가—

일이 이쯤되자 박서방은 집에 있는 누룩으로 약주 술을 빚어 걸른 다음 제일 살찐 암닭으로 안주를 만들고는 밤중에 대감을 찾아갔다.

"대감마님 취하십니까?"

박서방이 사랑방 문턱에서 고즈넉이 부르자 팔순이 넘은 이대

감은 이리 뒤척 저리 뒤척하며 잠을 못이루고 있다가,

"거 누구시요?"

하고 문을 열고 밖을 내다 봤다.

"아니 옆집 박서방이구만. 이 밤중에 어쩐 일이냐?"

나이 들어 잠 못이루던 대감은 박서방이 찾아온 것을 반가워하는 듯 했다.

농부는 보따리에 싼 것을 툇마루에 올려 놓으면서,

"소인 집에서 마침 제 애비 제사를 지냈는데 술 빚은 게 좀 있어서 대감마님 뵈 드리려고 가져 왔습니다."

했다.

"뭐 술? 나는 네 애비 제산것도 몰랐구나. 기왕 가져왔으니 너 이 방으로 가지고 들어 오너라!"

대감은 한층 반가운 기색을 나타내며 박서방에게 자릴 비워 주기 위해 몸을 비키자 박서방은 한껏 송구스러워 했다.

"아이구 대감마님 망녕의 말씀도 다 하십니다. 어디라고 감히 대감마님 계신 곳에 소인같은 게 들어갈 수 있습니까?"

박서방은 더욱 어쩔 줄 몰라한다.

"원 별말을 다 하는구나. 내가 들어 오라면 들어 오너라 어서!"

대감이 자꾸 권하자 박서방은 마지 못해 방으로 들어가선 들고 간 술과 안주를 꺼내 이대감에게 권했다.

이대감은 취흥좋게 받아 마신 뒤 그 잔에 손수 술을 따뤄 박서방에게 권하기도 하며 어려워 하는 가운데 술잔이 오고 가다 보니 그럭 저럭 술 한되에 닭 한마리가 없어지고 말았다.

집에서 담근 밀주에다 정성들여 걸른 술이다 보니 늙은 대감은
아는 새 모르는 새 주기가 만면해지며 취기가 도도해 가는데 언뜻
보니 농부 박서방의 태도가 아무래도 미심쩍어 보였다.

'이놈이 필시 무슨 할 말이 있나보다'했으나 짐짓 아는척 할
처지도 못됐다.

농삿 일을 여쭈어 보긴 해야겠는데 차마 어려워 입을 떼지 못하
는 박서방을 보자 대감이 먼저 눈치를 챈 것이다.

"너 나에게 무슨 할 말이라도 있느냐?"

"……."

"왜 말을 못하냐? 할말 있거든 어려워말고 해 보아라!"

"저……여쭐 말씀이 있습니다만 참아 황송해서 못 여쭙겠습니
다."

"무슨 말이 그리 어려우냐? 어서 해라 나도 자야겠다."

"……실은 다른 것이 아니 올시다. 대감마님께서 몇해 전에
서울서 내려 오셔서 농사를 짓기 시작하시지 않으셨습니까."

"그랬지! 그래서?"

"소인의 무식한 소견에는 평소 대감마님을 하늘같이 믿어서
대감마님이 농사를 시작하시는 대로만 따라 농사를 지었습니
다."

"허허허 알다가 모를 일이군. 그래서?"

"대감마님께서 밭을 가시면 소인도 따라 갈았고 씨를 뿌리면
소인도 곡식을 심어 이제까지 농사를 실수없이 지어 제법 잘
지낼 수 있었는데 금년 들어서는 대감마님께서 농토를 모두
남에게 빌려주시고 농사를 짓지 않으시니 소인의 생각에는

대감마님께서 필연 무슨 곡절이 있으시려니 하는 생각이 들어
도저히 농사를 짓지 못하고 있다가 오늘저녁은 특별히 여쭈어
보러 온 겁니다."

박서방은 겨우 용기를 얻어 지나간 일과 그간의 궁금증을 털어
놓았다.

그런데,

"예끼 이사람아! 참 무식한 쌍놈의 소견이로다. 그까짓걸 뭐
물어 볼 것이 있나 내가 짓기 싫어서 안짓는 것인데 그걸 일부
러 물으러 오다니……그게 그처럼 묻기 힘들어?"

이 대감은 박서방의 말을 일축 하는 것이다.

허긴 자기 짓기 싫어 안 짓는다는데 할 말이 있을 리 없다.

그렇다고 박서방마저 안 지을 수도 없는 노릇이다. 그러나 박서
방은 필경 무슨 뜻이 있기 때문에 그러려니 하는 생각을 털어버릴
수 없어,

"아니올시다. 대감마님께선 필연 앞일을 내다 보시고 안지으시
는 듯 하니 우매한 소인을 가르쳐 주십시요."

했다. 그러나 대감은 여전히,

"내가 어떻게 앞일을 짐작하겠느냐? 농삿일은 나보다 너희들이
더 잘 알텐데 내가 오히려 배워야 할 걸."

하고 딴전만 부리는 것이었다.

대감이 모른다고 버티면 버틸수록 박서방은 더욱 의심스러움이
앞서,

'대감께서 알고 계시면서 어째 모른다고만 하실까?'

'금년 농사를 안지으면 영낙없이 굶어 죽을 수 밖에……'

진정 박서방에게는 마누라하며 자식들과 함께 굶어 죽는 광경
이 눈 앞에 보이는 듯 하건만 대감의 얼굴은 취기만 도도할 뿐
내 아랑곳 없다는 표정이다. 대감의 표정을 바라보던 박서방은
'에라 모르겠다. 대감께서 그렇다면 나도 오기가 있다구……어디
얼마나 견디나 두고 봅시다.'
하는 식으로 한옆에 쪼그리고 앉아 돌아갈 생각을 않았다.
하자 대감은,

"어허 그 사람 고집 한번 세구먼! 내 그럼 대충 알려줄테니
귀를 좀 빌리자구!"

하면서 단 둘 뿐인 처지면서도 사뭇 비밀이나 되듯 박서방에게
소근거렸다.

그리고 무슨 말을 들었는지 박서방은 그제야 입이 함지박만큼
벌어지면서 알았다는 듯,

"잘 알아 모셨습니다.… 그런데 그날 틀림없이 올까요?"

하고 의아스러워하자 대감은 "쉬"하며 입을 닥치라는 시늉을
했다.

"네가 만일 함부로 그런 말을 꺼냈다가는 천기를 누설하는 것이
라 천벌을 면치 못하리라……그날 틀림없이 올테니 네 자식한
테도 말하지 말라!"

"네 대감마님께서 특별히 말씀하시는데 소인이 감히 어찌 발설
하겠습니까."

하며 주섬 주섬 자릴 일어섰다.

그 다음 날부터 박서방은 논두렁 높은 논만 얻으러 돌아다녔
다.

그리고 예년보다 농사를 더 많이 지었다.

이 해는 다른 해보다 비가 적절하게 와서 못자리도 때 넘기지 않아 풍년을 예상하게 되었다.

칠월이 되자 네 논 내 논 할 것 없이 벼가 길길이 자라 이삭이 쑥쑥 치밀어 오르니 사람들은 논자리 마다 수문을 죄다 열어서 물을 뽑아내기 시작했는데 박서방은 초열흘이 지나면서 부터 어쩐일인지 다른 사람이 뽑아 낸 논물을 죄다 자기 논에 잡아 넣어 둑의 높이만치 벼이삭만 남기고 찰랑 찰랑하도록 하였다.

"아니 이 사람 정신 좀 어떻게 된것 아니여? 아 지금 때가 어느 때라고 논물 뺄 생각은 않고 물을 채워 벼를 못쓰게 하려고 하는거여?"

하고 다른 농부가 주의를 줄라치면,

"아니여 며칠만 이렇게 둬야겠어. 우리 벼는 물이 적어 대가 약하구먼!"

하고 딴소릴 하였다.

아뭏든 사람들은 이런 박서방의 바보짓을 보고,

"허허 저 미친 사람때문에 아까운 벼 다 버리는군!"

하고 아까워 했다.

그러나 정작 장본인인 박서방은 태평한 얼굴로 태연한 나날을 보냈다.

그달 보름, 박서방은 새벽녘에 자릴 빠져나와 마당에 있는 나무에서 잎사귀를 한잎 따 달빛에 비춰보았다. 그런데 어찌된 일인지 한여름 삼복에 된서리가 내려 있었다.

'아하 대감께선 정녕 신인이시여.'

박서방은 그저 아연하기만 했다.

대감은 이미 몇개월전 부터 오늘 밤 서리가 내릴 것을 내다보고 계셨던 것이다.

박서방은 그날,

"네가 그처럼 자꾸 캐 물으니 대강 일러준다. 오는 칠월 보름날 밤에 서리가 내려 초목들이 다 죽게될 모양이라 농사는 지어 뭘 하겠느냐……방법은 단지 이러 이러하느니──"

하시던 대감의 얼굴이 새삼 우러러 보였다.

박서방은 그로 부터 날이 샐 때까지 눈한번 부쳐보지 못하고 꼬박 뜬 눈으로 지샜다.

그리고 날이 밝자마자 들로 나가보았다. 그렇게 잘 영글었던 다른 집 벼들은 하나도 남지 않고 소금으로 절인듯이 하얗게 느러져 있는데 박서방네 것만은 여전히 목까지 찬 논물에 고개만 내놓고 싱싱하게 살아있지 않은가──.

이렇게 되어 박서방네 추수는 흉작을 면해 농사를 잘 지었다는 것이다.

이종성 대감은 천지변화를 내다 볼줄 아는 그런 위인이었다고 전해져 오고 있다.

어랑 타령

팔려가는 어랑이

어랑 어랑 어허랑
어러럼마 둥둥 내 사랑이로구나
신고산이 우루루
화물차 떠나는 소리에
고무공장 큰애기
담보짐만 싸누나

이 민요는 1905년 경 경원선 (서울—원산간)이 개통된 무렵에
유행한 일명 신고산타령의 일절이니, 지금부터 약 육십년전 민족
의 슬픔을 민요조로 구성지게 부른 것이다.

그 시절에 함경도 안변 앞바다에 있는 한 어촌에는 어랑이란
처녀가 있었다.

아버지 (뱃사공)는 바다에서 풍랑을 만나 죽고, 홀 어머니와
같이 사는 가난한 집 딸이었다.

어랑의 아버지는 죽기전에 강선주의 배를 빌려 명태, 고등어,
칼치, 가재미 등을 잡아 겨우 연명을 하였으나 죽은 뒤에 남은

건 초가집 뿐이고, 강선주의 빚이 있었는데 그것도 고리변 이잣돈
이었다.

어랑이 사는 어촌은 거반 어부들이며 가난뱅이였지만 강선주네
만은 고래등 같은 기와집을 쓰고 살았고 이 어촌에서 유일한 선주
(배주인)였다.

어느날 강선주는 어랑이네 초가집을 찾아와서 어랑을 찾았다.
동네에서 첫째 가는 미인인 어랑이 늙은 강선주의 마음을 선동했
는지도 모르는 일이다.

"에헴, 어랑아 어랑이 있느냐?"

어랑이 어머니 박씨가 나와서,

"앙이, 강선주님 오셨음매 들어오십새"

"나는 어랑이를 찾아 왔는데 할망이가 나와서 무슨 소리야.
어랑이를 보자구 왔다이"

"어랑이는 바다에 나가구 없지비. 무시기 어랑이만 찾지비"

"그……돈을 받자고……빚을 갚아 줘야 앙이하오. 할망이는
돈을 갚재두 뼉다귀 밖에 없잰소."

"빚이야 우리 쥔이 쓴돈이니 지가 물지비. 어랑이는 상관이
없쩬슴매. 앙이 무시기(왜 어째서) 어랑이 보구 내라는기오.
앙이 참 돼럽당이(이상하다)"

"아망이(할머니)는 뼉다구 밖에 가진것이 있어야지비. 그리구
내일 죽을지 모르지앙소? 어랑이는 처녀구 젊어서 빚대신 몸값
이 있잰소. 아망이는 늙어서 한푼어치도 못되구 죽으문 귀찮다
이오. 알겠음매"

어랑이 어머니는 성이 나서 닭의 다리같이 마른 손을 부들부들

떨다가,

"이봅세 강선주 어른, 옛말에두 여필종부라 하잔매. 아방이
(남편, 노인) 죽으문 그 빚은 아망이가 갚게 마련이 앙이유
내가 물겠당이"

"허허······이재두(지금) 말했지만 아망이 보다는 어랑이가 믿음
직하구, 또 아망이가 죽으문 어랑이가 갚을게 앙이오. 하여지간
에 나는 돈 받으러 왔는데 언제나 주갔오, 벌써 삼년째로 밀려
온 빚인데, 내일 준다 내달 준다하고 연기만 하지 말구, 헷바닥
(혀)은 열가닥이 나도 분명히 말하오."

"아무래두 그믐까지 봐주야 하지앙이하겠스메. 그믐이 반달밖
에 남지 아니하니"

"그럼 그믐까지는 작판(결판)을 내야지. 그믐에 가서 또 연기한
다문 어랑이를 데리구 갈터이니, 그때에 가설나문 두말을 맙
세. 알겠음"

강선주의 추궁은 심했고 더우기 어랑이를 데려간다고 했다.
어머니로서는 기가차서 입술이 부르르 떨리고 헷바닥에 침이
굴러나왔다.

"앙이, 강선주 아방이, 어랑이를 데려다가 무스거 쓰겠슴매,
데럽당이."

"마누라를 삼자는 거지. 짝 깨놓구 말하문 내마누라가 되면
호의호식을 하지 앙이 하겠오. 고래등 같은 개와집에서 머슴
종을 부리면서 주인댁이 될게 앙이오."

"아방이 무슨 말을 그렇게 하십매, 큰 마누라 작은 마누라, 둘씩
이나 두고 또 우리 어랑이를 첩으로 데려간다이 그기 무시기

말이오. 앙이 찬 숨구멍이 마킨다이. 말같이 다 자란 어랑이를 첩으루 삼는다이, 그래 말 같은 우리 간나(딸)가 시방 이 말을 듣겠으메. 앙이 듣지비. 열 두번을 죽어두 앙이 듣지비!"

"이봅세, 내 사 답답해 숨이 막힌다이. 이 가난 속에서 밥도 제대루 못먹고 굶기 보다는 내집에 와서 마누라 노릇을 하면, 너 좋고 나 좋고 또 애장이두 고생문을 빠져나게 되잰습매."

"말 같은 간나(처녀)를 첩으루 보낸 다문 내가 목을 매구 죽겠 읍매."

"하여지간에 그믐날까지 작판을 내지 앙이하문 어랑일 데려갈 터이니 명심하오."

하고 강선주는 돌아갔다. 어머니는 기둥을 잡고 먼 하늘을 바라보 며 한숨을 토했다.

바다 쪽에서 풍랑이 울려오고, 뱃사공의 노래가 들려왔다.

어머니는 또한번 뇌까렸다.

"말 같은 간나를 데려간다고? 앙이 되겠음"

어랑이 바다에서 돌아오고 뒤따라 돌쇠가 들어온다. 돌쇠는 뱃사공이며 어랑이네 이웃에 사는 총각이었다.

"어망이"

"오 어랑이냐 어디루 갔다 오느냐?"

어머니가 물었다. 돌쇠가 다가서며,

"어망이, 어랑이는 바닷가에서 나를 기다리고 있었당이"

"음, 돌쇠를 기다렸어, 돌쇠는 고기 많이 잡았니?"

"얼마 잡지 못했쇠다. 바람이 불고 풍랑이 심해 잡다가 돌아오 잰소."

"어랑아, 이재(지금) 강선주 어른이 다녀갔다. 너를 찾아왔구
나."

하고 강선주와의 수작을 다 털어 놓았다.

"그믐날 까지 물지 못하면 글쎄 너를 데려다 첩을 삼는다고
하는구나. 어이구, 가난이 원수로다. 말 같은 간나를 첩으루
주다니."

"어망이 걱정 마오. 지가 그 빚을 갚아 주겠쑤우다."

딱한 사정을 들은 돌쇠가 말했다.

"네가, 어찌 갚겠다고 너의 집두 솥밭에 남은게 없잰니."

"지가 바다에 나가, 먼 바다에 가서 명태 한배만 잡아 팔아서
빚을 물테니 걱정마시오."

"무시기라고, 니가 무시래 우리빚을 안겠느냐? 너의 집두 딱한
데."

"어망이, 지는 어랑이를 사랑합매다. 어랑이를 구하기 위해
명태잡이를 나간다는 겁매다. 지는 어랑이를 참 죽도록 사랑합
매다."

"그건 아두 안다카이 하지만 미안 하잰니?"

어머니는 눈물이 나오도록 감격했고 어랑이는 고개를 떨구고
가슴 속으로 감사한 뜻을 표했다.

이튿날 지나서 돌쇠는 강선주네 배를 세내가지고 명태잡이를
나갔다. 떠나기 전에 어랑이를 잡고,

"어랑아 이번에 나가문 바다에서 한배 잡아 가지고 원산에 나가
팔 모양이니 강선주의 말듣지 말고 나만 기다려라."

"돌쇠야 나두 믿고 오늘까지 여기서 산게 이니니. 넝태를 마아

이 잡아라."

돌쇠는 다시 어랑이 두팔을 잡고,

"이번에 성공을 하문 결혼하자. 강선주의 빚을 물고 너는 우리 집에 와서 사는거다. 알겠지. 너의 어망이두 내가 모실테야."

"고맙다! 나는 네가 무사히 돌아오기만 빌겠다."

하고 돌쇠의 품에 얼굴을 비비고 끌어안고 정열을 발산하였다. 이윽고 돌쇠는 배에 올라 닻을 올려 바닷가를 떠나면서 손을 흔들었고 바닷가에 선 어랑이도 손을 흔들었다. 바람을 타고 팽팽히 씌인 돛은 붉은 햇살을 등지고 해상을 미끄러져 나갔다.

돌쇠가 떠난지 열흘이 지났다.

어랑은 밤마다 돌쇠의 꿈을 꾸었는데 흉몽인지 길몽인지 깨고 나면 뒤숭숭하기만 했다. 돌쇠가 배를 타고 돌아왔는데 배 안에 고기는 없고 흰 소금이 가득 쌓여 있었다. 아니 돌쇠야 소금을 싣고 오문 어찌하니? —— 하고 어랑이가 물은 즉 어랑아 고기보다 소금이 귀하구 값이 나간다. 이 소금을 팔아 빚을 물라카지. 하고 소금을 육지에 부리는데 그것은 소금이 아니고 흰 모래였다.

흰 모래를 본 어랑은 물론 돌쇠도 낙담 실직했다. 고기잡이는 아마도 허탕인 모양이라고 돌쇠와 어랑은 손을 잡고 울다가 산속으로 도망치어 숨어 살자고 하는데 난데없이 강선주가 나타나 돌쇠를 때려눕히고 어랑을 안고 도망을 쳤다.

비지땀을 흘리며 사람 살리오! 하고 고함을 지르다가 깨고 본즉 한바탕 꿈이 아닌가. 꿈자리가 사나왔다.

다음날 해변으로 나가 배를 기다렸다. 돌아오지 않는다. 그 다음 날도…… 모레는 그믐이다. 앞으로 이틀이 남았다.

"돌쇠는 죽었다오."

어부가 전하는 소리다.

"죽다니?"

어랑이 반문하자,

"풍랑을 만나 배는 산산 조각이 나고 돌쇠와 어부들은 죽었다
오."

"아아!"

어랑은 쓰러졌다. 하늘이 무너지는 것 같았다.

"돌쇠가 죽었다면……."

만사는 허사였다. 강선주의 첩으로 들어가는 도리 밖에 없었
다.

다음날, 강선주가 찾아왔다. 어랑은 골을 싸매고 울고 있었다.

"어랑아. 어째 우니, 우지마라 그 고운 얼굴에 눈물이 묻으면
못쓴다. 어랑아, 돌쇠놈은 너를 욕심내고 나갔다가 결국 죽었다
는데 이제 너는 내 마누라가 되어 호의호식을 하며 살자구!
그런데 어찌 우니?"

강선주는 어랑의 등을 쓸면서 달랜다. 어랑은,

"실소다. 지는 실소다! 골백번 죽어두 앙이 가겠음! 손을 그지
마오."

하고 몸부림을 치며 발악하자,

"야 어랑아 그 철딱사니없는 소리좀 하지 말고 날래(어서) 일어
나 세수하고 분바르구, 비단옷 입어라. 내 이렇게 될 줄 알구,
동백기름, 이랑 박가분, 비단옷, 금가락지를 가지고 왔다. 자
보아라 헤헤헤 니가 내 사랑만 받아주문 여왕님 모시듯이 대우

를 한다이. 자 봐라, 이게 싯누런 금가락지다.”

하고 어랑이 손가락을 잡아 가락지를 끼아준다. 어랑은 고개를
흔들면서,

　　“지는 실소다. 무시기라구 하두 앙이가겠음! 차라리 돌쇠를
　　따라 바다에 풍덩 빠져 죽겠슴메! 사람이 죽으문 한번 죽지
　　열번 죽겠슴매.”

하고 손 가락에서 금가락지를 빼어 던졌다. 그가락지는 문을 치고
나가 떨어졌다.

　　강선주는 가락지를 주어서 들고 꾸짖더니 호령을 한다.

　　“야 이간나야, 너는 내 손에서 벗어나지 못한다. 봐라, 이 쪽지
　　를. 이것은 네 아버지가 표를 써준 돈문서다. 빚을 물지 못하
　　문, 어랑을 준다는 표다. 이 간나 글자를 알면 봐라, 글줄 밑에는
　　네 아버지 이름을 쓰구 도장까지 찍었다. 야 이 간나야, 니 내돈
　　을 먹구 견딜 것 같니, 이 간나야 치도고니를 안길테다. 자 돈을
　　내, 돈을 내, 돈 돈 돈……”

　　강선주의 눈에는 핏발이 서고 매기입을 벌일쩍 마다 불을 토하
는 것 같았다. 옆에 자던 어랑 어머니가,

　　“강선주 아바이, 너무 노하시지 말구 이틀만 더 기다려서 우리
　　간나가 마음을 고쳐 먹도록 합세. 내사 이러는 아방이 말을
　　앙이 듣겠스메. 이틀만 더 참으문 기별이 있겠읍지. 아방이 성을
　　풀고 돌아갑세.”

　　“그럼 이틀만 더 기다리겠음메 이틀 안에 빚을 물든지 내 가락
　　지를 받든지, 작정을 냅세.”

하고 강선주는 어랑을 슬쩍 곁눈질하고 나갔다.

이틀——무서운 강선주의 청을 듣느냐? 거절하고 죽느냐? 그 무서운 이틀 사이에 무슨 기적이건 있어야 할 것이다.

그러나 이렇다할 뾰족한 수가 없는 어랑이네 처지고 보니 딱하지 않을 수 없었다.

그런데 바로 그믐 전날이었다.

서울에서 일본인이 통역을 데리고 내려왔다. 하오리에 게다짝을 신은 일본인은 큰 가방을 메고 어촌 네길에 서서 일어로 시부렁댄다. 그러면 통역이 우리말로 번역해서 들려준다.

"에——이 사람은 경성(서울) 고무공장에서 여직공 모집을 나려 왔소. 여직공을 지망하는 미혼 처녀에게는 선금을 주고, 데려다 가 일을 시키고 달마다 먹여주고 재워주며 월급 줍메다. 자—— —여러분 서울 구경도 할겸 응모하시오. 기차는 신고산에서 무료 로 태워주는데 기차를 타고 경치를 보면서 서울로 가는것도 재미 있으며, 또 이런 촌구석에서 썩기보다는 여직공으로 출세 하는 것이 얼마나 뜻깊은 일입니까. 자 보시요. 이 가방 속에는 지폐가 가득차있소. 선금을 받고 공차를 타고가지 않겠소? 이런 좋은 기회는 두번 다시 오지 않습니다."

어촌 사람들은 귀를 기울이고 듣고 있었다.

가난한 어촌, 돈이 탐나는 눈들은 정말인가 의심했다. 어떤 미혼 처녀가 썩 나서더니,

"얼레뿌지(거짓말)가 앙이오?"

하고 물었다.

"오오, 거짓말인고? 우리 사람은 거짓말 할줄 몰라요. 저 사람이 멘 가방 속에는 돈이 재여 있소."

일본사람은 가방을 열고 동전과 은전을 보였다. 그러자 어랑이
가 썩 나서며,

"선금은 얼마요?"

"쉰냥이오, 그대신 오년 동안은 공장에서 나오지 못하오."

오년간 계약, 오년간 몸을 파는 것이다. 쉰냥 탐이 났다. 강선주
의 빚을 물고 깨끗이 살아야 한다. 돈의 노예는 되어도 첩살이는
죽어도 못한다.

어랑은 선금을 받아서 강선주의 빚을 갚고, 늙은 어머니에게는
다달이 월급을 타서 보내기로 했다. 이리하여 모녀는 눈물로 작별
을 하였다.

조천성의 양산가

죽음을 택한 부마의 의기

무열왕은 당산에 높이 앉아 굽어보았다. 당하에는 당당한 문무 백관이 이마를 조아리고 무열왕의 하교를 기다리고 있다. 이윽고 왕은 수염을 한손으로 쓸었다. 그 모양은 매우 침통함을 나타낸 것이다.

"흐음……."

숨을 들이 쉰 뒤에 입을 열었다.

"경들은 이 난국을 어찌하면 트고 나갈 수 있겠나 말 좀 해보 오!"

"……."

물 뿌린듯 조용했다. 왕은 말을 이었다.

"백제와 신라는 세불양립이오. 이 하늘 아래 더불어 같이 살아 갈 수 없다는 말이오."

왕은 입을 다물고 잠깐 쉬었다 다시 말했다.

"백제는 저 고구려와 동맹을 맺고 신라를 멸하려고 하고 있소. 항상 면 종 배반하는 백제. 그 백제가 대군을 몰아 신라의 변방 을 자주 침범하더니, 올 가을에는 조천성을 침공하고 우리 성주의 목을 베어 장대에 효수하고, 우리 군사 수천명을 사살하였소. 시방 조천성은 백제군이 점령하고 있으며, 다시 서라벌을 노리고 양산 길로 들어온다는 보고가 들어왔소. 이를 어찌하며 또 누가 막겠소? 이 무도한 적국을 쳐부실 장수는 누구요?"

만조 백관은 얼른 대답을 하지 못하고 있었다.

조천성 싸움에서 수천 군사를 희생시킨 쓰라린 경험, 그보다도 날쌘 장수를 세명이나 잃고 말았다.

무열왕은 또 다시 말했다.

"조천성을 차지한 백제군은 인근 마을에서 양곡과 가축을 강탈하고 무고한 양민을 살해했다는 보고가 들어왔소. 그런 금수보다 못한 적군을 응징하지 못한다면 신라의 위신이 땅에 떨어지고 또한 짐은 선대왕의 영전에 보일 낯이 없소. 그래 이런 무지막지한 백제군을 성토할 충용장군은 없겠소?"

이때 한 복판에 조아리고 있던 신하가 머리를 들었다.

아손 벼슬에 있는 김대량이다.

김대량은 무릎걸음으로 당하까지 나아갔다.

"대왕—."

하고 그는 이마를 조아렸다.

"우리 신라를 엿보고 허를 찔러 조천성을 탈취한 백제군은 하늘이 반드시 벌을 나릴 것입니다. 포악무도한 적을 징계할 장수가 없음이 아니옵고, 있으나 등용하지 못했던 것입니다. 그 장수만 쓴다면 능히 응징하고도 국위를 선양할 것입니다."

무열왕은 당상에서 얼굴을 쑥 내밀고 물었다.

"그 장수는 과연 누구요?"

"황공하오나 대왕의 부마 되시는 흠운장군이오."

"흠운?"

"김흠운은 지략이 출중하옵고, 무예에 능하오며 그의 창을 따를 장수가 없다 하옵니다. 김흠운을 낭당감으로 기용하십시요."

"흠운을……."

"백제 장수의 몸을 베고 빼앗긴 조천성을 회복할 것입니다."

김흠운은 문노 밑에서 화랑으로 있었으며, 늙은 갑찰 달복의 외아들인 동시에 무열왕의 둘째 딸 백영공주의 남편이다. 왕은 심히 괴로웠다. 백영공주와의 가례를 올린 것은 수삭 밖에 못된다.

한참 달콤한 정이 솟아날 결혼 초기에 사위를 보내다니……심히 고통스러웠다. 그러나 사위랄지라도 나라를 위해서는 나아가야 한다. 소아를 버리고 대아를 살려야 한다.

무열왕은 결단을 내렸다.

"흠운을 쓰겠소. 아손, 흠운에게 낭당감의 벼슬을 주고 군사 이천명을 따르게 하오."

김흠운은 아손 김대량의 천거로 백제군과 싸우는 총지휘 낭당대감이 되었고, 무열왕은 이를 승낙하였다.

싸움터로 떠나는 날이다. 흠운장군은 아버지 달복과 아내 백영공주와 작별의 인사를 하게 되었다.

"아버님, 소자는 늙으신 아버님을 모시지 못하옵고 왕명을 받들어 출전하게 되어 심히 괴롭습니다."

"나가야지, 나가라. 흠운아 나라를 위해 목숨을 걸고 싸워라. 대왕께 충성하고 도탄에 빠진 겨레를 건지는 것이 우리 신라의 정신이니라. 나는 노물이 되어 쓸모가 없는 인생이 되었지만 너는 젊은 혈기로 나를 대신하여 충성을 다해라. 백제군을 물리치고 조천성을 도로찾아 백성들이 안정하도록 하여라."

아버지 달복은 아들 흠운의 출전을 격려하고 목숨을 바치고 조천성을 탈환하라고 말했다. 그것은 진정 장군의 아버지다운 태도였다.

흠운장군은 그러한 아버지가 우러러 보였다.

"소자가 살아서 돌아온다면 다행이겠으나 만약 죽게 되면 소자의 아내가 아버님을 모실 것이오니 낙심치 마시옵고 몸을 보존하사 장수하옵소서."

흠운은 아버지께 작별을 고한 뒤에 후원에 나아가 선조의 사당에 절을 하고 갑옷을 입고 투구를 썼다.

허리에는 칼을 차고 손에는 장창을 들었다.

이때 백영공주가 땅에 엎드리고,

"서방님……."

하고 남편 흠운을 불렀다. 흠운장군은 백영공주를 굽어보며,

"공주, 나라의 부름을 받고 떠나야 하니 슬퍼말고 가사를 잘 돌보고 늙은 아버지를 공경하오."

"장군……이번 나가오면 다시 살아선 뵈옵지 못할 것 같아 눈물이 나와요. 백제군은 많고 또 사나와서 나가는 장수마다 살아 돌아오지 못한다는 그런 무서운 사지에서 어찌 살아오기를 바라겠어요. 소첩은 눈앞이 캄캄하고 땅이 꺼지는 것 같아 가슴이 답답해요. 서방님……싸움에 임함은 장수의 도리이겠지만 죽으러 나가야 한다는 뜻을 소첩은 알지 못하겠어요. 더구나

우리가 석달전에 맺어진 인연이고 보매, 단백일을 채우지못한 채 소첩은 과부가 되어 살아야한다는 게 되지 않겠어요? 서방님 소첩의 앞날을 생각하신다면 이번 싸움만은 나가지 말고 다른 장수에게 맡기고 그만두셔요."

"무슨 소리, 내가 나가지 않는데 또 누구에게 맡긴단 말이요. 상감께서 내리신 엄지를 신하로서 어찌 거역하며 상감께서 신임하고 내리신 소임을 어찌 사양하리오. 나는 큰일을 위해 작은 일을 버리겠고 나라를 위해 한 몸을 바쳐 신라 무장의 본분을 지킬 각오요. 또 이것이 평생의 소원이었소."

백영공주는 갑옷자락을 잡고 애원했다.

"서방님…… 소첩이 부왕께 아뢰어 다른 장수를 쓰도록 하겠사옵니다. 서방님을 잃는다면 하늘이 무너지는 듯 인생이 막막하여 어찌 살겠어요? 서방님 소첩의 불운을 깊이 통찰하시고 이 갑옷을 벗으소서."

공주는 울면서 호소하였다. 그러나 흠운은 성난 목소리로,

"공주! 공주는 무열왕의 씨를 받은 따님이고 이 신라 장군의 아내라는 것을 잊어서는 안되오. 신라인의 고상한 지조를 잊어서는 안되오. 더구나 공주는 화랑인 나의 아내가 아니오. 죽음을 무서워하지 않는 정신, 충의를 위해 살신하는 정신은 신라인의 자랑이요. 공주, 이 길을 막지 말고 웃으면서 보내주오."

그러나 공주는 듣지 않고,

"나가시려거든 먼저 소첩을 베고 나가세요."

호소하였다. 흠운장군은 한 발짝 뒤로 물러서며 긴 칼을 빼어들었다.

"에잇!"

소리를 지르며 칼을 내리쳤다. 공주는 눈을 감았다. 죽이라고 목을 늘이었다. 흠운장군이 내리친 칼은 사당앞에 선 큰 나무를 찍었던 것이다.

이때 대문 밖에서 함성과 군고소리가 들렸다. 이천명의 군사가 흠운을 기다리고 있는 것이다.

"공주 잘 있소."

한마디 남기고 뛰어나간 흠운장군은 백마에 뛰어 올라 탔다.

"가자! 양산으로 가자!"

가을 햇살은 따가왔다. 양산길 좌우에는 오곡이 싯누렇게 익어 고개를 들고 있었다. 신라 군사들은 먼지를 휘날리면서 격전지를 향해 용감하게 나아갔다.

백마에 높이 앉은 흠운장군의 투구와 갑옷은 햇살을 받아 번쩍 번쩍 빛이 났다. 흠운은 뒤따라가는 전지부장을 돌아보며,

"을천성은 저 산넘어에 있는데 여기는 왜 사람이 없을까? 농군들은 어디로 갔을까?"

"백제군에 쫓겨 산속으로 들어가 숨어 있답니다. 그래서 초가집마다 비어 있습지요."

"이제 가을도 한창이니 겨울이 오기전에 적군을 몰아내야지. 곡식은 새들이 쪼아먹고 사람은 산속에서 굶고 있으니 빨리 탈환해야지."

전지는 그렇다고 수긍하며 앞을 가리켰다. 한떼의 군사들이 먼지를 날리며 오고있었다.

"백제 군사들이 이리로 달려오고 있소. 구름떼 같이."

"흠…… 이제야 나타났군, 저 놈들을 도륙하고 조천성을 탈환해야지."

흠운은 이렇게 말하고 군사들에게,

"자 싸움은 다가왔다. 제장 제졸은 겁먹지 말고 내 뒤를 따르라."

수천군사는 호응했다.

그리고 질풍같이 달리는 장군의 뒤를 따랐다. 그러나 저쪽편에서도 고함을 지르면서 백제군이 쏟아져 온다. 백제군사는 오천, 신라군은 이천이다. 양군은 양산길에서 마주쳤다. 육박전이다.

"와아, 와아……."

함성을 질렀다. 마상에서 거꾸러지는 군사, 창과 창이 부딪친다. 칼과 칼이 부딪친다. 사생을 결하는 판국에서 군사들의 눈동자는 피로 물들었다.

싸움은 밤까지 계속되었다. 달 없는 어둠속에서 귀곡성이 울려퍼졌다.

아침이 되었다. 신라군은 더 나가지 못하고 백제군에게 포위되었다. 죽은 군사들의 시체와 피로 논밭은 시뻘겋게 물들었다.

불리하다. 안되겠다. 흠운장군은 혈도를 열고 군사들을 철수시켰다.

"장군, 숫적으로 당하지 못하겠소, 더 싸우지 말고 서라벌로 돌아갑시다."

전지의 말이다.

"저놈들은 원기 왕성하고 우리는 사기를 잃고 있어! 신라군은 겁이 많고 목숨을 아끼고 있는게 약점이요. 백제군을 무서워하고 있단말야."

"백제군은 강하고 우리 군사는 약하여 퇴각한 겁니다. 장군! 다시 싸워도 승산이 없으니 돌아가는 것이 상책입니다."

"무슨 소리! 나는 서라벌을 떠날적에 맹세했소. 살아서는 돌아가지 않는다고! 그런데 이런 꼴로 기신 기신 돌아가 상감과 부모처자를 어찌 대하겠소 전지! 낙담을 말아요. 한가지 좋은 계교가 있으니 전지만은 나를 따르오."

"물론 소장은 장군과 함께 죽고 살 것입니다. 그 계교란 무엇입니까."

"나아가 백제군을 치는거야."

"군사들이 따르지 않습니다. 백제군이라면 겁을 먹고 싸우지를 못합니다. 우리 군사의 사기는 완전히 땅에 떨어졌습니다."

"떨어진 사기를 올려야지, 그래서 우리 둘만이 나아가 싸우자는 거요. 알겠소?"

전지는 흠운의 심중을 헤아렸다.

"장군 같이 죽사오니다!"

"아니 죽지 않고 영원히 사는거지, 우리는 적대장의 머리를 따가지고 돌아오는거요."

말을 마친 흠운장군은 긴 창을 휘두르며 적진으로 내달았다. 이를 본 전지도 긴 칼을 뽑아들고 적진을 향해 뛰어 들었다.

흠운과 전지는 적진을 뚫고 들어가 찌르고 치고 베었다. 적군을 보기만하면 마구 갈겼다.

그날 밤이 지나 아침이 되었다.

신라군 진에서는 장군을 기다렸다. 그러자 얼마 후에 백마와

황색말이 돌아왔다.

백마의 꼬리에는 흠운이 달렸고 황색 말꼬리에는 전지의 머리가 대롱대롱 달려 있었다. 피투성이의 수급!

군사들은 베어진 머리 두개를 놓고 울었다.

아니 분노했다.

울고 노해도 장군은 살아나지 못한다. 눈을 부릅뜬 두개의 수급!

"장군, 장군, 눈을 감으시요. 장군, 부릅뜬 눈! 노하셨습니까. 군사들이 겁을 먹고 싸우지 않는다고 노하셨습니까?"

"장군의 원한이 무엇인지 이제야 깨달았습니다. 원한을 푸시고 눈을 감으시요. 장군, 우리도 장군처럼 죽사오리다."

군사들의 목소리는 떨렸다. 땅을 치며 우는 자, 풀을 후비면서 통곡하는 자, 수천 군사들이 눈물의 바다를 이루었다.

그러나 울고만 있을 수 없었다. 군사들은 떨쳐 일어섰다. 죽음을 맹세하고 일어섰다. 백제놈을 다 잡아야한다고 맹세했다.

사기를 회복한 신라군은 양산길에서 적을 무찌르고 쫓아서 기어코 조천성을 탈환하였다.

싸움이 지나가자 백성들은 논밭에서 추수를 했다. 그 사람들은 흠운과 전지 두 장군의 장렬한 전사를 명심하는 뜻으로 비를 세워 무공을 찬양하였다.

그리고 두 장군을 위해 노래를 불렀으니 곧 양산가이다.

초천성 어디메냐 가세 가 모두가세
백마 탄 흠운장군

에헤양 좋고좋다 양산길 멀고 멀어
가세 가 모두가세

옛적 신라사람은 슬프거나 울적하여도 그것을넘어 춤을 추고
흥에 겨운 노래를 불렀다.

한가위 그 밝은 달밤에

쾌지나 칭칭 나네

떡반죽으로 송편을 빚는다. 송편을 빚는 아낙네들과 처녀들의 마음은 추석을 맞는 즐거움으로 가득하다.

빙 둘러 앉아서 손으로 송편을 빚으면서 그들은 도란 도란 이야기 꽃을 피운다. 들에는 오곡이 무르익어 황금물결이 출렁이고 햇곡식들이 풍성히 나도는 가을의 명절, 추석은 옛부터 우리의 즐거운 명절 중의 하나다.

콩, 팥, 대추, 밤, 참깨 등으로 송편의 소(속)을 넣고 송편을 빚는 아낙네의 가벼운 손길이 더욱 풍성한 가을을 음미하는 듯하다.

추석, 하면 의례히 햅쌀밥과 송편을 생각하게 되고 또 토란국을 연상하게 된다. 향긋한 솔잎을 소나무에서 뜯어오는 일 또한 추석날에 송편을 쪄내기 위함이다.

햅쌀과 햇곡식으로 만든 음식을 만들어서 먼저 조상에게 제사를 지낸 후 우리는 새옷을 입고 이 날을 즐긴다.

서양에서는 가을 추수가 끝나면 하나님께 감사하는 추수감사절이 있다. 그들은 이날을 즐기며 일년동안 농사를 지어 거두어

들인 풍년의 은혜를 하나님께 감사하는 것이다.

이런 의미에서 서양사람들의 추수감사절과 우리의 추석 명절이 비슷하다고 할 수 있을 것이다.

춥지도 더웁지도 않은 계절에 풍성한 농작물 속에서 맞는 추석이니 기쁘지 않을 수 없다.

우리는 추석을 팔월 한가위라고도 말한다. 이 가위란 말은 옛날 신라의 가배절이란 데서 유래한 것이고, 한은 대의 의를 뜻함이다.

신라에서는 어느 나라보다도 더욱 추석을 큰 행사로 하였던 것이다. 신라 3대 유리왕때 부터 이 가배절의 행사는 나라의 행사요 명절이 되었다.

이 날의 행사는 여자들도 한 몫 낀다. 즉 여자의 경기로는 추석 한달전 즉 7월 6일에 6부(그때 신라는 나라를 6부로 나누어 6부의 촌장이 모여 나라를 다스렸다.)의 여자들은 두패로 나누어 한 달 동안 삼실뽑기 내기를 하여 8월 보름에 그 성적을 고사하여 진편이 이긴 편에 음식을 베풀고 이긴 편을 위로 축하하며 여흥으로 춤과 노래를 하고 온갖 유희를 다하면서 즐겁게 놀았다.

이 놀음에서 희소곡이란 노래가 생겼다 한다.

이날 남자들의 경기는 궁술대회를 여는데, 음악을 연주하며 국왕이 친히 거동하여 참석한 가운데 성대히 식을 거행하고 우수한 사람에게 상을 내린다.

상품으로는 말과 비단을 주어 이 날의 흥을 더욱 돋구었다 한다.

이러한 추석날의 행사는 하나의 풍속으로 전하여 왔다.

　추석날에는 임금과 왕비와 공주들도 참석하지만 귀족들의 자제들도 모두 참석하여 젊은 사람들의 가슴을 설레이게 하였다.

　말만 듣던 어느 대감집의 아들이나 딸들의 모습을 볼 수 있어 이날의 모임에서 눈길이 마주쳐 사랑의 불길이 일어나기도 했다.

　그리고 오랫동안 마음 속으로 애태워 연모하던 사람의 모습을 이날은 볼 수 있기에 이날을 더욱 손꼽아 기다렸다.

　세로 만든 옷으로 마음껏 몸단장을 하여 아름다운 모습으로 나타나는 여인들과 무사의 옷을 입고 늠름한 모습으로 나타나는 남자들의 모습으로 이날의 경기는 더욱 화려하고 풍성하였다.

　신라의 화랑도가 생기면서 부터 이 추석날의 경기는 더욱 다채로워지고 전승기념의 행사도 곁들여져 화랑의 씩씩하고 용감한 모습이 이날따라 더욱 빛이 났다 한다.

　어떻던 추석은 너나 할 것 없이 즐겨 놀았고 즐거운 명절이라 이날에 얽힌 사연도 여러가지가 있다.

　사랑하는 사람들이 오래간 만에 만나 사랑을 속삭이는가 하면 죽은 사람에게 제사를 지내는 날이라 사랑하는 남편을 잃은 과부에게 이날이 더욱 애절한 날이기도 하다.

　남들은 즐거운 명절을 맞아 흥겹게 놀지만 사랑하는 사람을 잃은 사람은 옛날의 즐거웠던 회상이 더욱 되살아나서 슬픔을 더 한다고도 한다.

　하여간 어른이나 아이나, 옛날이나 지금이나, 추석날은 햅쌀밥, 햅쌀로 빚은 떡을 먹고 새옷으로 단장하고 이날을 즐기는 한편 조상에게 제사를 지낸다.

추석 전날에는 벌초라 하여 조상의 묘를 찾아가서 여름동안 자라난 풀을 깎아 묘를 깨끗이 단장하기도 한다.

옛날에는 묘지기라는 것이 있어서 주인집 조상의 묘를 지키고 돌봐 주었다.

다른 하인과 달라 묘지기에 대한 주인의 태도는 상당히 후하고 관대하였다. 아마 조상을 잘 받들어야 후손이 잘 된다는 말을 믿기 때문일 것이다.

추석이 되어 성묘를 가면 묘지기를 만나게 된다. 같은 하인이지만 주인이 술을 따라서 묘지기에게 권하기도 했다. 물론 서로가 동등한 입장에서 주거니 받거니 하는 일은 없어도 묘지기는 주인이 따라주는 술을 받아 마신다. 그리고 주인마님이 묻는 말에 답하여 마님이 주는 술을 마시기도 한다. 다른 하인에게는 주인이 술을 따라주는 일이 없기 때문에 묘지기에게 주인이 술을 따라주는 일을 오늘날에까지 행해지게 된 것이다.

그래서 이런 말이 생겼다. 술좌석에서 자기는 마시지 않고 상대에게만 자꾸 따라주면 술을 받던 친구가 "아니, 여보게 내가 묘지기인줄 아나? 이제 그만 자네도 내 술을 받게."하는 말을 하기도 한다.

물론 요즈음이야 묘지기나 주인이나 동등한 입장에서 같은 자리에 앉아 음식을 먹으며 술을 나누기도 한다.

이조 임진왜란 이후에 한가지 놀이가 더 생겨났으니 그것은 강강수월래 라는 것이다.

달 밝은 밤에 곱게 단장한 부녀자들이 수십명씩 무리를 지어서 일정한 장소에 모여 손을 잡고 원형으로 빙글빙글 도는 놀이이다.

　이 놀이를 할 적에는 그 중에서도 목청이 좋은 여자 한사람이 그 둘레 가운데 서서 앞소리를 하면 그 놀이를 하는 여러 사람들은 뒷소리로 강강수월래 라는 후렴을 부르고 원을 그려 돌면서 춤을 추는 것이다.

　이것의 유래는 지금부터 370여년 전 수군 통제사 이순신 장군이 수병을 거느리고 왜군과 해전을 하였을 때 적군에게 해안을 경비하는 군사의 숫자가 많음을 보이기 위하여 시작한데서 비롯한 것이다.

　당시 이순신 장군은 극소수의 수군을 거느리고 많은 왜군과 해전을 하자니 우리의 군사의 수는 적고 해안은 허술하기 짝이 없는지라 언제 어느 곳 해안에 왜군이 침략하는지를 감시하는 동시에 우리의 군사가 많다는 것과 경비가 튼튼하여 부녀자들이 안심하고 나와서 놀 수 있다는 것을 위장하기 위함에서 였다. 그래서 부근의 부녀자들은 수십명씩 떼를 지어 해안지대 곳곳에 불을 놓고 감시하게 하였다.

　그때 그들은 소박한 노래를 부르고 노래 끝에는 반드시 강강수월래를 후렴으로 합창하였던 것이다. 즉 한 여자가 달도 밝고 놀기도 좋구나 하는 평범한 가사로 노래를 부르면 여러사람이 강강수월래 하면서 놀았다.

　이 강강술래란 뜻은 주위를 경계하라는 뜻이다.

　즉 강강이란 말은 순수한 우리말로서 강이란 주위, 둘레란 뜻의 호남지방의 방언이고 술래는 순라꾼이니 하는 순라라는 말에서 온 술래로서 강이 겹쳐 강강이라 부른 것은 더욱 주위를 경계하라는 것을 강조한 것이다.

이 술래 라는 말을 수월래 라고 부르기도 하는 것은 술래라는 말을 목청을 늘여 빼니까 자연히 수월래로 들리기 때문에 그렇게 된 것이다.

이때부터 호남지방에서는 이를 기념하기 위하여 8월 한가윗날 밤을 택하여 하나의 연중행사로서 강강술래의 노래를 부르며 추석의 밤을 즐겼다. 지금도 이 강강술래는 호남지방 특유의 풍속으로 즐긴다.

또 농촌에서는 두레패(농악)놀이를 한다. 멍석을 깔아놓고 동네 사람들이 모여 텁텁한 막걸리에 돼지고기, 송편 등을 나누어 먹으며 논다.

그리고 씨름같은 것도 하면서 달빛을 받으며 논다. 그리고 좀 큰 고을에선 산대놀이(탈춤)를 하여 더욱 이날을 즐긴다.

3월 삼진이 되면 약물 귀신이 물러가기 때문에 이날부터 부인네들이 약물터로 약물을 길러다니기 시작하여 8월 한가윗 날에 끝난다는 이야기도 있다.

솔잎에 찐 송편

추석날 여러가지 놀이도 있지만 더욱 풍성하고 흥겹게 하는 것은 역시 오곡백과를 수확하는 것일 것이다.

햅쌀 햇곡식으로 음식을 만들어 조상에게 제지내고 일가친척과 이웃이 나누어 먹는 즐거움도 이날에 있다.

이조때 궁중에서는 한가윗날 종묘에 천신하기 위하여 홍시를 비롯해서 햅쌀로 빚어만든 신청주, 그리고 대추, 밤, 송이버섯 그리고 물고기로는 붕어, 게 등을 장만하였다.

일반 사람들은 햅쌀 가루를 반죽해서 햇콩, 햇팥, 풋대추, 풋밤, 햇참깨 등으로 소(속)을 넣어 송편을 빚어서 향긋하고 싱싱한 솔잎을 깔고 쪄서 익힌다.

이 송편과 다시마를 넣고 끓이는 토란국이 이날의 특별한 음식이다. 그리고 배, 사과, 복숭아, 밤, 대추, 감, 실과를 먹는 데 복숭아는 귀신을 쫓는 것이라 하여 제사상에는 놓지 않는다.

북쪽에서는 푸짐한 빈대떡을 부쳐 먹기도 한다. 물론 빈대떡은 추석외의 명절에도 흔히 먹는다.

밝은 달 아래 새옷으로 몸단장 하고

그리고 이날에는 모두 새옷을 입는다. 그래서 시골의 추석 전 장날은 대만원을 이룬다. 추석빔을 장만하기 위하여 십리도 넘는 먼 길을 걸어서 장으로 온다.

그리고 이 장날엔 모처럼 헤어져 살고있는 친지를 만나는 즐거움도 갖게 된다.

장을 보아서 한 보따리가 넘는 짐을 지고 줄을 서다시피 해서 마을로 돌아오는 풍경은 추석이므로 더욱 흥겹다.

어린아이들은 이날의 새 옷과 새 고무신을 몹시도 기다린다. 집안이 가난하여 새 옷과 새 고무신을 못 얻어 가지는 어린아이의 슬픔이란 송편을 못먹는 서러움보다 더 슬픈 것이다.

이처럼 추석빔은 설날에 입는 때때옷에 비길바가 아니게 기다려지는 것이다.

대궐에서도 옛부터 8월이 되면 여름옷을 가을옷으로 다시 말해서 무색옷으로 갈아 입는다.

추석 닷새 전인 8월 10일에 중전마마는 대궐에 있는 모든 사람에게 옷을 갈아 입힌다.

이때 쯤 되면 대궐 안 연못의 연밥이 맛이 든다. 그래서 연밥을 따서 먹는 것도 이때이다.

월급장이가 월말이 되면 그달에 진 빚을 갚듯이 모든 사람들은 섣달 그믐날이나 추석 때면 빚을 청산한다.

외상값이나 남에게 꾸어 온 돈을 이때가 되면 갚는다. 부득이해서 이날을 넘기게 되는 사람들의 마음은 가볍지가 못하다.

또 멀리 돈을 벌려고 떠났던 사람이나 여행을 떠났던 사람들도 모두 추석이 되면 가정으로 돌아와서 추석을 즐긴다.

추석이란 말 자체는 가을 저녁이라는 말이지만 이 한가윗 날의 가을 저녁을 더욱 강조한 것은 달에 있다.

중추명월이라 하여 일년 동안 밤 하늘에 떠있는 보름달 중에서 가장 밝고 맑은 달을 이날에 볼 수 있다.

추석날 구름에 가린 달이란 추석의 맛을 반감시킨다. 추석날은 청명한 날씨어야 한다. 그래야만 밝은 달을 보며 추석의 밤을 즐길 수 있기 때문이다.

이 추석은 우리나라 뿐 아니라 중국에서도 큰 명절로 즐기는 것으로 그 풍속도 우리와 비슷한 데가 많다.

농가에서는 지금도 추석날이면 징,북, 꽹과리, 장구 등 악기를 쳐 울리면서 "쾌지나 칭칭나네"의 노래를 부르고 춤을 추면서 흥겹게 논다.

청청 하늘에는 별도 많다.
쾌지나 칭칭 나네
시내 강변에는 자갈도 많다.
쾌지나 칭칭 나네
작으나 크나 내동무야.
쾌지나 칭칭 나네
오늘 저녁에 놀아 보세.
쾌지나 칭칭 나네

이런 노래와 더불어 풍년가와 농부가 등을 부르면서 달구경을
한다.

엣날에는 추석 전이면 집집마다 절구에서 나는 떡방아 소리가
온 마을을 뒤덮었다.

그러나 이제는 방앗간으로 가서 떡가루를 만들어 오기 때문에
추석이면 시장의 상인들과 더불어 방앗간 주인의 흥겨운 비명을
듣게 된다.

절구를 사이에 두고 두 아낙네가 절구공이로 떡방아를 찧으면
서 땀을 닦던 모습이 피대속에서 돌아가는 기계소리에 사라져
버렸다.

어떻던 선선한 가을에 맞게되는 추석은 우리의 즐거운 명절이
다.

청포도알이 싱그럽게 익는 가을이 오면 오곡 백과가 무르익고

논과 밭이 누렇게 물들어 사람들의 마음을 흥겨웁게 해주며 또
이때면 산도 단풍 잎으로 빨갛게 물들어 한층 흥겨움을 돋보이게
한다.

  별이 반짝이고 풀벌레소리가 밤을 장식하는 속에서 달밝은
밤을 마음껏 즐기는 풍성함이 추석이면 절로 넘쳐 흐른다. 추석이
야 말로 우리의 아름다운 풍속의 낭만이 아닐 수 없다.

임금님의 궤계

미치광이 세자와 염불하는 왕자

사랑 사랑 내 사랑
술과 어리 내 사랑
주야 장천 못올 님
어화 어리 내 사랑아

이것은 미치광이 세자라고 불리우는 양녕대군이 지어 부르던
노래다. 어리란 당시 미색으로 이름난 계집인데, 남의 집 소실로
있었던 것을 세자 양녕이 후려다 놓고, 밤낮으로 그녀를 얼르면서
갖은 추잡한 짓을 다 하였다. 그가 지어부른 노래만 보아도 양녕
이 얼마나 술과 계집 어리에게 빠졌었던가를 알 수 있겠다.

원래 양녕은 태종의 맏아들로서, 세자로 책봉되어 춘방에서
거처하였다. 그는 왕자로서는 천고에 드문 재인이어서 문장과
필법이 뛰어난 사람이었다. 태종이 경회주의 현관을 싣고 그 웅건
한 필치에 놀라, 아들 양녕의 필법을 무수히 칭찬했다고 한다.

그러한 양녕이 어찌하여 술과 계집에 빠져, 장차 지존에 오를
세자의 자리까지 내팽개치고 갖은 추잡한 행동과 미치광이 짓을
하였던가?

여기에는 그럴만한 곡절이 분명히 있었던 것이다.

그가 세자로 책봉된지 얼마 안되어 부왕의 침전으로 문안차 들어갔을 때였다. 그는 문 밖에서 부왕 태종과 모후 민씨의 소곤거리는 대화를 듣고 아연해 버렸다.

"참 아쉬운 일이야. 충녕과 양녕이 바뀌어 태어났으면, 장차 백성들이 요순의 다스림을 받아 태평성고에서 살게 될 것을……!"

부왕 태종은 긴 한숨까지 내리 쉬지 않는가──. 그랬더니 모후까지도,

"뉘 아니래요. 충녕이 맏이였어야 할 것인데……."

하고 한숨을 쉬었다.

"허! 참……."

이 순간 세자 양녕의 머리 속에는 번개불처럼 스쳐가는 어두운 생각이 있었으니 그것은 지난날 부왕 태종과 방석, 방번, 그리고 방간등 삼촌들과의 자리 다툼이라는 골육상잔의 참극이었던 것이다.

"자, 그럼 어떻게 하면 세자의 자리를 셋째 아우 충녕에게 내어줄 수 있을까……?"

동시에 이런 생각이 양녕의 머리속에 떠오르자 그는 문안 드릴 것도 잊고 자기의 처소인 동궁으로 발길을 옮기면서 궁리에 잠기기 시작하였다.

이윽고 그는,

"에라 모르겠다. 발광 할 수 없으면 발광한 체라도 해 보자."

이렇게 결심하였다. 어질고 덕이 있고 효심과 우애가 지극했던 양녕인지라 부왕의 뜻에 어긋나지 않도록 그는 자기 보다 월등한 셋째 아우 충녕대군에게 깨끗이 자리를 양보하려 한 것이다.

그로부터 양녕은 돌변하여 미치광이가 되었다.

양녕이 세자로 책봉된 뒤, 계성군 이래가 빈객 겸 세자사로 결정되어 동궁에 무상 출입하였다. 이래는 고려조의 공민왕때 국권을 휘둘던 괴승 신돈에게 미관말직으로 대어들었던 이존오의 아들로서, 그 아비를 닮아 그 역시 강직한 선비였다.

양녕대군이 한참 발광 할 것을 궁리하고 있을 때 춘방 별감이 큰 소리로,

"계성군 듭시나이다."

하였다. 이때 양녕은

"옳지! 지금부터다."

하고 일부러 안석에 비스듬히 기대 앉아서 개 짖는 시늉을 하였다. 이래는 들어서자마자 이 괴상한 세자의 행동에 놀래어

"아니 동궁마마!"

하고 양녕을 뒤흔들었다.

"왕 왕 왕……"

그러나 양녕은 연거퍼 짖어대며 마치 물어 뜯을 것처럼 이래의 다리에 매달리기까지 하였다.

"동궁 마마! 아 이 웬일이시오니까? 정신을 차리십시오."

하고 이래가 다시 양녕의 어깨를 뒤 흔들자 비로소 양녕은 알아차렸다는 듯

"아 계성군 아니오. 언제 오셨오?"

하고 아는채 하였다. 이래는 밤 동안에 무척 초췌해 보이는 세자
의 안색을 이윽히 살펴 보더니

"마마! 어찌 된 일이오니까? 아까 개 짖은 소리는 왜 하셨나
요."

"개, 개 짖는 소리? 내가 언제……?"

"아 금시 하시지 않았쏘이까?"

"체, 내가 개를 보기나 했오?"

"아니, 동궁마마 어디 편치 않으십니까?"

"왜, 내가 앓는 것 같소?"

양녕은 도리어 엉뚱한 딴전과 반문을 했다.

이 날, 이래는 그 밖에도 이상한 여러가지 세자의 언행을 낱낱
이 임금 태종에게 아뢰었다.

"오늘 신이 춘방에 나갔다가 여차 여차한 세자의 광증을 발견하
였나이다. 의관을 보내시어 진맥케 하옵소서."

그 뒤부터 양녕 세자는 이래가 와도 글을 배우려 하기는 고사하
고 엉뚱한 딴 짓을 하기만 하였다.

동궁 뜰 앞에 새덫을 해놓고는 글을 배우다가도 새가 치이기만
하면 쏜살같이 달려나가곤 하였다. 그리고 간혹 조하에 참내할
일이 있어도 머리가 아프느니 배탈이 났느니 하고는 동궁에서
혼자 새덫을 놓거나 드러누워 딩굴면서 콧노래를 부르기가 일쑤
였다. 그는 되도록 부왕과 모후를 뵈옵지 않으려고 회피하였던
것이다.

"어떻게던지, 공의에 쫓아 폐세자를 하였을 뿐 까닭없이 폐사한
것이 아니다."

하는 물의를 일으켜 널리 알리고저 함이었다.

아무튼 세자의 광태는 날이 갈 수록 더하기만 하였다. 춘방
별감을 대등하고 궁성을 월장하여 외방 출입을 하면서 기생들을
상대하는가 하면 남의 집 반반한 소실까지 나꾸어 내기도 하였
다. 그가 끔찍히 사랑하던 어리도 이렇게 하여 나꾸어 들인 계집
이었다.

어느날, 태종이 군사를 이끌고 평강으로 출어하였을 때에도
태자 양녕은 얼씨구나 하고 측근자 몇을 데리고 시흥으로 사냥을
나갔다.

그는 아름다운 기생들을 불러 산 속에서 사냥한 고기와 술을
받아다 진탕하게 먹고 마시며 놀았다.

그리고는 돌아올 때 악공들을 불러 풍악을 연주케 하고 종로
한 복판으로 들어서서 세자 자신이 덩실덩실 춤을 추고 다녔다.
그리하여 종로 일경에는 구경꾼들로 인산인해를 이루었다.

이 날밤, 늦으막히 춘방으로 돌아온 세자 양녕에게 어떤 별감이
수작을 걸었다.

"동궁마마께 아뢰나이다."

"이 놈아 무얼 아뢴다는 거냐? 어서 말이나 해봐라."

"그 왜 지중추부사 곽정의 소실에 어리라고 있지 않습니까."

"그래 어리가 어떻단 말이냐?"

"마마께선 아직 모르시나이까?"

"무얼 모른다는 거냐?"

"그 어리가……."

"어리가 어떻다드냐? 곱다든 밉다든?"

"말씀 마시옵소서 십만 장안에 짝이 없는 미희인줄로 아뢰옵니다."

"애 그 정말이냐?"

"정말이고 말굽쇼. 소인이 언제 마마께 거짓말을 사뢰었나이까?"

"음, 그것 이밤으로 나뭐들일 수 없겠느냐?"

"업어오라시면 소인이 업어 오겠사옵니다."

"애 어디 그래 봐라"

춘방 별감은 이리하여 그 밤으로 곽정의 소실 어리를 납치해왔다. 처음엔 싫다고 발버둥치는 것을 동궁으로 붙들어오자 어리는 도리어 갖은 아양과 애교를 부리어 세자의 마음을 쉽사리 사로잡았고 세자 또한 죽자하고 어리를 애무하였던 것이다.

"야 고것 참 미색이로구나! 너와 나와 왜 진작 만나지 못했던고. 이리온 내 무릎 위에 앉아라."

"옛다 모르겠다. 제왕은 무엇이며 세자란 무엇이냐. 어리 하나만 있으면 나는 만사 태평이다."

양녕은 어리와 하룻밤을 지내고 나서 부터는 완전히 그 아름다운 미색에 도취되어 버렸다.

그 뒤 이 소문은 궁중으로 들어갔다. 임금 태종은 진노하여 그 춘방별감을 곤장쳐서 공주 관노로 내쫓았고 어리를 동궁으로 들이는데 조력한 사람들을 죄다 귀양 보내었다. 그리고 세자도 이 통에 송도로 추방되었다가 며칠만에야 다시 불려왔고 어리는 춘방에서 멀찍이 내어쫓게 하였다.

이러한 소동이 있은 뒤 그렇지 않아도 물의가 분분하던 군신들

간에,

"폐우 입현을 하시옵소서."

하는 상소가 빗발치듯 하였다.

묘당에서는 드디어 폐세자의 논의가 대두되었다. 임금 태종도 이에 적극 찬동하였다. 그러나 당시 이조판서로 있던 황희는 이를 반대하였다.

"폐장 입유는 재앙을 부르게 되는 근본이옵고 또 세자가 비록 미치셨다 하오나 원래 그 자질은 가이 성군이 되옴직 하오니 치유에 주력하시기 바라옵니다."

했다. 사실 황희는 지인지감이 남 달라서 세자 양녕이 얼마나 너그럽고 인자한 성군으로서의 자질인가를 그리고 그가 거짓 미친체 하는 그 심정을 잘 이해하였던 것이다. 그러나 임금 태종과 그밖의 신하들은 듣지 않을 뿐 아니라 오히려 황희를 지탄하였다. 황희는 끝내 주장을 굽히지 않고 반대하다가 마침내 강등되어 귀양갔고 태종은 제신들의 주청을 받아들여 양녕이 생각했던 것처럼 마침내 폐세자를 결행하였다.

"세자, 불무학업, 인어성색, 요지창지, 불득기폐사."

세자가 학업을 힘쓰지 않고 음탕한 소리를 하며, 계집에게 빠지기만 하므로 부득이 폐사하노라.

이 해 6월에는 태종이 왕위를 재빨리 충녕 세자에게 전수하고 자신은 상왕이 되었던 것이다.

그런데 양녕의 발광은 거의 고질화되어 상왕 태종의 미움은 더욱 심하였다.

"이제부터 양녕을 자식으로 치지 않겠다. 법에 위반허거든 언제든지 잡아들여라."

하는 정도까지의 지엄한 분부를 내리었던 것이다.

양녕대군이 동궁으로 부터 쫓겨날 무렵 그의 아우인 둘째 효녕
대군은 속으로 생각하기를, '형님이 폐사되면 세자 자리는 차례대
로 당연히 내게 돌아올 것인데……'

하고 더욱 학행을 부지런히 하였다. 그러던 어느날 형님 양녕이
찾아와서 효녕이 읽는 책을 덮어 팽개치며,

"이놈아, 공분 해 뭘해, 떡 줄 사람은 생각치도 않는데 김치국부
터 마시지 마라. 충녕이야 충녕! 알았어? 괜히……."

하고 농지거리를 하였다. 그러나 이 농담 속에 뼈가 들었음을
효녕은 날쌔게 알아차렸다.

그도 충녕이라는 것을 짐작하지 못한 바는 아니지만 이제 형님
의 말을 듣고 보니 더욱 수긍되는 바 있어 그는 그만 책을 덮고
그 길로 양주 회암사로 들어가 삭발위승하고야 말았다.

이리하여 그는 중이 된 후 세상사를 깨끗이 잊고 일념으로 염불
삼매에 몰두하였다.

"효녕대군 북치듯 한다!"

이 말은 그가 출가하여 얼마나 열심히 불도에 탐익되었는가를
말해주는 것이다.

어느날 효녕은 형 양녕에게 다음과 같은 소식을 전하였다.

"형님 못뵈온지 참 오래 되었나이다. 이번 2월 15일은 불열반
일이오니 형님 부디 오셔서 서로의 울적한 정회나 푸시는 것이
어떠십니까? 소제 다소의 음식을 장만해 놓고 기다리겠나이
다."

이 기별을 받은 양녕은 일부러 이날 일족 낭당을 거느리고 회암
사 부근으로 가서 크게 사냥을 했다. 그리하여 잡은 짐승을 굽고
볶고 하여 바로 회암사 절 밑에서 술을 대작하였다. 이때 고기를
지지고 볶는 냄새가 절간에까지 풍기매 효녕은 형님이 오신 줄을
알고 그 짓궂은 장난에 그만 이맛살을 찌푸리며 밖으로 나와 보니
과연 그 난잡한 장면이 벌어지고 있는 것이 아닌가. 더구나 양
옆에는 기생들까지 끼고 앉아 수작하고 있는 것이었다.

효녕은 그만 뛰어내려가서,

"형님, 이제 제가 공양 준비를 하고 있는데 이 청정도장에서
이게 무슨 짓이오니까."

하고 나무랬다.

그러자 양녕은 호탕하게 껄껄 웃으며,

"야 이것 좋지 않으냐? 어때 내 팔자가! 살아서는 왕의 형이
요, 죽어서는 부처님의 형일테니 내 팔자가 상팔자로구나."

하고 연거퍼 웃는 것이었다.

효녕도 이러한 형을 굳이 나무랄 수 만도 없는지라,

"하여간 음식은 장만해 놓았으니 우선 절간으로 들어 가십시
다."

하여 양녕을 이끌고 회암사로 들어갔다. 그들은 그날 하루를 재미
있게 청유하였다. 그 자리에서 양녕은 말하였다.

"왕이니 왕세자니 다 괴로운 것이다. 우리가 이제 이렇게 자유
로이 만날 수 있는게 얼마나 좋으냐 말야."

"지당하신 말씀이로소이다. 제 어찌 즐겁지 않사오리까."

하고 효녕도 미상불 기쁜 표정을 지었다.

이씨 왕권의 기초를 더욱 튼튼히 하고, 또 우리 민족문화 수립에 가장 큰 공헌을 남긴 이가 바로 이조 제4대 세종대왕이다.

세종은 태종의 셋째 왕자였는데 어려서부터 그자질이 심히 총명하고 관인한 데다 학문을 좋아하여 매양 손에서 책을 놓치 아니하였다. 그러므로 그의 부왕 태종은 여러 왕자들 가운데서도 그를 가장 사랑하였고 또 장차 양위에 대한 촉망까지도 그에게 가져 맏아들 양녕을 내치고 그를 세자로 봉하였다가 마침내 그에게 보위를 물려주었던 것이다.

세종대왕! 그는 실로 위대한 인격자요 지도자였다. 사사로운 면에 있어서나 국가의 정무에 들어서서나 효우공검 하고 박학다예 하여 추호의 구김새가 없었고 여러 방면에 걸쳐서 통하지 아니하는 바가 없었다.

정사를 두루 보살피는 한편, 여가 마다 독서와 사색에 잠겨 잠시도 머리를 쉬지 않았으나 무가치한 일에 대한 생각은 한번도 한 적이 없을 정도로 영악 했다.

그가 사생활에 있어서는 효도와 우애를 지극히 하여 부왕과 모후의 거상에는 그 슬퍼함이 사람의 마음을 감동케 하였고 지상이면서도 두형님과 아우 성실대군을 날마다 청하여 침식을 같이 하곤 하였다.

이러한 그의 인간성은 국사에 들어서도 그대로 하였으니 신하를 대하되 예를 잃지 않았고 백성을 지극히 사랑하여 그들의 건곤한 생활에 깊은 관심과 동정을 가지고 이른바 인민을 본위로 한 왕도의 정치, 애국의 정치를 하였건만 자신이 항상 심궁에 처하여 백성들의 사정을 잘알지 못함을 탄식하여 마지 않았다.

또한 그는 의지의 사람이였기에 한번 자기가 옳다고 생각하는 일이면 어떠한 반대가 있더라도 기어코 실행하고야 말았다. 우선 정묘한 우리의 글인 훈민정음을 제정반포할 때도 최 말리 정창손 등 완고한 신하들의 끈덕진 반대를 무릅쓰고 기어이 실행에 옮겨 놓은 일 같은 점이 그 한 예이다. 이야말로 자기비판, 자아반성의 정신적인 발로인 것이다.

"우리나라의 어음이 중국과 달라 한자와는 서로 통하지 못하는 까닭에 어린 백성들이 하고 싶은 말이 있어도 그 심중을 표현치 못하는 일이 많기 때문에 내 이를 딱하게 여겨 새로 정음 28 자를 만드노라."

한 그의 말씀으로 미루어 보아도 알 수 있는 일이 아닌가.

이밖에 집현전을 설립하여 훈민정음을 비롯한 많은 서적을 편찬케하고, 또 아악을 정리케 하고 해시계, 물시계와 측우기등 각종 과학 기구를 만들게 하였으며, 밖으로 대마도의 왜적을 정벌하여 외적의 화근을 뽑아버리고 북방을 개척하여 육진을 둠으로서 여진과 몽고를 방비케한 점등, 실로 그는 내치와 외교에 있어서 헤아릴 수 없을 만큼 수없이 빛나는 치적을 쌓아 올린 것이다.

그리하여 평화로운 나라 안에는 해마다 풍년이 들어 백성들은 어디를 가나 태평성대를 노래하며 밤에도 빗장을 채우지 않고 살아 왕을 칭송하는 소리가 그칠 줄을 몰랐다.

참으로 동방의 요순이란 일컬음을 듣는 세종 그는, 이상의 사람인 동시에, 의지와 실천의 사람이었다. 그러므로 일생을 통하여 늘 자기비판과 자아반성의 정신으로 헤아릴수 없을 만큼 유익하고 빛나는 위업을 이루어 후세에까지 그 복음을 내려주었던 것이다.

그는 슬하에 자녀들도 많아 아들 18형제에 딸 4형제를 두었으며 재위 32년만인 향년 54세를 일기로 승하하였다.

그런데 부왕의 뜻을 받들기 위하여 모든 영화를 버렸던 양녕대군은 이제는 방탕이란 것이, 즉, 술과 계집, 그리고 명승을 찾아 유람한다는 것이 최대의 환락이자, 그의 생활의 전부였다.

그러한 그가 오래 전부터 벼르기만 하던 서경 유람의 길을 기어이 떠나게 된 것은, 특히 아우인 왕의 간곡한 부탁과 윤허를 얻고 나서의 일이었다. 양녕이 출발에 앞서 고별차 세종께 배알하였을 때이다.

"이번 서경 유람을 윤허하시어 감격하옵니다."

하고 왕에게 아뢰었더니, 세종은 우애에 넘치는 말씀으로

"서경은 색향이라 하옵는데, 혹시 형님께서 건강이라도 해치게 되시지나 않사올지요. 부디 조심하셔서 이번 길에는 주색을 통히 금하시기 바라나이다."

하였다. 이 말은 단지 아우가 형에 대한 걱정에서만이 아니라 그야말로 지엄한 왕명이었다. 양녕은 머리를 조아리며,

"성념에 어그러짐이 없도록 하오리다."

하고 어전을 물러 나는데

"형님, 아무쪼록 명심하셔서 편안히 다녀 오십시오."

하고, 임금 세종은 재삼 부탁하는 것이었다. 그리하여 양녕대군도 이번 길만은 일체 주색을 가까이하지 않으리라 결심하고 떠났

다.

양녕은 그야말로 인필려와 일동자로 나귀등의 사람이 되어 천리 춘색을 완상하면서 길을 재촉하였다.

"대장부 한 번 나서, 불고가 인생업하고, 천하강산 구경갈제, 죽장 망혜로 단장하고, 일필려, 일동자로, 일호주 나귀에 싣고 호기 있게 떠나가니 이만하면 그만이라."

사실 이러한 지금의 양녕에게는 아무런 꺼릴 것도 부러울 것도 없었다. 그저 유연한 인생의 환락과 행복감이 그의 가슴 속에 뿌듯하였을 뿐이었다.

한편 형님을 떠나보내고난 임금 세종은 은근히 걱정이 되었다.

"형님이 이번 길에 평양에 내려가셔서 미희 하나 가까이 못하시게 되면 나를 얼마나 원망하실고."

이렇게 생각한 그는 객향에 외로울 형님의 심사를 생각하고 즉시로 평양감사에게 밀지를 내리었다.

"나의 형님께 미희 하나를 특별히 제공하되 형님이 전혀 모르시게 할 것이며 또 일단 상관된 미희는 즉시 서울로 치송케 하되 형님의 필적을 잊지말고 받아가지고 오게 하라."

평양감사가 이러한 왕의 밀지를 받은 것은 아직 양녕대군이 평양에 도착하기 전이었다.

감사는 이 곤란한 왕명을 받고 걱정이 태산 같았다. 어떤 여인을 어떻게 해야만 대군이 모르고, 그리고 대군의 필적까지 받아낼 수 있게 할것인가 하고 생각다 못한 그는 비밀히 감영 기생 전원을 불러들였다.

그리고 그들에게,

"너희들 중에 이번 양녕대군의 행차를 맞아 수청들 사람이 없겠
느냐?"

하고 비록 수청은 들되 거기 많은 제약이 있음을 설명하였다.

그러자 기생들은 저마다,

"그런 어려운 일을 어떻게 이행하오리까."

"저도 거행치 못하겠나이다."

하며 물러서는데 그들 틈에 가장 나이 어리고 아름다운 기생하나
가 나서며,

"감히 소녀가 사또님의 분부를 거행해볼까 하옵니다."

하고 자원하였다. 감사가 바라보니 그녀는 평양 제일의 미희라는
관기 정향이었다.

그는 젊고 아름다울 뿐 아니라 지조가 높고 영리하기로도 이름
난 명기였다.

"그래 네가 한 번 시행해 보련? 잘만하면 큰상을 받으리
라— "

감사는 그녀를 격려하면서 무한히 기뻐하였다.

이리하여 감사와 정향간에 이미 비밀약속이 정해진 다음, 양녕
대군은 평양에 당도하게 되었다. 그는 우선 감사를 찾아가 만나보
고 나서는 감사가 정해주는 감영 안 별당에 사처를 정하였다.
그리고는 이튿날 명승과 고적을 찾아 나섰다.

평양은 과연 수려한 금수강산이었다. 모란봉, 부벽루, 대동강,
연광전, 능라도…… 어디라 할 것 없이 웅건한 기상과 화려한
경계가 고려 천년의 왕도로서 손색이 없는 것이었다. 양녕은 문

득,

"장성일면용용수, 대야동무점점산……."

(장성 일면에 용용한 물이오, 큰 벌 동녘으론 점점이 산이로 다…)

하고는 다음 구절이 떠오르지 않아서 붓을 꺾고 말았다는 고려조 때 시인 김황원의 싯구를 생각하면서, 과연 그 기상과 경계가 필설로 형용키 어려운 바이라고 감탄하길 마지 않았다.

그러나 양녕은 갑자기 마음 한 구석이 텅 비는 듯한 느낌이었다.

"강산은 좋다마는……."

"이러한 좋은 경계를……."

그는 문득 술과 아름다운 여인이 그리워졌고, 자못 이 아름다운 경계 속에서 미희와 더불어 술을 마시며 완상치 못하는 것이 무한히 애석하게 여겨졌다.

"유람도 주색이 곁들여야……."

하고 그는 새삼스러이 무료하고 쓸쓸한 생각이 들었던 것이다.

그는 사뭇 아우님 세종대왕이 원망스럽기까지 하였다.

그가 사처로 돌아온 것은 날이 저물녘이었다. 선화당 후원에 외따로 떨어져 있는 별당, 호젓하고 고요하기 절간과 같은 곳에서 그는 데리고 온 동자요 심부름하는 통인 아이만을 상대로 지내야만 하였다.

조석마다 들이는 고량진미도 양녕에게는 한 잔 술맛만 못하였고, 미희를 가까이 할 수 없는 색향 평양은 차라리 다른 곳만도 못하다 생각되었다.

그리하여 그는 그 이튿날 부터는 진종일 구경도 하러나가지
않고 사처에 틀어박혀 명상에 잠기곤 하였다.

"어, 무료한지고!"

그의 입에서는 느닷없이 이러한 탄성이 흘러나왔다. 그는 그만
서울로 올라갈까 생각하고 있던 어느날 저녁, 황혼무렵이었다.

뜻밖에 객사 문 밖에서 와자하고 떠드는 소리가 들려왔다. 양녕
은 웬일인가 하고 문을 열고 밖을 내다 보았다. 그러자, 어떤 젊은
여인이 포교들에게 휩싸여 시달리고 있는 장면이 보였다.

양녕이 이윽고 그 여인의 얼굴을 바라보니 가련하도록 젊고
어여쁜 모습이었다.

"어 무엄한 계집이로군…… 여기가 어딘 줄 알고 함부로 들어
오다니……."

"아니예요, 저놈의 고양이가 글쎄 제사에 쓸 닭의 다리를 물고
이리로 내뺐기에 쫓아 온 거예요."

"무엄한 지고!"

이러한 그들의 대화를 듣던 양녕은 대충 사정을 짐작할 수 있었
으나 조금이라도 더 오래 여자를 바라볼 양으로 앉았다가

"웬일들이냐?"

하고 점잖게 물었다. 그때 통인 아이가 양녕대군 앞으로 달려와
공손히 아뢰었다.

"존전에서 시끄럽게 떠들어 황공하옵니다. 실은 소인 누이가
망부의 제사에 쓸 닭고기를 고양이 한놈이 물고 이곳까지 뺀
바람에 쫓아왔다 나졸들에게 야단을 맞고 있는 길입니다."

하고 능청스럽게 아뢰었다. 이 통인 아이와 기생 정향 사이에는

이미 밀약이 되어 있던 터였다.

양녕은 머리를 끄덕끄덕 하면서 다시금 창밖의 소복한 여인을 굽어보았다. 여인은 색향 평양이 아니면 도저히 찾아볼 수 없을 정도로 예뻐 어리를 경의 미인이라 하면 이 여인이야말로 고도 평양의 정기를 함빡 뒤집어 쓰고 나온 무슨 요정과도 같았다. 흐르는 몸매의 곡선은 능라도 실버들이 따를 수 없고 고운 눈썹은 부벽루의 새벽달이 무색할 정도이었다. 이런 여자와 연애를 하다 가 헤어지게 된다면 그야말로 대동강 물이 이별의 눈물로 화하여 미치지 않는다는 싯구가 나올 법한 일이라 생각되었다.

아무튼 잠시 동안의 일이었지만, 양녕 대군의 눈앞에 명멸하는 그 여인의 현상은, 쓸쓸한 객창 가에 홀로 앉아 있는 그의 심사를 자꾸만 어지럽게 하였다. 밤은 차차 깊어만 가는데, 가물거리는 촛불 밑에선 나오느니 긴 한숨 뿐이었다. 이제는 왕명이고 무엇이 고 배겨낼 수 없을 것만 같았다.

그는 마침내 굳게 결심을 하고, 가만가만 밖으로 나왔다. 누가 보고있지나 않는가 하고 사방을 두리번 거렸으나 어슴푸레한 달빛 아래엔 단지 고요가 있을 뿐이었다.

이윽고 양녕의 발걸음은 어느새 아까 그 여인이 사라져간 쪽으 로 옮겨져 가고 있었다. 토담이 무너진 저편에 한 초가집이 있는 데 창 밖으로 희미한 불빛이 새어나고 있었다. 양녕은 혹시 저 집이 그 고양이를 쫓던 미인의 집이 아닌가 싶었다. 그는 성큼 성큼 걸어서 무너진 토담으로 넘어 들어갔다.

방 앞에 다다르자, 그는 불빛이 새어나오는 창문 안을 몰래 들여다 보았다. 가물거리는 촛불 아래 아까의 청상 과부는 바느질

을 하고 앉아 있었다. 불아래 비추인 여인의 모습은 더욱 흰하고
아름답게 보이는 법인지——. 양녕은 자기도 모르는 새 섬돌 위에
올라섰고 손은 이미 문고리를 잡아당기고 선듯 방안으로 들어섰
다. 여인은 힐긋 양녕을 쳐다보는데 그 눈매가 처염하도록 고웁
다.

"놀라지마오. 나는 이번 서울서 평양 구경을 온 사람인데, 달은
밝고 객회가 쓸쓸하기로 이렇듯 무례한 줄 알면서 들어왔으니
낭자는 용서하기 바라오."
하고 양녕이 말하니 여인은 새초롬해서 돌아 앉으며,

"아무리 미천한 집이 옵기로서니 남녀가 유별한 터에 함부로
들어오시다니 어찌될 말씀이옵니까."
하고, 다소 꾸짖는듯 말하였다. 그러나 양녕은 용기를 내어,

"봄 밤의 한때가 천금에 해당한다 하였거늘,
이런 밤을 어찌 우리와 같은 젊은 사람들이 그냥 흘려 보낼
수 있겠오."
하고 비위좋게 말했다. 여인은 더욱 새초롬하며,

"제가 비록 미천한 여인이오나 남편의 소상을 엊그제 치루었는
데 어찌 함부로 외간 남자와 상통할 수 있사오리까. 손님께서
만일 점잖이 물러가시지 않는다면 이몸은 그냥 있을 수 없사옵
니다. 차라리 이 칼로 목숨을……."
하고 어느 겨를에 은장도를 집어 들었는지 목을 겨누었다.

양녕은 겁결에,

"그대의 정절은 과히 열녀요. 그러나 나도 사내 대장부로서
한 번 이 방에 발을 들여놓은 이상 그대로 물러날 수야 있겠

오. 그대가 나의 무례를 책한다면 나 또한 무슨 면목으로 세상
에 나설 수 있겠오. 죽으려거든 나와 함께 죽는게 어떻겠오."
하고 달려 들어 칼을 빼앗았다. 여인은 이윽히 양녕을 바라보더니
그 고운 눈에 눈물이 고이면서,

"고마우신 말씀입니다. 이왕 이리된 바에는 손님께서 도로 나가
신다 하더라도 모두 저의 정절을 의심할 테니 어차피 훼절이란
허물을 둘러쓸 바엔 손님에게 천한 몸이지만 의탁하는 도리
밖엔 없을듯 하나이다."

하고 한숨을 길게 쉬는 것이다. 양녕은 여인의 이말을 듣는 순
간, 무한한 감격과 행복감이 가슴 뿌듯하여 올랐다. 이윽고 그는
여인의 가는 허리를 덥석 끌어안고 촛불을 불어껐다. 달빛이 훤하
게 젖어드는 이 초옥 안이 구중궁궐의 주란화각보다 더 나은듯
하였다. 밤이 새는 줄 모르게 양녕은 도란도란 여인과 지껄였다.

여인은 실로 능란한 솜씨로 양녕을 휘어 잡았다. 이튿날 부터
양녕은 감사가 천거하는 구경은 가는둥 마는둥 하고 여인에게만
파고 들었다.

그리하여 두 사람의 정은 들대로 들고 익을대로 익었다. 이
다음 반드시 그대를 데려다가 서울서 백년해로 할 것이라고 굳게
다짐하였다. 그러나 만나면 이별이 철칙인 것을 어이하랴. 여러날
을 평양에만 머무를 수가 없는 양녕이었다.

드디어 이별의 밤을 말하지 않을 수 없게 되었을 때 여인은
흐느껴 울었다. 물결 치는 어깨, 고운 눈, 눈물이 흐르는 얼굴은
더한층 처염하여 양녕은 구곡간장이 녹아나리는 것 같았다. 이별
이란 것을 그 누가 마련하였던가.

양녕은 자기의 이번 길이 왕명으로 여색을 금하게 되었다는 말이며, 그러니 부득이 이번에는 못데리고 간다 하더라도 다음번에 반드시 와서 서울로 데리고 올라가서 그대와 더불어 백년해로를 할 결심이라고 말하였다. 이 말을 듣는 여인의 눈에서는 눈물이 비오듯 하며 그만 양녕의 무릎에 업디어 흐느끼는 것이었다. 양녕은 구곡간장이 녹아내리는 것 같았다.

이제 이별을 앞둔 두 남녀는 서로 붙들고 놓을 줄을 몰랐다.

이윽고 여인은 흐느끼면서,

"뒷날 대군님을 뵈옵도록 무슨 표식이라도 하나 해주세요."

하고 고운 목소리로 이렇게 말하였다.

"그야 어렵지 않지. 무얼로 할까. 시를 지어 주련?"

"시집올 때 가지고 온 명주치마가 있사옵니다. 거기에 써 주세요."

양녕은 필목을 달래서 붓을 들었다.

'일별음용우막후 초대가처빈가기

색성두옥인수견 미김심추경독지

야월불수규수침 효풍가사권라유

정전행유정향수 익비춘정절일지."

'그대 한번 이별하면 만날 길 없으리니,

그대 어느곳에서 다시 만나리.

연지 곤지 고운 얼굴 누가 보리요.

눈썹에 낀 수심은 거울만 알리라.

달 빛은 어이하여 비단베게 엿보며

새벽 바람 무슨 일로 휘장을 흔드는고

뜰 앞에 다행히도 정향나무 서 있길래

봄 뜻에 이끌리어 그 한가지 꺾었노라.'

일필휘지로 써 내리니 주옥같은 글씨마다 용이 꿈틀거리는 것만 같았다. 그러나 치마폭에는 아직도 여백이 있는지라 양녕은 다시 붓을 가다듬었다.

별로향운산 이정편월구

가인전전야 유옥의향수

(이별 길에 향기론 구름이 흩고

떠나는 정자 위엔 조각달만 걸렸어라.

가련타 잠 못이뤄 뒹구는 밤에.

뉘 다시 그대 수심 위로해주리)."

붓을 놓고 바로보는 양녕대군은 스스로도 그 아름다운 글귀와 주옥같은 글씨에 못내 감탄하길 마지않았다. 순간 정향은 입가에 그윽한 미소를 흘리었다.

그것은 양녕이 모를 깊은 뜻이 숨어 있는 웃음이었다.

그날 밤, 이별을 앞둔 두 남녀의 정은 더 한층 무르녹았다. 그야 말로 슬프고도 달콤한 밤이었다.

이튿날, 길을 떠난 양녕은 성천으로 해서 영변을 거쳐 다시 평양에 들리었다. 그리하여 양녕은 정향이가 보고 싶은 마음에 무너진 토담이 있는 곳으로 가 보았다. 그랬더니 이것이 웬 일인가. 토담은 말끔히 수리되어 있고 그 넘어 초가집도 보이지 않는다. 실로 허무하기 짝이 없는 일이었다. 무슨 요괴에게 홀렸던 것이 아닌가 하고 양녕은 생각하였다.

양녕이 서울로 돌아오자 대궐에서는 임금 세종이 형님의 서경 유람을 축하하기 위하여 큰 잔치를 베풀었다. 군신 상하가 모여 은은한 주악 속에 하룻밤을 즐기게 되었다. 왕은 형인 양녕을 옆에 모시고 그간의 적회를 풀고 있었다.

주흥과 가무가 바야흐로 무르익어갔다. 그때 유량한 풍악에 맞추어 노래 소리가 들려왔다.

　　일별음용우막후 초대가처빈가기
　　색성두옥인수견 미김심추경독지

이때 양녕은 스스로의 귀를 의심하였다. 이게 무슨 노래인가. 분명히 이것은 자신이 평양에서 정향이란 여염집 여인에게 은밀히 정표로 써 준 싯귀가 아니었던가. 그는 한껏 귀를 의심하였다. 그러나 노래는 점점 더욱 또렷하고 청아하게 오언절귀까지 계속하는 것이 아닌가.

　　별로향운산, 이정편월구
순간 양녕은 모든 것을 알아 차리었다. 그폰 해와 달을 그린 평풍 뒤에서 한 사람의 선녀같은 미희가 춤을 덩실덩실 추며 나왔다.

"어, 저게 누구냐?"

그것은 꿈에도 잊을 수 없는 정향이였다.

양녕은 그만 상감 앞에 꿇어 엎드렸다.

"신이 왕명을 어긴 죄과가 크다 아니 할 수 없사옵니다. 벌하여 주십시오."

"형님 그게 무슨 말씀이요. 비록 왕명을 어겼다 하시나, 인간 본능이오니 어찌 아름답다 아니 하리까. 형님이 그동안 술을 금하신 것만 하여도 과인의 부탁을 잘 이행하신 셈입니다. 그리고 그 동안의 모든 일은 이 아우가 꾸민 일이오이다. 과인이 또한 형님을 속인 허물이 있지 않습니까."

왕상의 말에 군신 이하는 모두 박장대소 하였다.

그리하여 무르익을 대로 무르익은 이 연석의 홍취는 정향의 가무로 인하여 더 한층 홍을 돋구었다.

임금 세종은 용안에 화기로운 웃음을 연신 지으면서 형님 양녕에게 낱낱이 말하였다. 자신이 평양감사에게 밀지를 내리어 미희를 택하게 하고 정향으로 하여금 형님을 모시게 하였다는 것이며 그뒤 정향을 불러 올려 시험을 해 보니 그 총명 영민함이라던가, 미모 절색등이 장차 형님을 모시기에 손색이 없기로 대궐에 머물러 두고 치마폭에 받아온 형님의 시는 장악원에 명하여 작곡케 하여 오늘 밤 이렇게 연주케 하였다는 이야기등을 속속들이 털어 놓았던 것이다.

이윽고 잔치가 파하자 왕은 정향을 앞에 불러

"네가 우리 형제간 우애를 두텁게 하였으니 가상하기 이를 데 없노라, 내 이제 변변치 않은 상금과 별궁 비복을 너에게 내리노니, 너는 더 한층 힘써 우리 형님을 잘 받들어 모시도록 하라."

하는 우악한 말씀과 함께 큰상을 하사하였다. 양녕과 정향은 성은에 감격하여 못내 치사하면서 퇴궁하였던 것이다.

특히 이날 밤은 상감이 마련해준 침실에 들어 양녕과 정향은 원앙 금침을 나란히 하게되었다.

이때 정향은 만면에 홍도를 띠우고 양녕에게 아뢰었다.

"나으리! 큰죄를 용서하시와요."

하며 살풋이 치떠보는 그 눈매에는 애교가 흘러 넘쳤다.

"용서 못하겠다. 일개 기녀의 몸으로 왕의 형을 속인 죄가 막중하니 벌을 받아도 이만저만한 벌을 받아선 안되겠구나. 자 우선 이 도포를 풀어라."

"상감님께옵서서도 모든 죄를 다 용서하시왔사옵고, 하물며 나으리께서는 신하된 도리로서 인군의 명을 거역하신 죄도 속하셨거늘……."

양녕은 그 깜찍한 정향을 으스러져라 포옹하면서,

"애 참 기특하구나. 어쩌면 고 조그만 가슴 속에 대장부를 농락할만한 배포가 깃들어 있었더냐 말이다."

하고 칭찬하였다.

"소녀가 처음부터 마음에 없었다면 그런 꾀가 나올리 있사옵니까."

정향은 양녕의 품 속에서 속삭였다.

영영 못만날 이별일 줄만 알았던 두 남녀는,

이렇게 서로 붙안고 가슴 메이는 듯한 환희와 행복감을 주체 못하면서, 늦은 봄 밤을 마음껏 향락하였던 것이다.

태상과 남상가

최후의 차사

저 남산에 가 돌을 깨니
정이 남음이 없네

정도전과 남은이 방원의 손에 죽을 것을 미리 예언한 동요로서
남산은 남은을 가리킨 것이며 정은 정도전을 가리켰고 남음이
없다는 죽음을 뜻했다 전해진다.

한양에서 이 동요가 불리울 즈음의 이야기다.

"무엇이라고? 내 일찌기 방원이란 녀석을 둔 일이 없거늘……
자식이 아니거늘……어인 일로 왔다던고! 모조리 베어라!"

태상왕은 담뱃대로 잿떨이를 호되게 내리친다.

여기는 함흥 태상왕 행재소이다. 찾는 차사는 살아 돌아가지를
못하였다.

한사람의 차사가 왔다.

"태상께 금상으로 부터의 문안이오!"

"문안이라고? 세자를 없앤 것이……뉘없느냐? 저놈을 당장에

참하여라!"

태상의 말이 떨어질 겨를없이 차사는 달려온 근신의 칼에 쓰러졌다.

"금상으로 부터 태상께 문안이요!"

하고 행재소 뜰에 부복하였다.

"이 고얀것! 방석, 방번, 그리고 내 사위를 죽인것이! 내 아직 활을 잡을 힘이 있거늘!"

명궁 태상의 손에 활이 잡히자, 차사는 퍽하고 땅에 머리를 박고 쓰러졌다.

살아 돌아갈 수 없는 길이었다.

그런 길이언만 방원은 차사를 보내었다. 태상이 지치고 굽히어 오는 날을 기다리며 그 입가에 모멸에 찬 웃음조차 띠며 하는 짓이었다.

태상은 그 방원의 가슴팍에 독기 찬 활촉을 처박고 있었다.

뜰 안에 나무잎이 하나 둘 소리없이 떨어진다.

(나도 저 고목에 붙은 잎사귀가 아닐고! 땅 위에 떨어져야 할……)

태상은 수삼년래 퍽 노쇠하였다. 가끔 허전한 심사에 사로잡힐 때가 많았다.

아들 방원과의 대립에도 지쳤던 것이다.

올 여름 무학대사가 왔을 때 못이기는체 하고 따라 나섰던 것도 그런 연유에서 였다.

금강산을 거쳐 오대산을 지나서 양주 소요산 까지 와서 막상 장안으로 들어가려고 하니 발길이 옮겨지지를 않았다. 함흥을

떠날 때 굳이 마음을 먹은 것이 장안 앞턱에 오니 방원의 괘씸한
생각에 분통이 터져 나왔던 것이다.

태상은 소요산에 행궁을 지었다. 머물러 마음을 가라 앉히려
했다.

태종은 의정 조순, 김사형들을 소요산으로 보냈다. 모두 태상을
모시던 늙은 신하들이라 태상의 노여움을 풀어 보자는 의도였
다.

태상은 방원의 이런 처사에 더 분노했다.

(어이하여 자신이 나와 마중치 못하고……사람을 보내어 달랜
다고?)

태상은 방원의 그 고집이 싫었다. 방원의── 짐이 금상으로
어이 굽힐 수 있으랴!──하는 이 고집은 전날 젊은 날의 태상이었
다.

아들을 아는 사람은 아비였다.

방원이 계모 출생의 동생 방석을 없이한 것도 모르는 바는 아니
다. 형인 방원을 두고 동생을 세자로 책봉한 것이 못마땅 하였던
것이다. 더구나 방원은 개국 공신이었다. 고려말의 검은 풍운에
아비를 도와 싸웠다. 그래서 의당 되어야 할 상감이었다.

그러나 태상은, 방원이 아비에게 배반한 자라 하였다. 난을 일으
킨 자였다.

부자는 그 고집을 서로 꺽이려 하지를 않았다.

늙은 신하들을 행궁안에 들이지 못하게 하였다. 태상은 신고를
겪은 오랜 신하들을 대하고도 싶었으나 그들이 지금 방원을 받든
디는 생각이 들자 비웠나.

방원의 분부를 받들고 온 노신들은 행궁 안에 한발도 들여놓지
못하고 서성거렸다.

"태상께 아뢰어라. 상감의 분부 받잡고 온 우의정 조순이니라."

"뵈올수 없오이다."

"전날 태상을 모시던 조순이다. 문안이라도 드리려 하네."

"태상을 모시던 선비가 오늘날 금상의 우의정으로 어인 연유로
이 행궁으로 찾으시오? 물러 가시오."

태상의 근신은 삿대질까지 하였다. 근신들은 방원이 보내는
사람이란 말만 들어도 당장 칼을 뺄 기세였다.

"굳이 뵈옵고 싶네. 그리하여 금상의 심금을 아뢰고자 하네."

"어서 비키시오. 태상께서 풍양행궁으로 거동이시오."

"거동?"

조순은 이 기회를 놓치지 않고,

"여보게, 행차도중에 태상께 아뢰올 틈을 주게. 태상을 오래
모신 사람이니 태상의 흉중을 모를 리 없어 다시 부자지정을
맺고자 하네."

하는 조순의 눈에는 이슬조차 맺히었다.

조순을 측은히 본 근신은 교를 길 한가운데 와서 멈추게 하였
다.

"어이하여 세우는고?"

태상은 포장을 들치었다.

근신은 태상의 앞에 와서 부복하더니, 아무말 없이 머리를 논
한가운데로 돌리었다.

논바닥에는 흰머리의 늙은 신하가 부복하고 있었다.

머리를 쳐들어 태상을 우러러 보는 그 신하의 눈에서는 눈물이
넘쳐 흐르고 있었다.

(오−조순!……)

태상은 나오는 말을 삼키었다.

(조순도 백발이 되었구나! 이대를 걸치어 허물 많은 부자를
섬김이 오죽이나 하랴!)

태상도 코언저리가 시큰거려 옴을 어쩔 수가 없었다.

태상은 고개를 돌리어 근신에게 길을 재촉토록 하였다.

이를 본 조순은 무릎걸음으로 달려와서,

“장안, 장안으로 듭시오이다!”

하고 교를 붙들었다. 태상은 장안이란 말에,

“경은 어느날까지 역대의 공신인고? 장안은 뉘의 장안이던고?
방원은 그 아비의 명을 어기고 정도전, 남은을 하루밤 사이에
없애고, 그리고, 세자마저 베인 대역! 경은 어이하여 그런 심부
름을 나섰는고? 물러가라!”

하고 나무랐다.

그러나 노신도 지지를 않고 있었다.

“그러하오나 금상은 태상마마의 핏줄이오이다. 어이하여 태상
께옵서는 그 핏줄기를 끊으려 하시오니까! 골육지정은 예로
못끊는다 했사오이다. 이어 나라 만년지계를 세우사이다!”

“계모의 아들이라 하여 아비가 세운 세자를 못마땅히 여기고
내 살아 생전에 뼈아픈 짓을 한 녀석, 집안을 망친 녀석이어
늘! 내 어이 본다던고? 물러가라! 당장에 그 가슴팍에 활촉이
밝혀야 알아 차리겠는고?”

태상의 눈에서는 불길이 일어났다.

태상은 함흥 행재소로 돌아왔다. 소요산까지 갔으나 방원을 사할 수는 도저히 없었던 것이다.

행재소의 근신들은 사나워졌다. 이제 한 사람의 차사도 살아 돌아가지를 못하였다.

목숨이 붙어 돌아가지를 못하여도 방원은 차사를 떠나 보내었다.

태상은 차사를 하나 베일 수록 신상은 초췌해 갔다.

태상은 자식을 베이는 괴로움을 느꼈던 것이다. 방원은 이를 알면서 보내고 있었는지도 모른다.

차사를 보는 태상의 눈에는 익선관을 쓴 방원으로 보였다. 아비를 거역하고 보위를 빼앗은 대역에게 활촉을 박았던 것이다. 그러나 그뒤에 오는 공허감은 뼈를 깎았다.

말 우는 소리가 시끄러웠다.

"저것은 어이 소란한고?"

근신은 근처 농가의 새끼 말이 운다고 한다.

밤이 오니 더 울었다.

"어제 그 어미 말이 딴 곳으로 갔다 하오이다······어미 말 그려 우는가 보오이다."

근신은 이렇게 아뢰었다.

말의 우는 소리는 애절하였다. 잠시도 그치지를 않았다.

"어미말을 그려 운다고? 어미를 불러?"

"하찮은 짐승도 어미를 아나보오이다."

"새끼가 그 어미를 안다고?"

태상은 버럭 소리를 질렀다. 그리고 태상의 얼굴은 점점 사나운 빛으로 변하였다.

"……내 새끼말의 목을 베어라!"

태상은 마음을 가라 앉히지를 않았다.

새끼말의 울음소리는 귀밑 바닥을 떠나지 않았다.

방원이 있는 쪽을 보는 것도 싫었다. 영 한자식을 잃고 눈 감으리라 했다. 어서 하루 속히 세상을 떠나는 날을 기다리고 있었다.

그렇건만 방원은 차사를 보내고 친히 행재소를 찾지 않았다.

태상 앞에 나서는 방원을 그냥 두지 않으리라는 것을 아들은 알고 있는 터였다.

활촉이 아니면 철추로 대할 아비였다.

부자지의를 단념한 태상은 무료히 앉아 지붕에서 눈 녹아 떨어지는 소리를 듣고 있다.

땅위에 내리는 눈은 풀리고 있있다. 얼었넌 겨울도 봄을 그리었다.

밖에 말방울 소리가 나더니 학신의 노인이 들어섰다.

(박순이 아닌고!)

박순은 판중추로 태상과 죽마지우였다.

방원이 박순으로써 차사로 보낸 것은 태상이 해치지 못하리라 믿었기 때문이다.

박순도 나라에 마지막 힘을 보태는 마음으로 길을 떠났던 것이다.

태상은 이 고우를 마루까지 나아가 맞았다.

"어서 올라 오오."

"옥체 만강하시오니까?"

박순이 마루 밑에 부복한다.

"올라가지."

태상은 박순을 부축하고 방으로 들어왔다.

태상은 기쁨을 참지 못하며,

"이 얼마만인고?"

"이미 뵈오려 하였사오나……황공하오나 해소가 또 도져 늦었
사오이다."

"그대는 그 해소가 항시 말썽이야."

"태상께서 보내신 봉산밀 요긴히 썼사오이다."

"봉산을 지나다 밀이 해소에 잘 듣는다 하기에……별로 효력이
없지?"

"약효를 보았오이다. 워낙 뿌리가 깊어 이제는 어이 할 수 없나
보오이다."

하고 박순은 클럭거리기 시작하였다. 얼굴은 검버섯이 피었고
가죽이 말라 붙어 여생도 얼마남지 않아 보였다.

"……어제 같거늘……동산 눈길에 싸움놀이하던 날이……어서
자리를 편히해."

하고 태상은 위로한다.

태상과 박순은 각기 한편의 장수가 되어 잘 싸웠다.

자라서 여정에 있을 때에도 태상과 더불어 왜구를 물리치는
고전에 말을 나란히 하였다.

왜적이 전 경양도를 휩쓸때 일이다.

함양 운봉등의 힘에 의거할 때에 태상의 위를 구한 것도 박순이
었다.

"황산이었겠다. 산허리에 이르렀을 때 불시에 한놈이 뛰쳐 나왔
지. 그대가 아니었으면 그것의 칼을 받았었지. 우리는 그 시
쫓기고 있었던걸……"

태상은 황산싸움을 회고하고 있었다.

"……차라리 그 시에 죽었더라면……."

태상은 문득 이런 말을 하였다.

박순은 황공한 말에 몸 둘 곳을 몰라한다. 천군만마를 질타하던
이 어른에게서 이런 말이 나올줄이야! 태상의 심중을 모르는 바는
아니다. 그러기에 천리길 개의치 않고 온 것이다.

박순은 두 무릎을 모으며,

"그 어인 말씀이 오니까?"

겨우 이런 말을 하였다.

태상은 한참을 말이 없다가,

"아니야 박순, 살아 욕이었어!"

하는 말은 거의 신음소리에 가까웠다. 마침, 사양을 받고 있는
태상의 얼굴은 쓸쓸해 보였다.

술상이 나왔다.

"내 부질없이……어서 이리 오오."

태상은 박순에게 술잔을 권하였다.

옛친구를 만난 태상은 기쁜 모양이었다. 얘기는 모두 어릴 때의
일이다. 잔을 거듭하던 태상은 이런 말도 하였다.

"박순, 우금도 보여를 못잊나?"

"잊은지 오랜 일이외다."

"세월이 갔다고 잊을 수 있을는지."

"그 얼굴도 떠오르지 않으오이다."

"기억할 수 없다고? 그러이도 못 잊고 앓아 누웠더니……박순은 인생에 그 하나이 한일일 것을 하 하하……."

하고, 태상은 소리 높여 웃었다.

보여는 판전객사사 신우의 딸이다. 혼처도 정한 처자였다. 태상은 이를 못잊고 자리에 누워 앓고 있던 박순에게 놀러 왔던 것이다. 그때 달을 두고 박순은 바깥 출입을 하지 않았다. 그럴 무렵 활을 잡게 한 것은 태상이었다.

산골의 달은 어느새 떠올라 이 두사람을 환히 비추어 주고 있었다.

박순은 자리를 바로하고,

"고요한 산중이오라 얼마나 무료하시오니리까?"

"……."

태상은 취하여 눈을 감고 있다.

"태상께 아뢰올 말이 있아오이다."

박순은 한팔로 방바닥을 내리 짚었다.

태상은 눈을 퍼떡 뜨고 박순을 쏘아 보았다.

이상히 빛나는 눈, 박순은 이런 태상의 눈을 여러번 보아 왔다.

"자네도 또한 자네의 상감의 심부름으로 왔겠다?"

태상의 살기 띄운 말이 떨어졌다.

"그것의 심부름이렸다?"

"태상! 이 늙은 것이 마지막 나라 은혜에 보답하는 길이었아오이다."

"당장 끌어내어 베일 터이다. 차사는 아니렸다! 박순!"

"죽사와도! 차사로 왔아오이다. 태상! 돌아가오소서. 장안으로, 그리하여 백성들의 우수에 찬 미간을 풀어 주옵소서! 여염집에서도 부자 불합이 오면 패가 망신이라 하더이다! 태상!"

"패가망신?"

"태상! 나라를 어이 망치려 하시오니까?"

"그 녀석에게 일러? 그런 헛소리는……."

"어서 뜻을 정하오소서. 시내의 물도 위에서 흘러내려 오거늘, 금상을 사하시와 새나라의 만년대계 이루오소서!"

"베일 것이니라! 박순! 헛말을 그만두지 못할까!"

버럭 소리를 지르는 태상의 찢어진 눈에서는 불이 일고 있었다.

그 소리에 놀랐는지 천정에서 무엇이 툭 떨어졌다. 따라 또 하나 떨어졌다.

쥐였다. 새끼 쥐와 어미 쥐──.

나중에 떨어진 것이 어미 쥐였다.

새끼 쥐를 끌고 가려는 꼴이었다.

인기척이 나도 어미 쥐는 달아나지 않고 다리를 상한 새끼 쥐를 힘을 다하여 끌고 있었다.

"태상! 업디어 바라옵나니 장안으로 다시 드사이다. 그리하여 부자지정을 온전히 하오소서."

"이 늙은 것의 마지막 원이외다. 태상! 만년의 창입을 어이

망치려 하시오니까!"

박순의 얼굴은 눈물로 뒤범벅이다.

"그런 말을 말래두! 박순! 말아주오!"

태상도 어느듯 흐느끼는 듯 보였다.

다음날 돌아가는 박순의 마음은 편치 않았다.

태상의 심중을 아는 사람은 박순이었다. 그런 사람이 공연히 이번 길을 나섰다고 뉘우침이 컸다.

더구나 태상이 자기로 인하여 괴로움이나 더하여 지지 않았나 내심 송구하였다.

돌아가는 길은 멀었다.

눈 녹은 진길이었다. 발꾼들은 몇번이나 신발을 고치었다.

산마루에 남은 눈 바람이 행인의 볼을 매혹하게 때리곤 했다. 박순의 해소도 도졌다.

박순은 길막에서 쉬어가기로 했다.

근신들은 태상을 의아히 여겼다. 차사가 떠난지 한나절이 되어도 어인 영도 내리지 않았다.

지금까지 없었던 일이다.

해가 기울어졌다. 근신들은 태상이 잊은 것이라 했다.

근신 하나가 안으로 들어갔다.

"태상께 아뢰오! 오늘 떠난 늙은 차사를 어이 하오리까?"

"박순을?"

"우금까지 차사는 한사람도 살려 보내지 않았나이다. 지금 달려가 베겠나이다! 어이 차사를 살려 두오리까?"

태상은 망서렸다. 그러나 망서림도 잠시였다.

박순도 차사였다.

"그렇지! 내가 장안으로 가서 방원을 만난다고? 어서 쫓아가!"

"네!"

하고 나가는 근신에게 태상은,

"허나, 용흥강을 이미 넘었을 것이니라…… 강을 넘었으면 살려
보내라!"

하였다.

박순을 베고 싶지는 않았던 것이다.

박순이 용흥강은 넘었으리라 믿었다.

근신들은 밤이깊어서야 돌아왔다.

"태상께 아뢰오! 박순을 막 용흥강에서 베고 왔나이다."

"뭣이?"

"강을 미처 넘지 못했나이다."

"시가 지체 됐거늘 어이하여 여태 강을 넘지 못하고……."

"가는 길에 해소로 길막에서 지체하였다 하나이다."

"물러들 가라!"

근신을 물리친 태상의 처소에서는 곧 통곡소리가 나왔다.

"박순! 박순!"

목을 놓아 우는 태상의 울음소리는 열흘이 넘어도 그치지 않았
다.

이 일이 있은 후, 태상은 방원을 찾아 나섰던 것이다.

내사랑 벽화희

노파의 충언과 임금의 개심

때는 신라의 제 21대의 조지왕 22년 9월에 일어난 일이다.

해마다 가을이 되면 조지왕은 시골의 마을을 돌았다.

누렇게 익은 황금물결의 벼이삭을 보면서 민정을 시찰한다는 것은 임금의 재미나는 행사에 속하는 그것이었다.

아! 이나라의 아름다운 강산이여!

어느 임금이나 민정을 시찰하러 나오면 한바탕 탄식하는 것은 우리 나라의 아름다운 강산이다. 그리고 그 뒤미처오는 탄성은 이나라의 풍년을 노래하는 그것이었다. 시화년풍은 이 강산의 좋은 시절을 노래하는 그것이다.

조지왕이 민정을 시찰하여 돌아 나온 곳이 날기군이었다.

지존의 상감마마가 이 고을에 오시었다!

백성들은 어쩌다가 한번 오시는 임금님의 발자취를 무한한 영광으로 알았다. 임금이 백성을 사랑하느니 만큼 백성도 임금을 우러러 뵙기가 소원이었다.

한적하던 마을은 갑자기 흥성흥성 하였다. 읍으로 촌 사람이 쏟아져 왔다. 똑똑히 우러러 뵈옵지 못하고 굴러가는 뒤수레 바퀴만 보아도 임금님의 고마움을 느꼈다.

그것은 시화년풍은 모두 임금님이 가져다 주시는 것이라 생각하였던 때문이다. 이래서 신라의 국풍은 순후 하였다.

이 날기군은 유난히 풍경이 좋았다. 자고로 우리나라는 어느곳이나 아름다운 강산이 아닌곳이 없으나 날기군은 그중에도 더욱더 아름다왔다. 가을의 저녁노을이 서녘하늘에 물들려 할 때 루다락에서 멀리 바라다 보는 경치는 어디서나 보여지는 것은 아니다.

이 날기군에서 보는 경치는 그것 뿐만도 아니었다. 그윽한 산골짜기의 깊은 단풍이 더욱이 아름다웠다. 이 아름다운 강산을 끝없이 즐겁게 누리는 조지왕은 괜스레 어느 한 구석이 서운하였다.

"아! 이런 때 아름다운 여인을 짝지어 소요를 하면 얼마나 좋을까?"

무심코 한마디 한 조지왕의 말소리는 고을 유력자의 심금을 두드리었다.

이런 좋은 경치를 호젓이 다니시는 임금님의 심경이 여인이 없음으로 인하여 호젓을 지나 적막하실 것은 너무나 당연하다고 생각하였다.

"어쩌나?"

늙은 시녀는 임금님의 호젓한 심경을 알 수 있었다. 늙은 시녀는 동시에 떠오르는 얕은 계교가 있었다.

벽화!

조카딸 벽화가 생각났다.

늙은 시녀가 고향을 떠나온지도 벌써 십년이 넘었다.

조카딸이 어리광을 부리면서 매어달리던 그시절!

까마득한 옛날 같지가 않고 엊그제만 같았다.

이 애가 어여쁜 색시가 되었겠지!

이 어여쁜 색시를 왕과 거닐게 하였으면 하는 생각이 들었다.

소문을 들었으면 오빠가 아마 이곳을 찾아 오련마는…….

늙은 시녀는 자기 오빠 파로까지도 생각해 보았다.

조지왕은 오늘도 루다락에 오르시어 저녁노을을 하염없이 보시고 계시었다.

"오빠!"

생각은 적중하여 그 이튿날 머나 먼 오십리 길을 밤을 새워 그녀의 오빠가 늙은 누이를 찾아 왔다.

"어마나, 얼마만이세요?"

"야!"

파로는 연신 야— 소리만 질렀다.

"오빠도 이제는 늙으셨어 벌써 흰 터럭이 나시었구려!"

정다운 남매의 표정은 아름다운 풍경화의 한장면 같았다.

머나 먼 곳에서 온 오빠를 위하여 늙은 시녀는 맛있는 궁중음식을 많이 내어 놓았다.

"그 애도 잘있어요? 벽화도……."

"웅, 이번에 같이 온걸!"

"그러면 같이 들어 오시지 않고……."

"지엄한 이곳에 촌사람이 함부로 들어 올 수가 있나?"

"그도 그렇습니다마는 넌지시 들어오는 일은 관계가 없지 않아요."

늙은 시녀는 맞받아 말을 넘기면서 한 생각에 잠기게 되었다.

벽화를 호젓이 계신 조지왕에게 바치고자 하는 생각이었다.

좋은 지혜라면 좋은 지혜였고 나쁜 지혜라면 나쁜 지혜였다.

늙은 시 녀는 자기 오빠를 넌지시 불러가지고 귓속말을 하였다.

"그래도 괜찮으냐?"

"염려 마세요."

"난 모르겠다."

"한달에도 궁중에 들어오는 색시가 항상 오륙명은 됩니다."

"자네가 알아서 하는 일이고 또 그 애의 장래를 위하여서라면 그러마!"

파로는 가슴이 약간 설레었다.

파로는 속으로는 몹시 좋았으나 어디인지 근심스럽기도 하였다. 기쁨과 근심이 교차되니 얼굴 표정이 어려워졌다. 얼굴은 점점 심각한 표정에 잠기지 않을 수 없었다.

"염려마세요. 잘되면 임금님의 비빈이 될 것이오. 못되어도 저같이 될 것이 아닙니까?"

누이의 말을 듣고보니 그도 그러하였다.

"잘 되면 비빈!"

좋은 생각이라고 되뇌이게 되었다.

"못되어도 시녀!"

기회는 좋은 기회라 생각되었다.

늙은 누이가 일러주는 계획도 근사하였다.

"늙은 누이가 어련히 알고 꾀를 내었으랴! 결행하리라!"

파로는 굳건히 결심하고 늙은 누이를 보면서

"그러면 자네 말대로 하네."

"그렇게 하세요."

파로는 가벼운 걸음으로 이 궁을 나왔다.

읍을 한바탕 돌았다.

파로는 좋은 농을 발견하려는 심산이었다. 그러나 좋은 농은 그다지 쉽사리 발견되지 않았다.

한곳에 농이 있기는 있으나 그다지 화려하지 못하였다.

시골에서 만드는 농이란 이런 것이 보통이었다. 크기만 하였지 화려하지는 못하였다.

파로는 두바퀴나 장거리를 돌았으나 기여코 발견하여 쓰게 된 것은 큰 농이었다.

농을 사서 전방아이에게 지워가지고 사처에 돌아오니 딸이 깜짝 놀래 물었다.

"아니 웬 농을 사오시었어요?"

"아무말도 말어라!"

"그날 저녁 부녀는 늙은 누이가 말한대로 이행할 것을 상의하였다."

이제 열여섯 밖에 안된 벽화는 이름 그대로 아름다운 한송이 꽃이었다.

아버지의 말씀을 들은 벽화는 가슴이 이내 설레였다.

왕비! 그렇지 않으면 시녀!

두가지 환영이 왔다 갔다 하기를 몇 차례 하였던지 모른다.

아버지의 말씀대로 옷을 벗고 비단으로 몸을 싸고 솜속에 파뭐히니 갈데없이 한개의 연꽃이었다.

이른 아침 파로는 벽화가 들어 있는 농을 중값을 주어 조지왕께
바치게 하고 그길로 집을 향하여 떠났다. 뒷일은 늙은 누이가
잘 알아 행할 것이라 생각되기도 하였지마는 이 일로 해서 까딱
잘못하면 벌을 받지 않을까 하는 생각도 없지 않았다.

"날기군의 유력자 파로가 무슨 선물이온지 농짝을 바치고 갔사
옵니다."

"그래? 어디 대청에 갔다 놓아라."

조지왕은 띄엄 띄엄 두번을 말씀하시는 것이었다.

뫼시는 신하와 시녀 그리고 그곳의 유력자가 모두 모였다.

지금 막 농이 열리려 하고 있었다.

모두들 호기심이 그득한 눈으로 그 농을 쏘아보고 있는 듯 했
다.

농문이 소리도 없이 열리었다.

아아!

모두들 탄성을 발하였다.

참으로 의외의 일이었다. 그곳에는 한사람의 아름다운 미녀가
그린듯 앉아 있었다.

고개를 약간 수그리고 부끄럼 때문에 잔뜩 고개를 숙이고 있는
게 아닌가—.

"아, 이런!"

조지왕도 놀래었다.

"고개를 들라."

벽화는 고즈넉히 고개를 들었다.

어여쁜 색시!

조지왕의 첫 인상은 이것이었다.

그러나 한동안 말이 없었다.

조지왕은 약간 성난 얼굴로 입을 열었다.

"괘씸한 것, 딸아이를 그렇게 바치는 법이 있나! 빨리 도로 보내라."

왕은 성난 얼굴을 가장하느라 애를 썼다.

그러나 마음 속에는

──이런 촌마을에도 저런 어여쁜 색시가 있나? ──

속에는 아무래도 노여움이 일지 않았다.

이때에 늙은 시녀가 내달았다.

"늙은 것이 진상을 할줄 몰라 그리된 듯 하여이다. 그대로 받아 두심이 좋을까 하나이다."

"안된다. 괘씸하다! 너무 모르는구나. 도로 보내라."

늙은 시녀는 낭패라 생각되었다.

두어번 발설을 하여 보았으나 늙은 시녀는 꾸지람만 들었을 뿐, 멀쑥히 물러서지 않을 수 없었다.

파로는 농짝이 도로 쫓기어 오는 것을 보고 낙망하면서 붙잡히면 단단히 고생하리라 생각되었던 것이다.

누이의 말만 듣고 임금님을 놀린 꼴이 돼 버린 것이다.

파로는 생각할 수록 잘못 되었다고 뉘우쳤다.

농을 메고 온 관인들은 농을 두고갈 뿐, 주인인 파로는 찾지 않았다.

관인이 멀리 산모퉁이를 지나 간후에 파로는 긴 한숨을 휘유 쉬었다.

"어찌된 일이냐?"

"……."

딸아이 벽화는 울기만 하였다.

"어찌된 일이냐?"

"몰라요."

울던 눈물을 걷우고 톡 쏘는 소리가 원망스럽게 나왔다.

"내 잘못했다. 용서해다오."

"……."

벽화는 그제서야 농에서 나와 옷을 갈아 입었다. 눈물은 아직도 마르지 않았다.

"너의 아버지 하는 일이 그따위 짓이나 하고 다니지 무엇을 하겠냐. 쯧, 쯧, 쯧!"

아내는 혀까지 찼다.

파로는 무엇이라 답변할 말이 없었다.

"내 다 잘못했다. 용서해 다오."

"내 그저 무슨 일을 꾸미고 다녔나 했더니 그런 일을 했구면. 어이 못난 일 고만 작작하고 다니시오."

아내의 꾸지람도 여간 아니었다.

파로는 늙은 누이가 원망스럽기도 하였다. 그러나 늙은 누이가 무슨 심정으로 이런 욕을 보게 하였으랴 생각하니 모두 한바탕의 꿈이오, 욕심이었다.

"내, 다 잘못이다. 용서해라!"

여러번 용서를 비는 아버지의 심정을 위하여 벽화는 눈물을 걷우고 아무 말이 없었다. 이 일로 명랑하던 집안이 갑자기 우울해져 버렸다.

밤이 이슥하자 파로의 집안은 고요해졌다.

똑! 똑!

창문을 두드리는 소리가 나자 깜짝 놀라 깨인 사람은 파로였다.

"누구야?"

"저에요."

"응, 이밤중에 누이가 웬일이야?"

"쉬—"

등불이 비치는 곳에는 건장한 사나이 두사람과 자기 누이가 서 있었다.

"어림이시오!"

파로는 몸이 부들 부들 떨리기 까지 하였다.

"벽화 자느냐?"

파로는 아내와 딸이 자는 창문 밖에서 가만히 소리쳤다.

"누구야?"

아내가 먼저 소리쳤다.

"나요, 나 내가 왔오."

남편 파로의 말소리를 듣고 아내는 고즈넉히 나왔다.

"자다말고 웬일이세요?"

"쉬—"

파로는 우선 떠들지 말라는 군호를 하고 임금님이 오신 것을 말하였다.

아내도 이내 몸을 부들 부들 떨었다. 그러나 마음 속으로는 기뻤다.

파로는 아내와 사랑방으로 왔다.

늙은 시녀는 조지왕을 안내하여 벽화의 방으로 인도하였다.

벽화의 방에서는 불이 켜졌다가 다시 꺼지고 도란 도란 두사람의 말소리가 들려왔다.

이 밤에 새로운 역사가 또다시 쓰여지고 있는 것이었다.

"상감마마 날이 밝았사옵니다."

"응, 그래."

조지왕은 늦잠이 드시었던 것이다.

한사람의 시신과 늙은 시녀는 밖에서 밤을 꼬박이 새웠던 것이다.

"말 준비는 다 되었느냐?"

얼마후 방안에서 조지왕의 말씀이 나왔다.

"말 준비는 다 되었습니다."

세사람은 말을 타고 왔던 것이다.

지새는 안개 속에 세사람의 말은 세차게 뛰었다.

날이 밝으면 요란스럽다고 생각되었다.

말은 세차게 뛰건마는 조지왕은 벽화의 어여쁜 환영에 사로잡혀 있었다.

안개는 늦은 가을을 늦게까지 장식해 주었다. 말 세필은 후줄근하게 땀에 젖어 있었다.

임금님이 밖에 나가신줄도 모르고 이궁의 모든 사람은 아직도 깊은 잠 속에 잠겨 있었다.

시신은 시신대로 자기이 방으로 그림자를 숨기고 시녀는 시녀

대로 자기의 방으로 사라졌고 조지왕은 조지왕도 남의 눈에 띌세
라 살그머니 자기의 방으로 자취를 감추었다.

조지왕은 전과같이 여상히 침전에 드시어 누웠지만 생각은
벽화에게로 쏠려 있었다.

"네 나이 몇살이지."

왕이 가만히 물으셨을 때 간신히 대답하던 환영이 떠 올라왔
다.

"열여섯 살이와요."

떨리는 목소리로 애띠게 나오던 그 목소리는 첫인상의 그 목소
리였다.

"네 이름이 무엇이지."

"벽화!"

응석을 섞은 목소리로 가슴에 푹 안기었을 때 벽화의 가슴은
뛰고 있었다.

벽화의 뺨은 사뭇 보드라운 햇솜을 만지는 것 같았다.

"나의 어여쁜 구슬! 산간벽지에 이런 어여쁜 구슬이 꽃피고
있으리라고는 뜻밖이다……."

벽에 걸린 풍경화가 눈에 들어 올때까지 조지왕은 벽화의 환영
에서 떠나지 못하였다.

왕은 기여코 그날을 못넘기고, 또 그 밤에 한사람의 시신과
시녀를 데리고 머나 먼 오십리 길을 찾아 왔던 것이다.

사랑이란 한번 불붙게 되면 어느 정도에 불이 붙어야 된다.

조지왕은 그날의 한낮이 지루 하기도 하였다.

지루한 한낮을 보내고 저녁이 되기가 무섭게 또 다시 벽화의

집을 찾았다.

사랑이란 높은 지위도 잊게 했다. 조지왕은 저녁이 되면 먼길을 떠났다. 또한 서라벌의 궁전으로 돌아가기도 잊었다.

펼쳐놓은 사랑보다도 숨어서 속삭이는 사랑이 더 아름다웁고, 애틋하게 느껴졌다.

파로의 집은 때 아닌 꽃이 피었다.

조지왕이 올쩍 갈쩍이면 으레 단 한집 만이 길거리에 등불을 휘황하게 비쳐주고 있었다.

"저 집이 무슨 집이냐?"

이날은 늙은 시녀와 같이 가던 때이다.

"주막인듯 하옵니다."

"오늘밤은 그집도 들러 보자."

느닷없는 임금님의 명령이라 거역할 길이 없어 그집으로 늙은 시녀가 안내 하였다.

그집에는 한사람의 노파가 있어 꼬박 꼬박 졸다가 손님을 맞아 주었다.

"어서 오세요."

눈을 부비면서 간신히 하는 말이다.

"길을 가다 날이 저물어 잠깐 들렀오이다. 술이 있는지?"

왕은 행인을 가장하면서 슬며시 말을 꺼내었다.

"술이 좋지 못합니다."

노파는 벌써 눈치를 챈듯 하였다.

"촌의 술이 별 수 있겠오. 아무런 술이나 있거던 내시오."

노파는 왕의 행색과 늙은 시녀의 행색을 자꾸 보면서 술상을 보아 오는 것이었다.

왕은 술을 한잔 드시었다.

술맛은 망칙하였다. 텁텁한 위에 시기까지 하였다. 그러나 왕은 아무말도 안 하시고 한잔 드시었다.

"요사이 술이 잘 팔리오."

왕은 일부러 물었다.

"그저 심심하지 않게 팔립니다."

"다행이오."

다시 말문이 막히었다.

그러나 중요한 말이 묻고 싶어 들어온 왕이라 용기를 내어 다시 입을 여시었다.

"우리 나라의 임금이 어떠하오."

"좋은 분이시지요. 모두들 성인이라지요. 그러나 나만은 그렇게 생각하지 않아요."

의외의 소리가 노파의 입에서 나왔다.

"어째 그러시요?"

"내 듣기에는 요사이 우리 상감께서 파로의 딸을 보러 밤마다 다니신다 하니 용이 고기의 복색을 입고 다니시는 것이 아니겠습니까?

만약에 어부에게 잡히면 어쩌나요? 너무나 신중히 하시지 않는 것 같더군요."

"그래. 참 재미있는 소문을 들었오이다. 그러면 어쩌면 좋다고 생각하오?"

"당당히 맞아 드리는 것이 옳은 일 아니겠어요. 이런 분을 나는 성인이라고는 할 수 없어요."

왕은 이 말을 들으니 등에서 찬땀이 흘렀다. 맹랑하게 생각하시었다.

조지왕은 술 석잔을 마시고, 값을 후이 주고 주막을 나섰다.

민정시찰은 이 위에 더 좋은 것은 없었다고 생각되었다.

이날 밤은 벽화와 노는 것도 흥겹지 않았다.

지새는 달을 받으면서 돌아오는 조지왕은 늙은 시녀에게 물었다.

"노파의 말을 자네는 어찌 생각하나?"

"옳다고 생각합니다."

"그러면 어찌하면 좋을까?"

"내일이라도 환궁하시어 넌지시 벽화를 후궁으로 부르시는 것이 상책이라 생각됩니다."

왕은 아무런 말씀 없이 다만 고개만 끄덕이실 뿐이다.

"환궁 준비를 해라!"

날이 밝기가 무섭게 왕은 명령을 내렸다.

왕은 벽화의 집에 다니시는 것이 공공연한 비밀이 됨을 아시었던 것이다.

왕은 환궁을 하시면서 넌지시 늙은 시녀를 시켜 벽화를 뒤에 오게 하도록 명령하였다.

늙은 시녀는 춤이라도 출 것 같았다. 모든 것이 뜻대로 되어갔기 때문이다. 성공은 기필코 왔던 것이다.

조지왕도 민정시찰때마다 호젓이 돌아오던 바였지만 이번 만은 몹시도 즐겁고 든든하기만 하였다.

　사랑을 실은 수레가 뒤에서 멀찌감치 떨어져 뒤 따르고 있었
다.

　모든 신하들은 임금님의 기력으로 젊은 색시를 택하는 것을
허물하지 않았다. 오로지 임금님의 건강만을 축복하였다.

　그 다음해 겨울 사내 애기가 벽화희의 몸에서 태어났다.

　조지왕과 벽화희의 사랑은 오래도록 사람들의 심금을 울렸다.
후세 사람들은 그들의 사랑을 다음과 같이 노래 불렀다. 그러나
가사의 흐름으로 보아 훨씬 후의 일이라 보겠다.

　월출도 동산림하는
　배회어 두우간이라
　저 달빛 빌어다가
　삼경에 높이뜨면
　하해같이 깊은 사랑
　흘러비쳐 보고지고

물려준 애첩

파란 중첩

이글은 옛날 중국 문장 한익이 한식날의 풍경을 읊은 시로서 고금을 통해서 한식을 읊은 시로 이보다 더 잘 된 시는 없다는 평을 받는 명작이다.

한익은 이 시를 짓고 나서 그의 이름을 전국에 떨치게 되었다.

그러나 옛날부터 글 잘 하는 사람은 궁하다는 말이 있거니와, 한익도 그 예에서 벗어나지는 못했다.

한익은 풍부한 시재를 가지고 문장대가란 말을 들으면서도 젊어서 한때는 몹시 곤궁하게 지냈다. 그래서 과거에 오르기 전까지는 일개 초라한 서생으로 불우한 세월을 보내고 있었다.

한익에게는 단 하나인 지기의 벗 이씨가 있었다. 이씨는 재산이 거부요, 성질이 호협해서 돈을 아끼지 않고 사람의 재주를 아껴주는 사람이었다.

이씨에게는 사랑하는 첩 유씨가 있었다. 얼굴이 절색이요, 노래 잘하고 춤 잘추고 시도 지었다.

이씨는 조용하고 경치 좋은 곳에 별장을 지어놓고 거기서 유씨와 더불어 세월을 보내며 한익의 재주를 사랑하여 매일같이 술을 마시고 시를 읊곤 했다.

나중에는 서로 만나기 편케하기 위해서, 별장 곁에다 조그마하고 아담스러운 초당을 지어놓고 한익으로 하여금 그 곳에 거처하도록 하고 생활비를 대어 주었다. 그렇게 까지 되고보니 두 사람의 사이는 더욱 친밀해졌다.

한익은 비록 궁하게는 지낼 망정 그의 이름은 널리 세상에 알려져 찾아오는 사람이 많고 찾아오는 사람은 대개가 당대의 명사들이었다.

이씨의 첩 유씨는 어느 때나 한익의 거동을 유심히 살피고 그의 집을 찾아오는 사람까지도 살펴보니 대개가 당대의 명사라는 말을 듣는 사람들이다. 그래서 유씨는 마음 속으로 생각했다.

한씨는 결코 언제까지나 빈궁한 속에서 일생을 마칠 사람이 아니로구나!

유씨는 한익을 연모하는 정이 날로 깊어갔다. 그래서는 안될 줄 알면서도 어쩔 수 없었다.

이씨는 한익을 위하는 일이라면 아까운 것이 없었다. 얼마 후에 이씨는 첩 유씨가 한익에게 마음을 두고 지내는 것을 누치 채고 이것을 어떻게든지 제 소원대로 성사를 시켜 유씨의 소원도 풀어주고 한익도 고독을 면하게 해 주리라 생각했다.

어느날 이씨는 첩 유씨더러 술상을 걸게 차리고 오늘은 특별히 몸 단장을 곱게 하라고 한 후 한익을 청하여 술을 마시다가 유씨를 불러내어 술상을 치라고 했다.

한익은 뜻밖에도 주인이 애첩을 불러내어 술을 치라 하는 바람에 황송하고 불안스러워 어찌할 바를 몰랐다.

둘이 다 술이 어지간히 취했을 때 이씨는 문득 한익을 보고 유씨를 가리키며 말했다.

"유씨의 얼굴이 과히 추하지 않고 한공의 문장이 또한 당세에 돋보이고 하니 이것은 만나기 어려운 좋은 짝이라 하겠습니다. 내 이제 유씨를 한공에게 돌려 보내어 재사 가인으로 하여금 원앙도를 만들어보고자 하니 사양치는 마시오."

한익은 천만 뜻밖에 이런 말을 듣고는 깜짝 놀라 받았던 술잔을 상위에 놓고 자리를 피해 앉으며 말했다.

"그게 무슨 말씀이십니까. 오랫동안 싫다 않고 의식을 주선해 주신 은혜만도 태산같은데 어찌 감히 은인의 사랑을 앗을 수가 있습니까.

그것 만은 당치 않은 말씀이십니다."

"아니오, 내 이미 마음 속에 작정한 일이니 사양치 마시오."

"아니올시다. 그것만은 죽어도 못하겠습니다. 만일 그렇다면 세상사람이 나를 어떠한 사람으로 보겠습니까."

"내가 좋아서 하는 일 세상사람이 말할 까닭이 어디있습니까. 사양치 마십시오."

이씨는 한익이 굳이 사양함에도 불구하고 유씨를 시켜 한익 앞에 큰절을 하게 하고 일렀다.

"그대는 오늘밤부터 한공의 첩이요. 나와는 남이되는 것이니 정성껏 받들어 드리게."

놀란 것은 비단 한익 뿐이 아니다. 유씨도 천만 뜻밖에 남편의 입에서 이런 말이 나올 줄은 꿈에도 생각치 못했었다. 처음에는 농담인가 싶었으나 남편의 태도를 보니 농담이 아니라 진정이었다. 이것은 뜻밖의 일이기는 하나 유씨로서는 은근히 바라던 일이었다.

유씨는 이씨가 시키는대로 한익을 남편으로 모셨다. 한익은 유씨마져 순순히 말을 듣는 것을 보고 어찌된 셈인지 까닭을 알 수가 없어 하는 대로 맡겨 두었다.

이씨는 한익을 상좌에 앉히고 다시 술을 부어 취하도록 마신 후 화촉동방으로 한익과 유씨를 인도했다.

이튿날, 이씨는 돈 삼십만냥과 유씨가 쓰던 방안의 물건을 실어서 유씨와 함께 한익의 처소로 보냈다.

한익과 유씨는 재사와 가인이 서로 만났으니 흡사 고기가 물을 얻은듯 피차가 만족하고 피차가 사랑하여 정은 날로 깊어만 갔다.

꿈같이 달콤한 사랑속에 일년이 지나간 후 한익은 과거에 급제하여 벼슬길로 들어서게 되었다.

어느날 유씨는 한익에게 권했다.

"사람이 영화를 보면 혼자만 볼게 아니라 집안 일가친척에게까지 그 영화가 미쳐야할 것 아닙니까. 상공께서 이제 귀히 되시고도 첩과 같은 일개 천한 계집으로 인연해서 고향에 계신 부인을 돌보지 않으신다면 세상에서 첩을 어떠한 계집으로 알겠습니까. 이제는 뜻을 이루셨으니 고향에 돌아 가셔서 노친께 영화도 보여드리고 부인도 위로해 드리시오. 첩은 상공께서 돌아오실 때까지 한 몸이 먹고 살아갈 수 있으니 첩에 대한 염려는 마시고 빨리 다녀 오십시오."

한익은 유씨의 말에 깊이 감동되어 곧 돌아오기를 약속하고 행장을 챙겨가지고 고향인 청하현으로 돌아갔다.

한익은 오랜만에 고향에 내려와 보니 여러가지 사정에 얼키어 졸연히 일어나지를 못하고 어언 일년의 세월이 흘렀다.

그동안 유씨는 지녔던 재물들을 다 써버리고 살림도구며 물건을 팔아 근근히 생활을 해 가면서 매일같이 낭군오기만을 눈이 빠지게 기다리고 있었다.

그러나 그때 마침 국내에 변란이 일어나 인심이 흉흉하고 국내가 소란하더니 변란은 차 차 번져서 필경은 서울까지 반란군에게 점령을 당하고 말았다. 이 지경이 되고 보니 반란군의 약탈은 이루 표현할 수 없었다.

여자는 강간을 당하고 재산은 약탈을 당했으며 장정은 징발을 당하는둥 일대 수라장을 이루었다.

유씨로 말하면 그중에도 특별히 얼굴이 예쁘고 이름이 높은 여자라 더우기 신변이 위태했다.

가만히 있다가는 반드시 화를 면치 못할 줄 알고 유씨는 깊은 산속으로 들어가 머리를 깎고 여승이 되어 절간에 숨었다.

이때 평려절도사로 있던 후희일장군이 치청(한익의 고향이 소속된 곳) 절도사로 전근이 되어 부임 즉시로 한익의 이름을 듣고 곧 청해다가 기실로 삼았다.

한익은 서울이 반란군에게 짓밟힌 소식을 듣고는 유씨가 어찌 되었는지 몰라 밤이나 낮이나 유씨의 생각으로 침식을 잊을 지경이었다.

얼마 후 서울이 수복되었다는 소식을 듣고 즉시 서울로 올라가고 싶었지만 매인 몸이라 뜻대로 못하였다. 그래서 비단 주머니에

시 두 귀절을 써 넣고 많은 돈을 싸서 일부러 사람을 서울로 보내
어 유씨를 찾아 전하게 했다.

한익의 부탁을 받아 서울로 올라온 하인은 전란을 겪고 황폐하
기 짝이없는 서울에 들어갔다.

몇달 동안을 두고 찾은 결과 겨우 유씨가 절간에 가서 숨어
있는 것을 알고는 한익의 부탁을 전했다.

유씨는 오매불망하던 낭군의 소식을 받고 보니 눈물이 앞을
가리었다. 한익이 보내온 비단 주머니를 열고 보니 그 속에는
글 두 귀가 들어 있었다.

장대유 장대유
고일청청금재부
종편장조이구
야응반절타입모

장대버들아! 장대버들아!
옛날 푸르고 성성하던 그 모습 그대로 지니고 있는가.
비록 길고 푸른 가지 예와 같이 드리우고 있다 해도,
아마도 딴 사람의 손에 꺾기고야 말았으리

(장대는 버들로 유명한 곳)

한익은 유씨를 장대버들에 비해가지고, 자신의 뜻을 붙여 말한
것이다.

이 시를 받은 유씨는 슬픈 정을 이길 수 없어 눈물을 흘리며
역시 시로서 회답했다.

양유지방 배절
소한년년중 이별

엽풍수일혹 보추
종사군내기 갈절

버들가지 꽃다운 시절, 이별이 한이로다. 한 잎사귀 바람에 불려 가을소식 전해오니, 비록 그대가 온들 무엇하러 꺾을 소냐. 벌써 늙고 쇠잔하여 보잘 것 없다.

이것은 유씨가 자신의 처지를 비관하여 지은시다. 젊었을 시절에는 사랑해줄 사람도 많더니 이제는 나이도 많고 더우기 머리를 깎고 중까지 되어 가을을 맞이 했으니 임이 오신들 무슨 애정을 느끼겠느냐는 뜻으로 자신의 비참한 처지와 심경을 말하여 한익의 의심을 풀어주려는 것이었다.

유씨는 이 시를 봉하여 하인에게 주어 돌려보냈다.

그 후, 유씨는 반란이 종식되고 장안이 수복된 후, 뜻 아니한 장군 사타리에게 강제로 끌려가 그의 첩이 되었다. 사타리는 일개 변방에 있던 장수로서 장안을 수복할 때 선봉으로 나서서 반적을 격파하고 큰 공을 세워 황제의 총애가 비할데 없어 그를 당할 사람이 없었다.

사타리는 예전부터 유씨가 예쁜 소문을 듣고 서울에 들어오자마자 불같은 야심이 생겨, 유씨를 기어코 찾아내어 강제로 끌어다가 머리를 기르고 첩으로 삼았다.

유씨는 이날부터 슬프고 분함 속에서 그날 그날을 보내며 몇 번이나 자살을 하려고 계획도 했으나 뜻을 이루지 못하고 있었다.

이때 치청 절도사 후희일장군이 좌복야로 승진이 되어 서울로 들어오게 되니 한익도 그와함께 서울로 따라오게 되었다.

한익은 서울에 들어오는 즉시로 유씨를 찾았다.

그러나 유씨의 종적은 묘연했다.

유씨를 잃어버린 한익은 만사에 뜻이 없었다.

슬픈 마음을 억제할 수 없어 공연히 미친사람 같이 산으로 들로 돌아다니며 울분한 정회를 흩어버렸다.

하루는 우연히 용수강이란 곳을 지나다가 보니 웬 조그마한 꽃수레 하나가 지나가는데, 그 뒤에는 예쁘장한 계집애 하인 둘이 따랐다.

한익은 무심코 그 뒤를 따라가니 문득 수레 속에서 여자가 말을 건넨다.

"뒤에 오시는 분이 한원외(과거한 사람에게 쓰는 존칭)가 아니십니까 첩은 유씨입니다."

말이 끝나자 수레 안에서 오열하는 소리가 들려왔다. 너무나 뜻밖의 일에 한익은 멍하니 서서 어찌할 바를 몰랐다.

유씨는 다시 말했다.

"이 몸은 벌써 장군 사타리에게 실절을 했으니 낭군을 뵈올 면목이 없습니다. 만일 옛 정을 잊지 않으셨다면 내일 아침 도정리 어귀에서 기다려 주십시오."

말을 마친 후, 수레는 그대로 달려가 버렸다.

한익은 수레의 뒤를 바라보며 넋을 잃은 사람처럼 서 있었다.

수레가 보이지 않게 되자 긴 한숨을 내쉬고 힘 없는 발길을 옮겨 처소로 돌아왔다.

한익은 밤이 깊도록 잠을 이루지 못하고 생각해 보았으나 유씨를 다시 내 품안에 돌려놓을 방법은 없었다.

권세가 불꽃같은 사타리의 수중에 있는 유씨를 누가 감히 말이나 하겠는가.

한익은 이튿날 아침 일찌기 도정리 어귀에 가서 기다리고 있자니 과연 어제 보던 그 수레가 왔다. 한익이 서 있는 것을 보고 유씨는 하얀 옥으로 만든 합에 향고를 가득히 넣어 비단 수건에 싸서 던지며 말했다.

"이것이 영결이니 정이나 잊지 말아 주세요."

유씨는 수레를 돌이켜 오던 길로 되돌아 가버렸다.

한익은 말 한마디 못해보고 우두커니 서서 뒷 그림자만 바라보다가 사관으로 돌아왔다. 이날 마침 치청장군의 영전을 축하할 겸 친목을 도모하는 의미에서 모임이 있으니 꼭 와달라는 간곡한 청첩이 왔다.

한익이 무슨 정황에 참석할 생각이 있겠는가 마는 모처럼 모이는 자리에 아니갈 수도 없어 마지 못해 그 자리에 나아가기는 했으나 얼굴빛이 참담하고 말소리까지도 힘이 없었다.

평소에 쾌활하던 한익이 의기소침한 것을 보고 여러 사람은 까닭을 물었다.

그러나 한익은 말을 해도 소용이 없는 일이라 말하고 싶지도 않았다. 여러사람이 누차 물어도 한익은 대답을 아니했다.

이 자리에는 허준이라는 장교도 섞여 있었다. 재간있고 담대하기로 유명한 청년장교였다.

허준은 평소에 한익을 존경하고 숭배하는 사람이었다. 허준은 한익의 기색이 좋지 않자 그 까닭을 물었으나 대답치 않는 것을 보고 심상치 않는 일이 있지 않은가 생각하면서 한익의 앞으로 바싹 대어들며 물었다.

"무슨 일이십니까? 아마도 심상치 않은 일인듯 싶은데 제게
말씀을 해 주십시오."

한익은 허준이 캐묻는 바람에 마지 못해 유씨에 대한 이야기를
처음부터 끝까지 자세히 말하게 되었다.

곁에서 이야기를 들은 여러 사람들은 한익을 위로할 뿐 상대자
가 사타리고 보니 어찌할 도리가 없었다.

그러나 청년장교 허준은 한익에게 유씨에게 편지 한장만 써
주면 당장 유씨를 데려오겠다고 장담을 하고 나섰다. 여러사람은
허준의 하는 짓을 보려고 한익에게 써주라고 권했다.

한익은 여러사람의 권에 못이겨 몇 자를 써서 주니 허준은 편지
를 받아 품 속에 넣고는 군복을 갈아입고 말 두 필을 끌고 밖으로
나갔다.

여러 사람들은 호기심이 나서 그의 용기를 고무해 주었다. 그러
나, 모두가 한익을 위로하기 위한 연극으로 알았지 참으로 유씨를
데려오리라고는 믿지 않았다.

한편 허준은 바로 사타리집 근처에 와서 사타리의 동정을 살폈
다.

얼마 후에 사타리가 집에서 나왔다. 허준은 사타리가 집에서
나온 후 잠시 동안을 더 기다려 그가 집에서 상당히 먼 거리에
갔을 것이 짐작될 즈음 해서 말을 달려 사타리의 집 대문을 박차
고 바로 안마당으로 들어서며 외쳤다.

"장군께서 급중독이 되어 위독하시니 부인께서는 빨리 나오시
오."

이 말을 들은 집안 사람들은 하인들까지도 어찌할 줄을 모르고 수족이 황망했다. 허준은 바로 이때를 타서 안방 대청으로 올라서는 길로 한익의 편지를 유씨에게 보인다음 유씨를 재촉하여 말에 태운 후 채찍질을 하여 돌아왔다.

이때 여러사람은 술을 마시기보다 허준의 일이 궁금해서 술잔을 멈추고 기다리고 있었다. 별안간 문 밖에 말굽소리가 요란하더니 허준이 유씨와 함께 말을 달려 들어오지 않는가. 누가 놀라지 않을 사람이 있겠는가. 우뢰같은 박수소리가 일어나며, 장하다는 갈채가 비오듯 했다.

말에서 내린 유씨는 한익의 품안에 안기더니 방성 통곡을 한다. 여러사람은 유씨와 한익을 위해 몇잔의 축배를 나누었다.

한익은 우선 유씨가 품안에 돌아와 기쁘기는 했으나 상대자가 당시에 제일가는 사타리고 보니 이 일이 무사히 넘어가지 않을 것 같았다.

사타리의 솜씨에 무슨 화를 당할지 뒷 일이 무서웠던 것이다.

한익과 허준은 며칠이 지난 후, 정승 후희일을 찾아가서 전후 사실을 이야기하고 구원을 청했다. 후희일은 깜짝 놀라면서 허준의 등을 치며 말했다.

"이것은 내가 젊었을 때 한번 해본 일인데 자네가 감히 했네그려! 염려 말게 내 무사하도록 만들어 줄테다."

이튿날, 정승 후희일은 황제 앞에 나아가 사타리가 세력을 믿고 횡포하게도 같은 조정에 있는 조신의 애첩을 강탈한 것을 아뢰고 유씨의 억울함과 한익의 애처로운 사정을 아뢰었다.

황제께서는 허준의 용기를 크게 칭찬하시며 유씨는 한익에게 돌려 보내고 사타리는 다른 곳에 장가 들라는 어지를 내리셨다. 허준에게 상을 내린 것은 물론이요 사타리에게도 혼수를 내리시어 일을 원만하게 해결하였다.

미륵당의 인연

공주지방의 농부가

충청도 공주 땅에 이춘영이라는 착실한 선비가 있었다. 십년을 두고 공부에만 골몰하던 그는 과거를 본다는 소식이 전하자 서울로 올라가게 되었다.

형세가 간구한 그는 나귀를 빌려 탈 형편도 못되었기에 며칠을 두고 걸어가야 하는 처지였다.

그런데, 은진땅에 이르렀을 무렵이다. 별안간 검은 구름이 몰리더니 장대같은 비가 쏟아지기 시작했다. 깜짝 놀란 이춘영은 비를 피할 곳이 없나 하고 사방을 돌아 보았으나, 들판 가운데는 나무 그늘 조차 없는 형편이었다.

"이거 큰일 났구나."

삽시간에 퍼붓는 비로 하여 옷은 물에 빠진듯 젖고 말았다. 억수같이 쏟아지는 비는 눈을 뜰 수 없을 정도였다.

"이거 어떻게 하나."

그는 다시 사방을 둘러 보았다. 그러자 천행으로 건너편에 미륵당이 우뚝 서 있는 것을 찾아 낼 수가 있었다.

"됐다, 저기 가서라도 비를 피할 수 밖에 없다."

그는 이렇게 중얼거리면서 미륵당의 문을 박차고 들어섰다.

"어, 참!"

미륵당에 들어선 그는 한숨을 돌리면서 겉옷을 벗어서 말리려 하였다. 이때, 미륵당의 문이 황급히 열리면서 사람 하나가 또 들어섰다.

이춘영이 고개를 돌려 바라보니 뜻밖에도 한 여인이었던 것이다. 생각지도 않았던 젊은 남녀는 서로가 어색하여 망설였으나 계속하여 쏟아지는 비속으로 다시 나갈 수는 없는 일이었다.

그 두 남녀는 어쩌는 수 없이 조그마한 미륵당 안에 앉을 수밖에 없었다.

이춘영이 그 여자를 바라보니 진실로 꽃이 돌아 않을 만큼 아름다운 여인이었다. 여인도 몸둘 곳을 몰라 망서리는 모양으로 보아 역시 거북한 것을 느낀 것이 틀림 없었다.

한참 동안 가벼운 불안이 돌다가 그들은 묵묵히 조그만 당안에 앉고 말았다. 어떻든 함께 한 자리에 있게 되니 서로 눈치만을 살피는 도리 밖에 없었다.

이춘영은 젊은 여인의 몸에서 냄새가 향긋하게 풍기는 것을 맡자 어쩐지 가슴이 설레는 것을 참을 길이 없었다. 몸이 화끈 달아 올라오는 것을 걷잡을 도리가 없었던 것이다. 여인은 여인대로 고개를 돌려 쉬지 않고 쏟아지는 비를 원망스럽게 내다보고 있었다. 가슴의 방망이질을 참을 수 없던 것이다.

──혹시나 저 남자가 덤비면 어쩔까 하는 의심에 사로잡히는 한편, 무섭게 내려쏟는 비소리를 들을 때에는 듬직한 남자가 곁에 있다는 마음 든든함을 느끼기도 했다.

이러한 심정으로 있는 동안에 우중의 날씨는 일찍 저물어 버리는 것이었다.

이춘영은 자칫하면 흔들리려는 심정을 누르면서 앉은 자리에서 움직이지도 않고 밤을 꼬박 새었다. 오뉴월의 짧은 밤이 새었다. 새벽이 되자 쉴새없이 퍼붓던 비도 멎었다. 젊은 남녀이었으나 깨끗이 밤을 지내고 보니 아침의 공기가 한결 상쾌하게 느껴졌다.

이춘영은 기지개를 마음놓고 키면서 일어섰다.

"에이 굉장한 비였군!"

이춘영은 걸었던 겉옷을 간단히 손질하여 의관을 갖추었다. 이때 단정한 남자의 행실에 탄복한 여인이 먼저 입을 열었다.

"말씀드리기 황송합니다만, 어디로 가시는 분이시온지 모르오나 밤새도록 마주 앉았다가 이제 작별하게 된 터에 한마디 인사조차 없을 수 없아오니 서로 통성명이나 하시는 것이 어떠실까요."

이 말을 들은 이춘영은,

"내가 먼저 말을 붙이면 희롱을 거는것 같아서 차마 입을 못열었습니다."

이렇게 말을 꺼내고는 자신의 성명을 대었다.

여인은 이에 대하여,

"그러셔요. 이 사람은 은진땅에 사는 유우춘의 아내인 윤가입니다. 십리 밖의 친정에 다녀오다가 뜻밖에 비를 만나 하룻밤을 한 곳에서 새게 되었으니 어찌 인연이 아니겠습니까. 저희 집은 여기서 과히 멀지 않으니 지나시는 길에 집이나 알고 가십시오."

이렇게 말하니 춘영은 거절할 아무 이유도 없이 여인을 따라 나섰다.

얼마 가지 않아서,

"여기가 저희집입니다. 남편도 글을 좋아합니다. 과거를 끝내시고 댁으로 돌아가시는 길에 들려 주시지요."

하룻밤을 한 곳에서 지낸 인연으로 깊은 호감을 품고 서로 작별을 하였다. 마침 그때 아침밥을 마련하던 유우춘의 누이동생이 올케의 목소리를 듣자,

"왜 이렇게 늦으셨우? 지금 누구하고 이야기 하셨우."

이렇게 물으니, 윤씨 여인은 시누이에게 어젯밤의 일을 낱낱이 이야기 하였다. 그 때마침 밖에 나갔던 유우춘이 시누와 올케의 이야기하는 것을 발견하고 내용을 묻자 아내는 미륵당에서의 일을 성명해 주었다.

순간, 유우춘은 아내의 추잡한 꼴이 머리에 떠오르는듯 했다. 의심을 품으면 한이 없는 법. 유우춘은 미주알 고주알 캐물었고 부인 윤씨는 꺼리낌 없이 깨끗함을 주장했으나 남편은 더욱 믿으려 들지 않았다. 그의 누이동생이,

"그럴 사람이 아니예요."

하면서 올케의 결백을 감싸 주었으나 아무 소용이 없었을 뿐 아니라 유우춘은 아내를 당장에 쫓아버리고 말았다.

이러한 큰 일이 생긴것도 모르고 서울로 올라간 이춘영은 과거를 보았으나 불행히도 낙방이 되고 마니 풀죽은 걸음으로 유우춘의 집을 그대로 지나치면서 자기 고향으로 돌아가 버리고 말았

다.

　세월의 흐름은 빨랐다. 이듬해에 다시 과거를 보게 된 이춘영은 기회를 놓치지 않고 힘을 내어 서울로 향하였다.

　그런데 어느 날이었다. 정조가 침전에 드시었는데 꿈에 도사 하나가 백포현관으로 나타나서 "이번 과거에 있어서 유성인과 이성인이 뽑힐 것으로 신관들은 유성인을 장원으로 선정할 것이나 이성인이 지조가 높고 덕이 아름다우니 그를 장원으로 삼게 하소서."

　이렇게 아뢰고 깊이 읍을 하고 사라지는 것이었다.

　의아한 정조는 과거날이 당도되자 시관이 올리는 봉피를 뜯어보았다. 과연 유우춘과 이춘영의 두 사람이었다. 윤씨의 남편인 유우춘도 과거에 응하였던 것이다.

　왕은 이춘영을 어전으로 불러 하문하였다.

　"네가 무슨 적선한 일이 있느냐?"

하니 별안간의 일이요 또 별로 생각나는 일이 없었으므로

　"아뢰옵기 황송하오나 덕이라고는 없는 몸이라 그런 일이 없습니다."

하고 머리를 조아렸다. 이 말에 왕은 그럴 리가 없다고 다시 하문하니 생각다 못한 이춘영은 작년에 비에 쫓겨 미륵당에 들어섰다가 어느 여인과 만나 하룻밤을 깨끗이 지난 이야기를 알리고서

　"이것은 적선이 아니오라 사람으로서 의당히 지켜야 할 일이었습니다."

하고 토설했다. 그러자 왕은 기꺼이 생각하시고 유우춘을 불렀다.

"여사 한 일이 있었다는데 너와 관계가 있는 일이 아니냐."

"과연 그러하오나 처를 의심하여 친정으로 보냈아옵니다."

이 말에 정조는 크게 기뻐하며 이춘영의 말에 거짓이 없을 것이라 하면서 두 사람을 남매의 의를 맺게 하는 동시에 마침 춘영의 상처함을 아시고 우춘의 누이와 혼인케 하였다.

두 사람은 푸른 하늘 아래에 청개홍개로 고향에 내려오니 꽃도 더욱 붉고 새들의 노래도 한결 맑게 들리었다.

그리고 얼마후의 일이었다. 사람들의 입에서 다음과 같은 노래가 불려지기 시작했다.

　　　　일락황혼 저문날에
　　　　필을 띠고 걷는 걸음
　　　　동리로 돌아오니
　　　　지문에 개짖는 소리
　　　　빛좋은 홍삽사리
　　　　허대좋은 황삽사리
　　　　대 뭘해서 귀에
　　　　너는 무삼 나를 미워
　　　　꽝꽝짖는 비소리의
　　　　사람의 정신 놀래도다.

윤씨의 축출을 불쌍케 여긴데에서 남편 유씨를 빗대어 불리우기 시작했다고 전해지고 있다.

포흠 삼천냥

소금장수 처녀와 부랑자의 기변

영조대왕 폰 경상북도 안동 고을에서의 일이었다.

무섭게 찌는 삼복 더위도 한풀 꺾인 듯 싶은 9월 초의 일이다.

"소금사려 소금이요!"

갸녀린 몸에 굵은 올로 짠 무명 치마 저고리를 걸치고 머리에는 목이 휘어질 정도의 소금 바구니를 인 복스러운 얼굴의 처녀가 목이 터져라고 소릴 지르고 간다.

"에구 저 불쌍한 것!"

우물에서 빨래를 하던 동내 아낙네 하나가 처녀의 뒷 모습을 보면서 혼자 중얼거리더니 하던 빨래를 그냥 내려놓고 일어 섰다.

"이봐 처녀! 소금 한되만 줘!"

아무래도 그냥 보내기가 안되었던 모양이다.

처녀의 이름은 달래라고 했다.

늙은 부모와 단 세식구만의 생활이지만 그럭저럭 오손도손 살아 온 달래네는 언제부터인가 아버지가 앓고 누워버리면서 부터 고을 동헌에서 포흠을 얻어다 쓰게 되었던 것이다.

몇 마지기 남의 논을 부쳐먹고 살아오던 달래네 집은 아버지가 덜컥하니 누워버리자 농사를 때마춰 하지 못하게 되었고 그러자 논 주인은 다른 사람에게 논을 빌려주고 말았다.

병자의 약값은 둘째치고라도 먹고 살 길이 막혀 버리니 이 딱한 사정을 호소한 끝에 포흠을 빌려 쓰게 된 동기였던 것이다.

곧 나을 줄 알았던 아버지의 병환이었다.

그러나 어찌된 셈인지 아무리 약을 써도 아버지의 병환은 영 차도가 없었다.

이럭 저럭 달래가 열 두어살 때부터 포흠을 빌려쓰기 시작한게 열 일곱이 접어들어서는 자그만치 삼천냥으로 불어나 있었다.

어린 달래가 남의 집 품팔이를 하면서 단 얼마라도 아버지의 약값에 보충해 보려고 애를 쓰는 것이었지만 큰 보탬이 되지 못했던 것이다.

그러다 얼마전의 일이다.

갑자기 달래네 고을에 나라에서 보낸 암행어사가 내려 온다는 소문이 나돌기 시작했다.

암행어사라면 탐관오리를 징계하는 것은 물론이요, 그 고을에서 일어나는 대소 송사와 재정문제 등을 다스렸는데 안동부사는 암행어사가 내려온다는 말에 즉시로 달래네 집에 군졸을 보내어 삼천냥의 빚을 아무날 아무시까지 갚도록 하라고 전갈을 했던 것이다.

당시 포흠 천냥을 갚지 못하면 국법에 의해 사형에 처하게 되어 있었다.

이 말을 전해들은 달래네는 별 수 없이 죽는 날을 기다려야 했다.

이래서 시작된게 달래의 소금장수였다.

"소금사려! 소금이요!"

그러나 소금장수를 한다해서 그 많은 포흠을 물을 수 있는 것은 아니다.

이런 내막을 아는 동내 사람들은 달래의 처지를 동정하여 소금을 약간씩 사주기는 했지만 하루 이틀에 모아질리도 없는 포흠빚이고 보면 소금을 파는 달래나 팔아주는 동내 사람 쪽이나 답답한 마음은 별 다를 바 없었다.

"가엾어라! 늙은 아버지 병구완 하느라고 삼천냥 빚을 지고 저러구 다니니 이제 암행어사가 내려오면 무슨 변이 나고 말걸 찌찌찌!"

이렇게들 가엾어 하고 동정하긴 했지만 자고로 세상 인심이란 자기가 앓는 감기가 남이 죽는 것보다 더한 법이라 노름에서 몇십 냥, 몇 백냥씩 잃기는 하면서도 달래네 빚을 덜어줄 생각을 않는 동네 사람들이었다.

이럴즈음 안동 고을을 향해 발걸음을 옮기고 있는 젊은이가 한 사람 있었다.

이 젊은이는 세상이 다 아는 부랑자였다.

한 곳에 오래 머물고 있지 못하는 성미에다가 성질이 게을러 빠지고 싸움을 좋아해서 나이 서른이 돼 가건만 결혼도 못하고 부평초마냥 사시사철을 떠돌이 신세로 다니며 사는 그런 사나이 었다.

아무 곳이나 들어 누우면 자기집 안방이란 식으로 아무 주막에

서나 유하고 걸핏하면 주막집 안주인을 겁탈하기가 일쑤요 그렇
잖으면 동내 유부녀를 유혹하는게 일이어서 사람들이 송충이
마냥 싫어했지만 얼굴 하나는 미끈하고 허우대가 훤출한데다
기운이 장사이고 보니 아무나 함부로 대들 수 있는 형편도 못되었
다.

　어쨌든 이 부랑자는 그렇게 세월을 보내던 중 오늘은 발걸음을
안동으로 향했던 것이다.

　한참을 오던 부랑자는 주막이 있는 거리에 당도하자 갑자기
시장기를 느꼈던지 부시럭 거리면서 주머니를 뒤져 보았다. 엽전
열잎이 잽혔다. 그게 총재산인 모양이다.

　"젠장 열잎 밖에 없구먼!"

　부랑자는 이렇게 혼자 중얼거리면서 주막 안으로 들어섰다.

　막걸리 오푼어치를 시켜놓고 보니 이 이상 시켜먹었다가는
나중에 고생 꽤나 하게 되었던 모양인지,

　"에라 오푼은 쓰지말고 아껴 두어야 겠다. 나중에 정 시장하면
주모에게 적당이 둘러쳐서 오푼을 주고 열푼을 꾸어야 되겠구
나."

하고 꿍꿍이를 해 보기까지 하는 부랑자였다.

　그런데 이때 풍신 좋은 백발노인 한 사람이 주점 안으로 선뜻
들어 서며,

　"어 시장하다!"

　하면서 두리번 거리며 주막 안을 훑어 보는 듯하더니 부랑자를
한동안 바라보고는 그의 옆 빈자리로 와서 털썩 주저 앉았다.

　그리고는 부랑자를 향해 숫기 좋게 말을 걸어오는게 아닌가

"여보게·젊은이 나 술 한잔 사 주구료! 뱃속은 출출한데 돈 가진게 없구먼!"

"허허허 노인께선 어찌 그리 농담도 좋아하시요! 마침 나도 가진게 없으니 안되었습니다."

부랑자는 기막힌 사람 다 보겠다는 듯이 이렇게 말한즉 노인은,

"아니 거 무슨 말을 그렇게 하오! 당신 방금 오푼어치 술을 사먹고 주머니 안에 아직도 오푼이 남아 있을텐데. 너무 이 늙은이를 조롱하는구려!"

하며 어서 술을 사내라는 것이다.

어라? 이 영감봐라——부랑자는 속이 뜨끔하였다. 그러나 선뜻 내놓을 오푼은 아니었다.

"예! 사실 그 오푼은 이따가 저녁 사먹으려고 남겨둔 겁니다."

"나중 일은 나중 일이고 어서 술이나 사 주구려! 젊은이가 보기 보담 인색하구먼!"

영감이 넉살좋게 이렇게 말하니 부랑자는 기가 막혔지만 대접을 안할 도리가 없게 되어버렸다.

울며 겨자 먹기 식으로 부랑자로 부터 오푼어치 술을 빼앗아 먹은 늙은이는 한참을 신나게 마시더니 어지간이 기별이 왔는지

"어 이제 그만하면 살겠다."

하더니

"젊은이는 어디까지 가쇼?"

했다.

"네! 안동고을까지 갑니다."

"어 그래? 그럼 나하고 동행하게 되었구먼! 나도 안동까지 가는
데…… 자 이젠 떠나 보자구 어두워지기 전에."

하고 자릴 털고 일어섰다.

이 바람에 덩달아 자리를 뜬 부랑자는 길을 걸으면서도 공연히
늙은이 한테 기가 죽은듯 연상 쩔쩔맸다.

그럴 수 밖에 없는 것이 어떻게 남의 주머니 돈이 얼마라는
것까지 알고있고 또 공짜 술을 얻어 먹으면서도 시종 비굴한데가
없이 어엿한 태도를 하고 있으니 자연히 이 늙은이는 보통 양반이
아니구나──하고 여겨졌던 것이다.

"젊은이의 저녁 값으로 내가 술을 먹었으니 저녁은 내가 삼세!"
늙은이는 얼마쯤 걷다가 이렇게 말하면서,

"앞으로 내가 어떻게 하던 시키는 대로만 하시요!"
하고 밑도 끝도 없는 소릴했다.

어느 마을로 들어섰을 때였다.

저녁을 짓는 연기가 이집 저집에서 뭉게뭉게 떠오르는 것을
보면서 늙은이는 느닷없이 그 동네에서 가장 잘 사는 것 같이
보이는 집 앞에 가 섰다.

"이리 오너라!"

소슬대문을 향해 노인이 두어번 소릴 치자 대문이 열리면서
하인인듯 싶은 사람이 고개를 내밀었다.

"지나가던 과객인데 하루밤 유하고 갈까 하니 안에 가서 여쭈어
주십시오!"

늙은이는 부랑자에게 물어 보지도 않고 제멋대로 이렇게 말했

다.

하인은 난처한 듯,

"글쎄 평상시 같으면 되겠지만 오늘은 좀 곤란합니다. 어떻든
기다려 보십시요!"

하고 안으로 들어갔다.

그리고 얼마 안있어 주인 남자인듯 풍신 좋은 오십객이 나타났
다.

"모처럼 오신 손님에게 대단히 죄송하게 되었습니다. 별안간
집안에 우환이 생긴 바람에 부득이 손님들을 모실 수 없게 되었
으니 양해해 주십시요!"

하면서 주인은 돈 한냥을 내 놓으며 다른데 가 보라고 했다.

노인은 주인이 주는 돈을 넌즈시 받아 부랑자에게 넘겨 주면서
주인을 향해,

"그거 안되었습니다. 내가 약간의 맥을 짚을 줄 아는데 한번
봐 드리면 어떨까요?"

하고 말하니 주인은 갑자기 눈물을 주루루 흘리며

"글쎄 그랬으면 좋겠는데 죽은 사람의 맥을 보아선 무얼 합니
까"

하는 것이었다. 그러니까 사람이 죽었다는 얘기다.

"아니 죽다니 그럼 초상이 났다는 말입니까?"

"글쎄 그렇게 되었습니다. 잘 놀던 아이가 별안간 아프다고
들어오더니 의원을 부르고 어쩌고 할 틈 없이 죽어 버리고 말았
습니다."

"원 그럴 수가……그럼 죽은지가 얼마나 되었습니까?"

"한시간도 채 못되었습니다."

"어디 내가 한 번 볼 수 없소? 한 시간이라면 아직 살릴 수 있을는지 모르겠으니……."

이 말에 주인은 새삼 노인의 아래 위를 훑어보더니 들어 오라고 했다.

병풍이 둘러쳐진 방안에는 방금도 사람이 울고간 자취가 남아 있었다.

병풍을 치우니 열살 미만의 예쁘장한 사내 아이가 그린 듯이 눈을 감고 이불에 누워 있다.

노인은 맥을 짚고 눈을 까보고 하더니 부랑자에게,

"여보게 자네 마당에 나가서 장닭 한 마리 잡아오게. 이 아이는 소생시킬 수 있네!"

하고 말하자 주인은 깜짝 놀라면서 이내 커다란 장닭을 잡아 가지고 왔다.

노인은 부랑자에게 닭의 목을 베라고 하면서 어린애의 입을 벌렸다.

이윽고 닭의 생피를 어린애 입안으로 흘러 넣고 몇분이 지나자 어린애는 몸을 비틀면서,

"컥!"

하고 죽은 핏덩어리를 뱉어 내더니 숨을 쉬기 시작했다.

노인 말대로 어린애가 소생한 것이다.

"이 닭을 삶아서 미음 죽을 끓여 먹인 다음 생밤즙을 내 먹이고 한숨 푹 쉬게 하면 아무런 탈이 없을 것이요!"

노인이 말하자 집안은 별안간 떠들썩 해졌다.

"노인장 고맙습니다. 우리 집안에 대를 이을 자식을 구해 주셨
으니 뭐라고 감사를 드려야 할지 모르겠습니다."

주인은 백배 치사하면서 기적 같은 일에 어떻게 보답해야 좋을
지 모르겠다고 했다.

부랑자와 함께 융숭한 저녁 대접을 받았음은 물론이다.

얼마 후 그 사내애가 들어와 노인에게 고맙다고 인사를 하자
노인은,

"네가 아까 피리를 불었지?"

하고 물었다.

소년이 그렇다고 대답을 하니 노인은 그랬을 것이라면서 그
피리를 가져오라 했다. 그리고는 소년의 일거일동을 보기나 한듯
이 풀이했다.

"원래 이 피리는 오래 쓰지 않고 아무 곳에나 팽개쳐 놨던 것인
데 자연히 습기가 차자 지네란 놈이 피리 속으로 들어갔던 것이
요! 그것을 이 애가 모르고 입에 대고는 분다고 숨을 내 뱉지는
않고 들이마신 까닭에 지네가 입안으로 들어가 목구멍 천장에
착 달라 붙었기 때문에 기절했던 것인데 지네는 닭하고는 상극
인 까닭에 그 피를 넣었던 것이며 까만 피를 쏟은 것은 지네가
닭피에 녹아서 나온 때문입니다."

이 말에 주인과 소년이 아연한 것은 물론 부랑자까지 노인의
말에 놀래고 있는데 노인은 다시,

"첫눈에 주인장의 얼굴에서, 이 분은 어머니에게 대한 효도가
지극한 분이며 그 까닭에 하늘이 감동하여 늦게나마 득남하는
복을 얻었으리라 여겨졌고 또한 아이의 수가 진하지 않았다는

것을 알았던 것이요!"

하고 말하니 주인은 더욱 놀라와 했다.

다음날 아침, 노인이 떠나려 하자 주인은 막무가내로 노인을
며칠 쉬고 가게 하려고 했지만 노인이 굳이 가려들자 주인은 재산
문서 한다발을 꺼내오며,

"우리 집안에 멸문지화를 모면토록 하여 주셨으니 재산을 반분
하여 고마움에 보답하겠습니다."

하고 선뜻 문서를 내놓았다. 노인은 그럴 필요가 없다고 했다.

이렇게 옥신각신 하다가 주인은 할 수 없다는 듯 오천냥의 어음
을 내 놓으면서 받기를 원하자,

"꼭 그렇다면 천냥짜리 어음 한 장만 주시요."

하고 천냥 어음을 받아 주인하고 헤어진 다음 그 어음을 다시
부랑자에게 맡기고는 스적스적 걸어가니 부랑자는 공연히 불안해
지기 시작했다.

알지도 못하는 처지에 오푼어치 술받아 준 일밖에 없는데 노인
과 함께 있는 동안 노인의 귀신이 곡할 재주를 보았고 거기다
거액의 돈까지 맡기니 어쩌자는 속셈인지 알 수가 없어 헤어지자
는 말조차 못하고 쫓아가는 수밖에 없었다.

"보아하니 젊은이는 안동길이 그리 급하지 않은 것 같으니 나하
고 두어군데 더 들렀다 가도록 하세. 그래도 괜찮지?"

길을 걷다 말고 노인이 이렇게 남의 속을 들여다 보듯 말하니
꼼짝을 할 수 없게 된 부랑자는,

"예! 뭐 그리 급하지는 않습니다."

하고 말해 버렸다. 그러자 노인은,

"그렇다면 좀 길을 돌아서 가세!"

하며 세 갈래 길에서 어느 한 길로 접어드니 안쫓아 갈 수 없게된 부랑자였다.

이렇게 걷기를 한낮 쯤 해서 술 팔고 밥을 파는 어느 주막 앞에 당도하게 되었다.

허자 노인은,

"자네 술 한사발 마실 생각 없나?"

했다. 마침 목도 말라오던 참이라 그렇다고 대답하니 노인은 그 주막집을 가리키며 먼저 들어섰다.

마침 주막에는 아무도 없고 오직 주모 만이 술을 걸르고 있었다.

주모는 어지간한 미인이었다.

노인은 대뜸 주모 앞으로 다가서며,

"술 두잔만 내시요."

하고는 얼굴을 빤히 들여다 보며

"술장사 십년만에 주인댁은 돈푼이나 모았소 그려!"

하고 엉뚱한 수작을 붙였다.

"영감님이 뭘 좀 아시는 모양이네요!"

주모도 싫지 않은지 말대꾸를 했다.

"아무렴! 내가 좀 알긴 알지! 주인댁이 올해 서른 여섯이지?"

"아이 잘못 보셨어요. 서른이에요!"

"허어 거짓말 하면 못써! 남은 다 속여도 난 못 속이지! 남들에 겐 서른이라지만 사실은 서른 여섯에 생일은 동짓달 초엿새에 난 시간은 술시, 어때 그래도 아니라고 우길텐가? 늙은이를 속이면 못써!"

그러자 주모는 깜짝 놀라는 듯 눈을 동그렇게 뜨고는,

"아니 어떻게 그리 잘 알아 맞추세요?"

하고 신통하다는 표정을 짓자

"뭐 그것만 아는줄 아나? 사람의 길흉화복도 맞춰내는데……어떻든 주인댁이 당해야할 오늘밤 큰 일도 알지!"

하였다. 그러자 주인여자는 큰일이라는 말에 더욱 놀라면서,

"무슨 큰일이 있어요? 그럼 좀 가르켜 주세요!"

하며 미태를 지었다.

"떽기 무슨 말버릇이 그렇담? 알고 싶다면 좀 더 정중하게 물어야지!"

"예! 그럼 잘못했습니다. 좀 알려주세요! 호호홋!"

"아닌걸 아직 주인댁이 날 덜 믿는 것 같아! 그럼 더 믿도록 해주지!"

"어떻게요?"

"맞으면 맞고 틀리면 틀린다구 하라구 주인댁은 남편 몰래 부엌 밑바닥에다 항아리를 묻고 돈을 감춰둔게 있지?"

"네?"

주모는 순간 깜짝 놀라고 말았다.

남편조차 몰래 숨겨둔 돈을 알아내다니 귀신이 곡할 노릇이다.

그렇다고 막상 실토할 수도 없는 노릇이어서,

"그렇다고 치고요! 또요!"하고 얼버무리자

"그래도 솔직하지 못하군! 그럼 그 돈이 전부 얼마나 되나 알겠

는가? 아마 주인댁도 나만큼은 모를꺼요!"

하니 주모는 얼결에,

"글쎄 저도 얼마나 되는지 잘 모르겠어요!"

했다. 그러자 노인은,

"그렇게 나와야지! 에 오늘 아침에 갖다 넣은 서른 두냥까지 합치면 오천 삼백 예순 닷 냥 여섯 푼이지!"

"네?"

목소리 조차 높아진 주모를 바라보며,

"틀림없을테니 들어가 헤어보고 나오라구!"

하고 노인이 말했다. 주모는 머리를 갸웃거리며 안으로 사라졌다.

부랑자는 노인의 행동에 한마디 끼어들지 못하고 입만 딱 벌리고 있는데 노인이,

"어서 술이나 마시게."

하는 바람에 겨우 정신을 차렸다.

이윽고 여인은 아주 탄복한 듯 나오면서,

"어쩌면 그렇게 귀신같이 맞추세요?"

했다.

"어떻든가 거짓말이 아니지?"

"예 한푼도 틀림없어요!"

"그럴테지! 그럼 이제부터 내 말을 믿겠지!"

"예 여부가 있습니까! 말씀만 하세요!"

주모의 표정은 완전히 달라져 있었다.

"주인댁이 오늘밤 죽을 운이여!"

"네?"

주모만 놀란게 아니고 부랑자마저 놀라고 말았다.

이제껏 무엇이든지 척척 알아 맞춘 노인의 말이니 틀림없는 얘기인 것이다.

"영감님 살려주십시요! 제가 땅속에 돈을 감추어 둔것도 모두 잘살아 보겠다고 한 일에서 비롯한 노릇인데 한 번 재미있게 살아보지도 못하고 죽는다면 내 인생이 너무 억울합니다. 영감님 땅속의 돈을 다 드릴테니 목숨만 좀 살려주십시요!"

여인은 죽는게 싫은지 노인을 붙잡고 애원을 했다.

"땅속에 돈을 다 내게 줘버리면 주인댁은 너무 억울하지않소? 그러니 내가 그 비방을 가르켜 주고 주인댁이 살아나면 내게 천냥짜리 어음 하나만 주시요!"

노인은 현금도 필요없이 어음으로 천냥만 달라고 했다.

그리고는 비방을 가르쳐 주었다.

술장수 여인은 노인의 말을 듣자 일찌감치 덧문을 내걸고는 장사를 걷어 치우고 노인과 부랑자를 안방과는 동떨어진 구석방에 유하도록 하였다.

저녁을 일찍 치우고 대문과 방문을 단단히 걸어 채운 후 노인의 말대로 여인은 액땜을 하고 있는 판인데 밤이 이슥하자 누가 대문을 덜컹덜컹 흔들어 대며 남자의 목소리가 났다.

"아니 오늘은 벌써 대문을 걸었네! 문좀 열어줘! 나요!"

"내가 누구란 말이야 아닌 밤중에 어떤 놈이 남의 집 대문을 흔드는 거야! 어서 썩 꺼지지 못해!"

술집 여자는 안방에 앉아 소리만 고래고래 질렀다.

그러자 그 사내는 혼자 중얼거리더니 그냥 돌아가는 눈치였
다.

그리고 아마 한시경쯤 지났을 때다.

별안간 안방 문밖에 어떤 사내 그림자가 시꺼멓게 비치더니
안방문을 덜컹덜컹 잡아 흔들어 댔다. 그리고는 그래도 안되겠던
지 힘대로 방문을 잡아 밀쳐 버렸다.

그러자 문고리가 쑥 빠지면서 벌컥 문이 열리더니 장승같이
사내가 시퍼런 칼을 들고 선뜻 방안에 들어섰다.

주인 여자는 "어이쿠 이젠 죽었구나"싶어.

"에구머니나!"

하고 방 한쪽 구석으로 도망을 갔다.

이때,

"이년 불을 켜라! 어째 네 혼자냐?"

하는 낯익은 목소리가 들려 왔다.

틀림없이 시골에 간다던 남편의 목소리였다.

"아니 여보, 당신이 웬일이요?"

주인 여자는 무서움이 가셨는지 마음을 진정시키면서 이렇게
말을 던졌다.

그리고는 노인의 말이 귀신같이 맞는 것을 새삼 느꼈던 것이
다.

먼젓번에 대문을 흔들던 사내의 음성은 남편 몰래 만나는 샛서
방의 목소리로 그는 남편이 오늘 시골 다니러 간다는 소식을 듣고
찾아왔던 것이며 이런 기미를 알고 그전부터 꼬트리를 잡으려고
벼르고 있던 남편은 일부러 시골 다녀온다고 하고는 밤중에 급습

을 한 것이다.

하여간 이렇게 목숨을 건지게 된 주모는 다음날 천냥짜리 어음을 노인에게 주면서 수 없이 치사를 했다.

이렇게 해서 그 집을 나선 두 사람은 황혼녘에 어느 산기슭에 도달했다.

마침 산중턱에는 사람들이 많이 모여 있었다.

"우리 저기 가서 잠시 구경을 하고 가세."

노인은 부랑자에게 그렇게 말하더니 사람들이 모여있는 곳으로 갔다.

그곳에는 지금 막 묘를 파고 관을 입관시키려고 하는 중이었다.

"어! 잠깐 입관을 중지하시오!"

노인은 별안간 사람들에게 소리쳤다.

사람들은 웬 미친 늙은이가 와서 그러나 싶어 노인에게 소릴 꽥 질렀다.

"아니 남의 장지에 와서 웬 소란이요?"

"저놈의 늙은이가 미쳤나?"

여기 저기서 욕설이 마주 날라왔다.

"아뭏든 입관을 잠시 중지하고 내말 좀 들어보시오."

노인은 욕설을 아랑곳 하지 않고 다시 소리쳤다.

그러자 한 옆에 서 있던 상제가 무엇을 느꼈음인지 입관을 중지하라고 하는 노인 앞으로 다가섰다.

"노인께서 입관을 중지하라시는데 필시 까닭이있으신 모양이니 서슴치 마시고 말씀해 주십시오!"

"내 우선 한마디 묻겠는데 이 장지는 누가 선택 하였소?"

"네! 저기 계시는 이지관께서 특별히 골라주신 터입니다."

"허허! 특별히 고른 장지라? 아뭏든 큰일날 뻔 하였소!"

"예? 큰일이라뇨?"

상제는 깜짝 놀라면서 노인을 바라보았다.

그러나 지관이라 자처하는 늙으스레한 사람이 다가서면서

"아니 당신은 누군데 남이 잡아 논 명당자리를 가지고 시비요?

아니 이 장지가 어때서 그렇소?"

하고 마구 잡아 먹을 기세로 덤벼 들었다.

그러나 노인은 상제를 바라보며

"여하간 내 시키는대로 하시겠우? 자! 내 증명해 주리다!"

그리고는 한 옆에 놓인 커다란 바위를 파놓은 묘속으로 힘껏 집어던져 보라고 했다.

지관이나 사람들은 연상 미친 늙은이가 지랄 하느라고 그런다 했지만 상제만은 의미없이 노인이 그러지는 않으리라 싶어 장정 몇 사람을 시켜 바위를 묘속에 던져 넣도록 했다.

그러자 평소리도 요란하게 묘속에 갑자기 구멍이 뚫리는게 아닌가?

그리고 그 구멍 속에서 물이 콸콸 솟아나기 시작하더니 금방 묘 가득히 채워지고 말았다.

둘레의 사람들이 놀란 것은 말할 것도 없고 이 바람에 지관은 얼굴을 들지 못하고 걸음아 날 살려라 하고 줄행랑을 치고 말았다.

"노인 말씀을 듣지 않았다가는 큰일날뻔 했습니다. 보통 어른이

아닌줄 모르고 큰 실수를 저질렀던 죄 용서해 주십시요! 그리고
기왕이면 노인께서 장지를 선택해 주시면 대단히 감사하겠습니
다."

상제는 노인에게 백배 고마움을 표하면서 장지를 선택해 달라
고 했다.

이곳에서도 노인은 명당자리를 한 자리 잡아 주고 역시 어음
천냥을 받았다.

노인이 지적해준 땅을 파니 오색빛이 영롱하게 비쳤던 것이
다.

이리해서 삼천냥의 어음을 사흘 동안에 벌은 노인은 이번 어음
역시 부랑자에게 맡기면서 걸음을 옮겼다.

그런데 노인은 산 아래로 내려가는 것이 아니라 자꾸 산속을
향해 걸음을 옮겼다.

평상시 같았으면 천하없는 밤중일지라도 겁먹을 부랑자는 아니
었지만 노인의 신비한 힘에 압도 당한 끝이라 가슴이 덜컹하고
내려 앉는듯 하면서 소름이 오싹 끼쳤다.

혹시 저놈의 영감이 귀신이나 여우가 둔갑한 게 아닐까—하는
생각이 들었던 것이다.

"영감님 어째 길을 놔두고 이렇게 산 속으로 들어 갑니까?"
부랑자는 기어코 물어보고 말았다.

"왜 겁이 나나? 젊은이는 어떻게 나같은 늙은이 보다 더 겁쟁이
란 말 이여?"

노인이 이렇게 빈정대자 부랑자는 갑자기 겁쟁이란 말이 싫어
졌다.

자기 자신이 왜 겁쟁이란 말이 싫어졌는지 부랑자 자신도 몰랐지만 어쨌든,

"내가 왜 겁쟁이입니까? 저야 아무렇지 않습니다만 영감님이 험한 산 속으로 들어가시니 다치실까 염려가 돼서 그렇습니다!"

하고 허세를 부렸다. 그러자 노인은,

"그렇지도 않을걸세! 내가 방금 겁쟁이란 말을 하니 갑자기 겁쟁이란 소리가 듣기 싫어진게 아니여? 아뭏든지 조금만 더 가세! 다왔으니까!"

노인이 미리 알고 말하는데야 할 말이 있을리 없는 부랑자였다. 그는 가슴이 섬짓 했지만 따라갈 수 밖에 없는 노릇이었다.

이렇게 해서 부랑자는 노인을 따라 산을 두개나 넘었다.

그리고 역시 산을 타고 내려오던 길이었다.

산 중턱쯤 내려왔을까 싶었는데 노인은 갑자기 부랑자를 돌아보고,

"잠시 여기 좀 앉아 있게나! 내 요 뒤에 가서 소피를 좀 봐야겠네!"

했다.

그래 부랑자는 노인이 돌아오길 기다렸다.

그런데 어찌된 셈인지 노인은 여간해서 돌아오질 않는 것이다.

"이놈의 늙은이가 어쩌자고 여태 안올까?"

생각만 같아서는 후딱 산 아래로 내려가고 싶었지만 어음 삼천 냥을 맡아 가지고 있는 몸이라 그럴 수도 없어 마침 옆에 있는

바위에 걸터 앉아 기다리기로 했다.

그러자 얼마 안있어 노인이 사라진 쪽에서 부터 갑자기 여자의 목소리가 들려왔다.

> 이러도지 저러도지
> 삼마도지 팔마도지
> 아홉고지 대지랭이
> 이음산에 산신령님
> 못오시고 뼷뼷
> 비나이다 비나이다
> 신령님께 비나이다
> 포흠빛 삼천냥을
> 하루속히 갚고지고

캄캄한 밤중에 아무도 없는 산 속에서 여자의 중얼거리는 음성을 들으니 부랑자는 전신이 오싹해졌다. 그러나 원래가 호탕한 부랑자는 은근히 호기심이 생겨 그쪽으로 고개를 길게 뽑고 넘겨다 보았다.

그랬더니 어떤 처녀가 돌 제단에다 하얀 쌀밥과 산나물을 올려놓고 무엇인가 열심히 빌고 있지 않는가——.

순간 부랑자는 흠찔했다——웬 처녀여? 혹시 여우일까?——그런데 듣자니

포흠 삼천냥 어쩌구 하는 대목이 어쩌면 자기 주머니 속의 금액과 같을까——하고 생각했다.

부랑자는 촛불을 켜놓고 빌고 있는 처녀의 옆얼굴을 보고 어쩌면 저리도 고울 수 있을까 싶었다.

그러다 처녀가 빌고 있는 제단 맞은 편을 바라 보게된 부랑자는 선불이나 맞은 듯 별안간 흠찔 하고 굳어지고 말았다.

처녀의 맞은 쪽에는 어떤 석상이 하나 서 있는데 그 석상의 얼굴이 아무래도 어디서 많이 본 것 같이 낯익은 데가 있기 때문이다.

넋을 잃은 듯 석상을 한동안 바라보던 부랑자는 처녀가 다시 삼천냥의 빚 운운하자 그제서야 무릎을 탁 쳤다.

석상의 얼굴이 기억났던 것이다.

그 얼굴이란 여태까지 자기가 기다리고 있는 그 노인의 얼굴일시 분명했다.

그리고 보니 노인은 석상의 화신이었던 것이다.

처녀가 매일같이 찾아와서 삼천냥의 빚 때문에 밤새 비는 것을 보자 효성에 감동되어 손수 돈을 마련해다가 부랑자로 하여금 전할 수 있도록 하였던 것이다.

묵묵히 앉아 기억을 더듬던 부랑자는 노인의 마음, 아니 석상의 뜻을 십분 이해하고도 남을 것 같았다.

그래서 놀라는 처녀를 달래 가지고는 자초지종의 얘기를 모두 털어 놓았다.

"산신께서 나를 지적하여 그대를 만나게 하였은 즉, 여기에는 필시 깊은 뜻이 있으리라 생각하오. 나도 뜻한바 있어 앞으로는 참 사람이 되겠으니 어서 이 고마움을 빌고 그대의 부모님을 만나러 갑시다."

부랑자는 처녀에게 빌라고 하였다.

두 사람은 오랫동안 각각 다른 느낌에서 산신에게 빌었다.

그 다음날 두 사람은 포흠 삼천냥을 갚은 것은 물론이요 산신의
중매로 혼인까지 해서 오래 오래 아들 딸 낳고 다복하게 살았다.

월하의 연정

처녀의 짝사랑과 이별가

　연산조 초엽 어느해 가을이었다.

　청운의 큰 뜻을 품고 부지런히 학업을 닦기에 여념이 없던 김안국은 이날 밤도 역시 사랑에서 불을 켜지 않은채 교교한 달빛 아래에 또렷또렷이 비치는 책장을 넘겨가며 홀로이 명랑한 음성으로 글을 낭독하고 있었다. 옥반에 구슬을 굴리는 듯한 청아한 목소리였건만 그러나 어느 대목에서는 마치 지금의 폭군(연산군)을 저주하는 원성과도 같았고 어느 글귀에 가서는 흡사 이 세상을 조소하는 야유와도 같았으며 그리고 어느 구절에 이르러서는 꼭 백성들을 동정하는 호곡과도 같았다.

　그같은 원성, 그같은 야유 그리고 그같은 호곡이 때로는 폭포 내리듯 때로는 냇물 구비치듯 높게 모질게 그리고 우렁차게 월광을 따라 사방으로 퍼져 나갔다.

　이때였다. 소슬한 금풍을 타고 은은히 흘러오는 글소리에 평소부터 은연히 마음 속으로만 김안국을 사모하여 오던 그 연배의 이웃집 처녀는 이날따라 유난히도 못 견딜 것 같은 심정이었고 산란한 심회였기에 참지 못하여 필경은 발자국 소리를 죽여가며 풀잎의 이슬을 튀기면서 가만 가만히 담 쪽으로 다가갔다.

처녀는 허구헌날 시중에서 부르는 노래를 제목도 모르고 읊어
왔었다.

간밤에 꿈 좋더니만

임에게서 편지가 왔어

편지는 왔다마는

임은 어이 못오시나

편지봉토 갯탕을 하니

만날 봉자가 뚜렸다

동자야 먹을 가러

임에게로 편지쓰자

한자 쓰고 눈물 흘러

두자 쓰고 한숨 쉬네

그러나 노래 가락이나 읊어 보았던들 일단 사랑병에 걸린 처녀
의 마음이 낫을리 없는 것이다.

한숨을 쉬—하고 내쉬던 처녀는 약해지려는 마음을 채찍질하며
넌지시 담넘어 서쪽 맞은 편을 바라보았다.

달빛에 반사되는 김안국의 모습이 곧장 시선을 따라 처녀에게
로 들어 왔다.

순간, 처녀는 흠칫했다.

그다지도 연모하던 그리고 비로소 대하는 상대방의 모습이었기
때문이다.

마침내 처녀의 가냘픈 두 손이 바르르 떨리며 담 용마루를 굳게
잡았다.

곧이어 처녀의 몸은 성큼 이쪽에서 저쪽으로 굴러 내렸다.

백번 천번 망설이고 망설이던 끝에 급기야 대담하게 담을 넘어간 것이다.

처녀는 드디어 김안국이 있는 사랑 앞까지 이르고 말았다.

"도……."

모기 소리만한 소리가 처녀의 입에서 떨리면서 새어 나왔다.

설레이기만 하는 가슴을 가까스로 진정시키며 떼어지지 않는 입술을 억지로 떼면서 겨우 한마디 내뱉은 것이 그나마도 나오다 말아버린 것이다.

"도, 도."

역시 마찬가지였다. 가쁜 숨소리만이 연거퍼 터져 나왔을 뿐이다.

그런데 이번에도 글 읽기에 열중되어 미처 알아듣지 못했던지 김안국은 여전히 아무런 반응이 없다.

"도련님!"

세번째에야 비로소 제대로 나왔고 또한 제법 음성도 높았다.

불현듯 김안국의 눈길이 책으로부터 비켜졌다.

눈과 눈이 마주쳤다.

날카로운 김안국의 안광에 비친 것은 분명 아릿다운 묘령의 처녀였다.

진정 만발한 향기로운 한떨기 꽃이었다.

"소저는 어느댁 규수이며 무슨 일로 찾아오셨는지……?"

한동안, 소곳이 머리 숙이고 있는 처녀를 의아스럽게 바라보던 김안국의 입에서는 종당 이같은 말이 나오고 말았다.

"……."

짐짓 주저주저 할 뿐 처녀는 함구무언이었다.

다만 몸을 한번 부르르 하고 떨었을 따름이다.

처녀에겐 말이 있을 리 없다.

그런대로 잠시 침묵이 흘렀다.

그러자 마침 중천 높이 보름달을 스치면서 기러기 한떼가 처량

하게 울면서 지나갔다.

김안국은 처녀의 마음을 알것 같았다.

"저 기러기들을 보시오. 비록 한낱 미물에 불과하지만 저렇듯

앞장 선 놈을 따라 질서정연하게 날아가고 있지 않소? 그리고

그것들이 어디서 쉬고 있을라 치면 반드시 그중에 파수보는

놈이 있어서 저희 무리들을 보호하고 있다는 말이오. 그렇듯

금수에게도 규율이 있는 법인데 하물며 만물의 영장이라는

우리 인간에게 어찌 그런 법이 없을 것이겠소."

"……."

"하물며 사대부의 자손인 우리로서 대대로 전해진 인륜을 저버

린다면 기러기만도 못할 것이니 그렇다면 어떻게 인간된 보람

이 있을 것이오. 더 말하지 않아도 이만하면 능히 그대로서

내 말뜻을 알아 들었을 것이니 그대가 잘못된 것을 깨달았거든

지금 이 자리에서 종아리 맞을 차비를 차리시오. 잘못이 있으면

마땅히 벌을 받아야 할 것이니까……."

김안국은 점잖게 꾸짖는 동시에 위엄있는 목소리로 명령을

내렸다.

이윽고 박속같이 흰 처녀의 보드러운 다리통이 드러났다. 의당

한 꾸짖음이며 의당한 명령이라 종아리를 맞고자 부끄러움을 무릅쓰면서 치마차락을 걷어 올린 것이다.

우선 매 한대가 사정없이 떨어졌다.

"철썩."

처녀는 아프다는 말 한마디 안했다.

처녀의 눈에서는 구슬같은 눈물방울이 뚝! 하고 땅바닥에 떨어졌다. 그리고 연약한 처녀의 종아리는 빨갛게 피가 맺혔다.

김안국은 힘차게 들었던 회초리를 그대로 놓아 버리고 말았다.

그만하면 깨달았을 것이기 때문이다.

처녀는 매를 한대 맞은 뒤 마음과 행실을 고쳐 참사람될 것을 약속했다.

참으로 정대하고 위엄있는 김안국의 처사에 처녀는 한없이 감격하고 물러나왔던 것이다.

그로부터 20여년 후인 중종조 기묘년 2월──

일찌기 반정으로 말미암아 폐위를 당한 연산군의 뒤를 이어 왕위에 오른 중종대왕은 점차로 연산군의 학정을 고치는 한편 이상적인 정치를 시행하시려 했다.

상감은 당시 유림의 영수로서 명망이 높은 조광조라는 젊은 선비를 등용하였다.

그같은 상감의 지우하심을 받고 대사헌에 오른 조광조는 즉시로 유능한 지사들을 자기 파로 등용시켰다. 그리고는 시세와 사정을 헤아리지 않고 오로지 순수한 유교주의로써 자기들의 이념인 당우지치, 다시 말하자면 당나라 때와 같은 문화정치를 실현시키고자 했던 것이다.

따라서 모든 인심도 마치 요원의 불길과도 같이 일시에 그들 조광조 일파에게로 쏠리게 되었던 것이다.

그러나 불행히도 이들은 젊은 이들이었던 때문인지 정책이 다소 급진적이었고 또한 그들의 수단이 약간 과격했다.

그래도 보수적인 편인 상감의 처지로서는 차차로 그들의 하는 일이 싫어질 수 밖에 없으셨고 더 나아가서는 혹시 정권에 그 어떠한 영향이나 미치지 않을까 하는 의혹도 떠오르지 않을 수 없으셨다.

그런데다 상감에게 맹렬히 무고하는 무리들까지도 있었으니 곧 그네들은 상감의 총애를 받아 온 조광조 일파를 은근히 미워하던 남곤, 심정등 열두 사람의 간신들이었다.

그네들은 전해 즉 무인년 여름에 지진이 무릇 세번씩이나 일어나서 태묘며 인가들의 지붕 기왓장들이 떨어져내렸던 것과 또 밀양에서는 이상스럽게도 뉘어져 있던 버드나무가 별안간 벌떡 곤두서서 그 높이가 스무척이나 되었던 그러한 예들을 들어 이러한 괴변은 조광조 일파들이 조정일을 그르친 까닭이라고 상감에게 엉뚱한 참소를 했다.

게다가 심지어는 나무잎에 꿀로 조왕이라고 써서 그것이 마르자 벌레로 하여금 그 꿀로 쓴 조왕이라는 두 글자대로 잎사귀의 달콤한 부분만을 파먹게 한다음 그 나무잎을 상감에게 바치며 이러한 조화야 말로 조광조 등이 조정을 전복시키고 찬탈을 할 징조임에 틀림없다고 까지 모함했던 것이다.

그런 중 아니나 다를까, 앞날을 우려하는 나머지 그처럼 험악해진 양파간의 관계를 조정해 보고자 그토록 온갖 노력을 기울였던 이조판서 신상(조광조 일파의 한사람)의 눈물겨웠던 역할에도 불구하고 그네들 남곤, 심정등 간신배들은 이 해에 들어서면서부 터 더 한층 상감의 마음을 공동시키기에 혈안이 되더니 급기야 동짓달 보름날에는 위선 신무문을 열고 은밀히 후원으로 하여 침전에 나아가서 상감에게 밀계한 후 곧 이어 군사들을 시켜, 역적의 죄명을 뒤집어 씌워 조광조 일파를 잡아다 대궐 뜰에 납치 하는 것이었다.

그런데 이때, 그같은 간신배들의 모함으로 조광조 일파가 붕당 옥의 그물에 걸려들었을 때 조정의 삼사 공론을 주장하는 젊은 명사가운데에는 마침 형제 두 사람이 끼어 있었다.

형은 교리 지위였고 아우는 정인 벼슬이었다.

그들 형제는 다 같이 학식과 덕행이 뛰어난 어머니의 교훈을 받았음이 컸는지라 어머니를 오히려 스승으로 섬기다시피 하며 존경하는 편이었다. 더우기 아버지가 별세한 후로 그들 형제는 더 한층 홀로 된 편모를 경모하여 대소사를 막론하고 어머니의 의견을 들어 그 지도를 따라 자기들의 태도와 주장을 결정하여 왔던 것이다.

그러다가 이제 이렇듯 변국을 맞이하자 본시 부터 남곤을 추종 하여 오던 그들 형제는 자연 남곤의 반대파인 조광조의 일파를 적대시하게 되었다.

그러던 어느날 형제는 입궐하기 전에 어머니에게 요즈음 벌어 진 일을 대강 보고하고 자기들과 적대관계에 놓여 있는 조광조 일파 중에서 아직 하옥되지 않은 나머지 사람들마저 간신으로 탄핵하여 처벌할 것을 주장하려한다는 자기들의 의사를 말했다.

그리고는 관복 소매 속으로 부터 당일로 가지고 가려던 상소를 꺼내서는 그 의견을 물으려고 어머니께 바쳤다.

아들로부터 초안을 받아든 어머니는 정중히 펼쳐 들더니 한 구절 한 구절씩 또박또박 입 속으로 읽기 시작했다. 한 사람 한 사람의 죄의 경중, 아니 그보다도 한 걸음 더 나아가서는 직접 생과 사에 관계되는 중대한 문서가 될지도 모르겠기에 신중히 심중으로 따져 보기도 하고 판단해 보기도 하며 세밀히 읽어 내려 가는 것이다.

그런데 마침 중간쯤 이르러서였다.

갑자기 부인의 두 눈길이 한 곳에 딱 멈췄다.

어느 한 구절을 응시하는 것이 분명하다.

"김안국!"

드디어 부인의 입에서는 이같은 놀라움에 가까운 심상치 않은 한 마디가 터져 나오고 말았다.

"이이가 혹시 3년전에 경상감사를 지낸 김안국이 아니냐?"

이윽고 초안 속에 들어있는 여러 이름 중에서 김안국의 성명 석자를 가리키며 황망히 묻는 부인의 말이었다.

"그렇습니다."

일시에 두 형제는 대답했다.

"그래, 어찌된 사연이냐?"

내용을 읽어보면 알 것이련만 조급한 심정에 부인은 이렇게 물었다.

"그 자로 말하면 벌써부터 명성이 온 천하에 떨치다시피 한 인물이어서 지금 세상 사람들이 그를 모재선생이라고 호까지 지어 부르며 숭배하지만 기실…… 그 자는 간흉한 무리로 참판 까지 지냈음에도 불구하고 조광조 등과 더불어 당을 모아 조정 을 전복시키고 왕위를 찬탈하려고 음모를 꾸미는 만고의 역적 입니다.”

형제는 사뭇 기염을 토하듯이 일장의 설명을 하고 나서

“그런데 어머니께서는 어떻게 그자의 이름을 아십니까?”

하고 아까부터 어머니의 기색과 말투를 수상하게 생각한 아들들 이 물었다.

그러나 부인은 선뜻 대답을 못하고 있다. 오로지 형용할 수 없는 미묘한 표정만 이 부인의 얼굴에 감싸 돌았다.

잠시 후, 부인은 오랜 침묵을 깨고 입을 열었다.

“음……그러냐? 그러면 내가 너희들에게 대답하기 전에 한 마디만 하겠다. 들리는 바에 의하면 이번 일에 대하여 영의정 정공과 좌의정 안당이 상감께 극력 간했다고 하는데 그 조광조 나 김안국이니 하는 이들이 그토록 간흉한 만고의 역적이라면 그 두분 충신들이 구태여 자기네 신변의 위험을 무릅 써가면서 까지 비호할 까닭이 어디 있겠느냐 죄인을 두둔하다가는 자칫 하면 자기까지도 그 죄인과 부화뇌동한다는 혐의로 그 그물에 걸려들 염려가 없지 않아 있는 법이니까…… 사실 말하자면 지금의 이 부패된 정치를 고치자는 것이 잘못은 아니다. 응당 하루 바삐 그렇게 해야만 된다. 헌데 단지 자기네 권력과 세도 에만 환장들이 되어가지고서 정작 나라를 바로 잡고 백성을 구하려는 유능한 인물들을 무작정 배척하려드니 그런 무리들이야말로 곧 간흉한 역적이 아니고 무엇이냐? 그렇거늘……그런 간악한 무리들에게 가담하려는 너희들에 대하여 소위 어미된 나로서 어찌 그냥 지나쳐 버릴 수 있겠느냐?"

그다지도 서슬들이 시퍼렇던 형제였건만 시종일관 어머니의 말씀이 이치에 어긋남이 없이 마디마디 폐부를 찌르고 보니 무어라 대꾸할 말이 없었다.

"이, 이런 꼴을 본바에야 차라리 진작 너희 아버지를 따라갔더라면……."

울며 말하는 부인이었다. 미쳐 말끝을 맺지 못하는 부인이었다.

"어머니!"

"어머니!"

머리를 숙인채 그저 묵묵히 쭈그리고만 있던 두 형제는 일제히 번쩍 고개를 들었다. 어머니를 우러러 보는 형제의 눈에는 어느새 뜨거운 눈물이 감돌고 있었다.

가엾게도 아버지를 먼저 보내시고 홀로 과부가 되신 어머니!

그 때문에 외로울대로 외로우셨고 쓰라릴대로 쓰라리셨던 어머니!

오로지 아들들만을 바라고 여지껏 살아오신 어머니였고 그 때문에 무던히 고생도 참아오신 어머니였다.

박복하신 어머니였다.

"어머니! 이제야 모든 것을 깨달았습니다."

"어머니! 과히 심려 마십시오."

두 형제에 의하여 즉석에서 그 성토 상소문은 찢어 버려지고 말았다.

그제서야 부인은 가벼히 한숨을 내쉬며 엄격한 어조로,

"너희들은 하마터면 군자들을 모해하는 악명을 천추에 남길 뻔 했구나. 내가 젊었을 때의 일이었는데 김안국 그가 얼마나 존경할 만한 큰 선비이며 나에게 큰 은인이었던가… 그간 20여년 동안이나 감추어 두었던 비밀을 이제야 비로소 너희들에게 고백하련다."

라고 전제하고 나서 20여년 전, 처녀시절이었던 어느해 가을, 총각이었던 김안국에게 종아리를 맞고 훈유를 받았던 지나간 추억을 더듬으며 자기가 겪었던 그 비밀의 자초지종을 상세히 이야기하는 것이었다.

인간의 운명, 역사의 변천이란 매양 기구하고도 무상한 것이어서 그로부터 20여년 후인 오늘날, 김안국은 자기를 짝사랑했던, 그리고 그로 말미암아 자기에게 꾸지람을 듣고 종아리 맞았던 그 처녀의 아들들의 성토상소문 가운데 탄핵대상으로 적히게 된 것이 아닌가!

그러나 언제 죽을지 모르는 목숨으로 교외에 나아가 대명하고 있던 김안국은 필경 참화만은 모면하게 되었다.

물론 조광조 일파의 한 사람이었으니 관직만큼은 파면되지 않을 수 없었다.

여러동지들이 죽음을 당하고 악형을 받았으며 그리고 귀양가게 되었으나 천행으로 김안국만은 엄벌을 모면하게 되었던 것이다.

이것이 곧 후세에까지도 유명한 기묘사화라는 것이며 그 사화에 관련되었던 인물들을 기묘명현이라 부르며 추앙한다.

지워지지 않는 점

의문의 잉태

"아이! 여보 나으리!"

오랜만에 흠뻑 부부간의 정을 풀고 먼저 잠이 깬 부인 유씨는 흐뭇한 심정으로 넌지시 옆에 누워있는 남편의 얼굴을 들여다보다가 별안간 자리에서 몸을 빼며 이렇게 외쳤다.

이 통에 몹시 피로한듯 곤히 코를 골고 있던 남편 김탁이 부시시 눈을 떴다.

"무엇이 어찌됐단 말이오? 갑자기……."

"딴 게 아니라, 나으리 얼굴에 박힌 그 붉은 점이 통 눈에 띄지를 않는군요! 아무리 살펴봐두……."

"무엇?"

김탁은 소스라치듯 벌떡 일어나서 거울을 들여다보았다. 정말 괴이하게도 양미간에 있던 붉은 점이 온데간데 없이 사라져 버리고 만 것이 아닌가?

이런 일이 있은지 두 달 후,

"여보 암만해도 이상스럽군요……."

하루는 부인 유씨가 다소 부끄러운 듯이 발그스레 홍조띤 빛으로 남편 김탁에게 말을 건네는 것이었다.

"무엇이 이상스럽다는 말이오?"

"요새 밥맛이 없어지구, 그리구……."

"뭐? 그럼 임신을 한게로구만."

김탁은 부인의 임신이 무척이나 기뻤다.

유씨는 생긋 웃고는 얼굴을 붉혔다.

"아들이기나 했으면!"

이 말에 김탁도 대답 대신 싱긋 웃어 보였다.

과연 유씨는 잉태한지 십삭만에 귀여운 옥동자를 낳았다. 소원대로 아들이고 보니 유씨는 한층 기뻤다.

그런데 웬일인지 부인이 아들을 낳자 김탁의 표정은 오히려 아내와는 정반대로 우울한 빛이 감돌았다. 그리고 동시에 무엇인가를 골똘히 생각하는 듯한 기색이었다. 그도 그럴 수 밖에 아내의 몸 풀은 날짜가 교묘하게도 자기 얼굴에 박혔던 붉은 점이 사라져 없어진 바로 그 날짜로 부터 꼭 열달만이 되기 때문이었다.

'그렇다면 그 붉은 점과 어린 아이와는 필시 어떤 관계를 맺고 있으리라. 그 붉은 점의 후신, 그리고 다시 나아가서는 혹시 그 지네의 후신이 아닐까?'

김탁은 짐작이 가는 바가 있었다.

김탁은 곰곰히 따져 보았다. 진정 그 아이가 지네의 후신이라면 아이와 자기와는 필연 원수의 사이가 될지도 모를 일이었다.

그는 생각할 수록 마음이 꺼림직했다. 그렇다고 차마 그 아이, 곧 자기 아들을 처치해버릴 수도 없는 노릇이었다.

그러니까 거의 일년 전의 일이었다.

"아——니, 이번에 도임하신 사또께서 돌아가셨다지?"

"벌써 몇 사람째야! 그래, 이번에도 죽은 원인을 모른다던가?"

서울과 멀리 떨어진 평안도 성천 고을에는 또 이같은 괴상한 소문이 삽시간에 한입 두입 건너서 온 고을에 퍼졌다. 그리고는 다시 이웃 고을까지 떠들썩하기 시작했다. 그리하여 드디어 이 소문은 임금의 귀에까지 들어가게 되었다.

"짐이 듣건대, 근래 평안도 성천 고을에는 무슨 변고가 일어나는지 도임하는 사람마다 그 즉시로 까닭 모르게 생명을 잃는다 하니 실지로 그렇다면 언제까지 이대로 수수방관만 할 수 없는 중대한 일인데 경들의 의견은 어떠하오?"

어느날 선조대왕께서는 저으기 용안에 근심을 띄우시며 조신들을 향해 이렇게 하문하셨다.

그러나 조신들은 원체 성천고을의 변고라는 것이 기괴한지라 거기에 대한 대책이 좀체 머리에 떠오르지를 않아 선뜻 무어라 주달치를 못하고 오직 묵묵히 읍해 있기만 할 따름이었다. 이러한 신하들과 혹 무슨 묘책이 있는 대답이라도 있을까 하고 기다리시는 상감과의 사이에는 다만 무거운 침묵만이 흐를 뿐, 그야말로 거북스럽기 비할 때 없는 장면이었다.

시간은 자꾸 흘러간다. 이제는 정말 그 누가 아무렇게라도 말문이나 열었으면 하고 바라는 마음이 조신들 각자 머리 속에는 꽉 차게끔 되었다.

그래도 여간해서는 입을 열 사람이 없을 듯 여전히 잠잠 하기만 하다.

마침내 조신들은 조바심이 나기 시작했다.

그러나 이 때였다. 천만뜻밖에도,

"아뢰옵기 황송하오나 소신이 가서 그 변고를 물리칠까 하오."

하는 무게있는 음성이 맨끝 저쪽으로 부터 은은하게 들려왔다.

모두가 곤경에 빠졌던 터이라 귀가 번쩍했다.

그같은 시원스런 상주에 몹시도 반가왔고, 한편으로는 그 음성이 의외에도 끄트머리 말석에서 일어났고 보니 자못 놀랍기도하여, 조신들의 시선은 일제히 말석 쪽으로 쏠리지 않을 수 없었다.

바라본즉 그리 눈에 익지 않은 한낱 미관말직에 불과한, 더구나 유약한 문관 벼슬아치였다.

일동의 얼굴에는 기대와 달리 일시에 의아한 표정들이 떠 올랐다. 저런 위인이 과연 그같은 기괴한 변고를 물리 칠 수 있을까 하는 의문에서 였다.

이렇듯 그 중대한 일을 도맡겠다고 결연히 자원해 나선 그의 성명은 김탁이라 했다.

그는 대대로 양반인 안동김씨 문중의 한 사람으로서, 사람됨이 매우 총명하고도 지감이 있는 인물이며 극히 담력이 차고 침착한 인재였다.

그렇건만 그의 존재가 널리 뚜렷하게 알려지지 못한 터이고 보매 조정에서는 그토록 위험한 곳에 김탁을 보내야 옳으냐 어쩌냐 하고 의논들이 분분하다가 그렇다고 달리 자청해 나서는 사람도 없어 급기야 그를 보내기로 합의를 보았던 것이다.

중책을 맡게된 김탁은 즉시 임지인 평안도 성천고을로 떠났다.

이윽고 목적지인 성천에 이르렀다.

이 때 고을 백성들은 서울서 명관이 내려 온다는 소문에 새 사또를 맞으러 모두들 거리로 내달았다.

"이번에 새로 도임하시는 사또께서는 명관이시라지?"

"그렇다나 보네! 하옇든 오늘 밤 지내보면 알겠지 죽지 않고 살기만 하면야……."

막상 여기까지 와서 백성들이 이같이 떠드는 것을 듣고보니 김탁은 갑자기 마음이 산란해지며 새삼 두 어깨가 무거워지는 듯했다. 그렇다고 어쩔 수 없는 처지였다. 기왕지사 자원해서 나선 몸이니 모든 것을 운명에 맡기는 수 밖에 없는 노릇이라 여겼다.

김탁은 마음을 다부지게 먹고 비장한 결의로 동헌으로 들어섰다.

신관사또 김탁은 우선 동헌에 좌정하고 육방 관속들의 하례를 받았다.

그리고 난 후 곧 이방에게 당부했다.

"내 긴히 쓸일이 있어 그러니 오늘 저녁안으로 담배 몇 묶음하고 그리고 명주실을 좀 구해다 주도록 하여라."

이방이라는 자는 신관사또의 이같은 말에 어리둥절하고 말았다. 아마 사또가 담배를 몹시 즐기시는 모양이지? 허나 갑작스레 명주실은 갖다가 무엇을 하려나? 싶었다. 어떻든 웃 사람의 분부이고 그보다 지금까지의 예로 보아 오늘밤 죽을 것이 틀림없는 사람이고 보니 이방은 마지막 청을 들어 줄 겸하여 선뜻,

"네! 분부대로 거행하겠습니다"

하고 깎듯이 대답을 하고 나서 동헌으로부터 불러 나오자 즉시 사람을 시켜 담배 몇 묶음과 명주실 몇 타래를 구해다 사또에게 바쳤다.

이날 밤 김탁은 홀로 사랑에 들어 앉은채 주섬주섬 명주실을 풀기 시작했다. 그리고는 길게 늘여 이문 저문 할 것 없이 문턱마다 얼기 설기 걸쳐 놓았다.

그렇게 하기를 얼마동안 하던 김탁은 다시 문들을 닫고 무슨 생각을 했는지 담배를 피우기 시작했다.

한 대가 타버리자, 다시 한 대에 불을 당기었다.

이렇듯 수 없이 거듭하는 동안에 시각은 흘러서 어느덧 삼경이 지나고 말았다. 밤이 이슥해 졌는지라 천지는 고요해지고 아무런 소리조차 들리지 않았다.

금시 귀신이나 도깨비라도 나올 것만 같다.

이때였다. 돌연 밖으로부터 어렴풋이 무슨 소리인 듯한 것이 들려왔다.

퍼뜩, 정신이 난 김탁은 긴장된 눈초리로 소리나는 쪽을 향해 귀를 기울였다.

차츰 차츰 크게 들려오는 품이 확실히 이쪽으로 다가오는 소리다. 자세히 들어보니 여느 걸음걸이가 아니고 살금살금 기어 오는 듯 한 소리 같았다. 물론 사람의 발자국 소리도 아니며 그렇다고 짐승의 기척도 아닌듯 했다.

이윽고 그 이상한 소리는 문 가까이 까지 이르렀다. 그러더니 홀연 딱 그쳐 버린다. 바짝 문턱에 다가온 모양이다. 다음 순간 문이 방긋 열리는 듯했다.

김탁은 불현듯 그쪽을 쏘아 보았다. 그러나 자욱한 담배 연기로 잘 보이지 않았다.

하지만 희미하게나마 눈에 비친 것은 무슨 괴물인 것이 분명했다.

문을 연 괴물은 방안을 향해 문턱 너머로 덥썩 머리를 디밀었다.

그러더니 얼른 도로 밖으로 머리를 당겨 움추려버리더니 이번에 방안을 살피 듯 머리를 좌우로 휘둘러 보기도 한다.

이렇게 하기를 몇 차례 되풀이 하다가 그 괴물은 오던 길로 다시 가는 것이었다.

필연 담배 냄새가 몹시 싫었던 모양이다. 하기야 담배란 오직 사람에게만 필요한 것이지 다른 동물에게는 대저 비각인 물건이다.

날이 새어 이른 아침이 되었다.

관속들은 시체를 넣을 관을 마련하여 일변 가엽다는 듯, 일변 귀찮다는 표정들로 동헌을 향해 발길을 떼놓았다. 이번 신관사또도 죽었으려니하고 관을 마련한 것이다.

이윽고 동헌에 당도한 이들은 어쩐지 당장 무슨 괴물이라도 나타날 것만 같아 선뜻 안으로 들어설 용기가 내키지를 않는 모양으로 서로의 눈치만 슬금슬금 보고 있었다.

그러자 이 때,

"에헴!"

하고 헛기침 소리가 안으로 부터 뚜렷이 들려왔다. 관속들은 하마터면 뒤로 나자빠질 뻔했다.

동시에 일제히 눈들이 휘둥그레졌다.

"그런데, 이게 어찌된 셈이여?"

"글쎄! 정말 사람의 기척인가?"

"귀신의 소린가?"

그러자 안으로 부터 다시

"거, 밖에 누가 있기에 떠들썩하냐?"

하고 분명한 사람의 목소리가 들려왔다. 비록 어제 잠깐 들었으나 틀림 없는 사또의 음성이었다.

하도 뜻밖의 일이라 관속들은 당황하며 어찌할 바를 몰라 주저주저 했다.

그러자 한 관속이 용기를 내어 대답하였다.

"네——이, 소인들이 올시다."

"음, 그러냐! 그러면 이리로 들어들 오너라!"

하고 손수 대문을 열어 주던 김탁은, 밖에 놓인 관이 눈에 띄자

"웬 관이냐?"

하고 관속들을 향해 물어보았다.

"……."

그러나 그들은 냉큼 대답을 못하고 망설이면서 동료들의 눈치만 살피지 않는가! 김탁은 빙긋 입가에 미소를 띠우며 그들의 저의가 무엇인가를 알아 차렸다.

"허긴 그렇겠느니라!"

김탁은 그들의 심정을 알겠다고 했다.

"참, 너희들한테 부탁이 한 가지 있는데……."

사또에게 꾸지람이나 듣지 않을까 하고 속으로 떨고만 섰던

관속들은, 뜻밖에도 부드러운 태도에 그저 황송하기만 했다.

그리고 이토록 위험한 데에서도 먼저 사또들과는 달리, 무사히 생명을 보전한 신관 사또야 말로 실로 명관임에 틀림 없구나 하고 존경심마저 솟아올랐다.

"네——이, 어떤 분부이신지……."

관속들은 미처 말끝도 못맺고 허리부터 굽실거렸다.

"부탁이란 다른게 아니라 이길로 즉시 나서서 가장 날쌔고 힘센 장정들 약 십여명하고 그리고 큰 가마솥 한개와 기름을 좀 넉넉히 구해다 놓았으면 한다."

관속들은 어쩐 영문인지를 몰라 몹시 궁금증이 나면서도 그저 하라는대로만 했다.

얼마 후, 과연 보기에도 날쌔고 힘차게 생긴 젊은 장정들이 인솔되어 왔다. 또 큰 용 가마솥과 얼마만큼의 기름도 갖다 놓았다.

"그러면 우선 그 가마솥에다 기름을 반쯤 부어 펄펄 끓여라."

사또의 명령이 내리자 삽시간에 시뻘겋게 타오르는 장작불길에 기름은 솥안에서 용솟음치며 끓기 시작했다.

"자, 이번에는 너희들 장정 중에서 반수는 땅파는 연장들을 구해가지고 나를 따라오고 그 나머지는 창칼들을 갖추고 마당에서 지키고 있거라!"

하자 장정의 반수는 곧 마당에 남아 창칼을 번쩍이며 잔뜩 움켜쥐고 대기 하기로 하고 다른 장정들은 괭이며 땅 파는 연장들을 멘 채 사또의 뒤를 따르기 시작했다.

헌데 사또는 웬 늘어진 명주실만 따라간다.

지난밤 그 괴물이 사또의 방 문턱까지 왔다 돌아가는 바람에 문턱에 걸쳐 놓았던 명주실이 그 괴물의 발에 감기어서 이 모양으로 끌려 온 것을 딴 사람들이야 알 리 없다.

이렇듯 명주실만 쫓아가던 사또는 급기야 지붕 위에까지 오르더니 마침내 바로 내아쪽 용마루 위에 당도하게 되었다. 김탁은 유심히 발끝 쪽을 내려다보았다. 실끝은 용마루 속, 웬 큼지막한 구멍으로 깊숙히 끌려 들어가 있는 것이 아닌가.

"일제히 이곳을 파헤쳐라!"

사또의 지시에 장정들은 우루루 달려들어 기왓장을 뜯어낸 다음, 이어서 구멍을 파헤치기 시작했다.

얼마쯤을 파헤치던 장정들은 별안간 에쿠! 하고 소리치며 소스라쳐 몸을 뒤로 움찔했다.

이상한 일이었다. 느닷없이 그 두껍고도 단단한 용마루 흙이 들먹들먹 하며 움직였기 때문이다.

장정들은 더욱 정신을 바짝 차리고 그 들먹거리는 흙덩이를 얼른 잡아 제쳤다. 그랬더니,

보기에도 끔찍스런 어마어마하게 큰 한 마리의 지네가 마치 바다 물결치듯 온 몸뚱이를 이리저리 비비틀며 크게 꿈틀거리고 있는 게 아닌가!

"그놈을 속히 마당으로 내리 팽개쳐라!"

또 사또의 말이 떨어졌다. 무서워하던 장정들은 연장을 휘두르며 날쌔게 지네를 마당을 향해 들어 내던졌다.

"털석!"

요란한 소리와 함께 그 육중한 지네의 몸이 땅에 떨어졌다.

김탁은 곧,

"그놈을 빨리 여섯토막을 내라!"

하고 급히 아래를 향해 외쳤다. 워낙 큰, 그리고 독한 동물인지라 만약에 두 토막으로만 냈다가는 까딱하면 대가리는 대가리대로 꼬리는 꼬리대로 도망칠 염려가 있었기 때문이다.

사또의 명령이 떨어지자 창칼을 들고 마당에 대기하고 있던 장정들은 일시에 지네에게로 달려들었다. 발을 옮겨 달아나려던 지네는 잽싸게 휘두르는 창칼에 여섯 토막이 나 버렸다. 이러고 난 후, 김탁은 다시 동헌 마루에 앉아서 분부를 내렸다.

"그 토막 낸 지네를 한 토막 한 토막씩 가마솥에 처 넣어라!"

장정들은 아직도 제각기 꿈틀거리고 있는 그 여섯 토막 난 지네 중에서 우선 꼬리토막을 연장으로 집어다가 펄펄 용솟음치며 끓고 있는 기름 가마솥에 넣어보았다. 토막이 크지도 않고 작지도 않아 꼭 알맞게 들어갔다.

이렇게 꼬리토막서 부터 한 토막씩 갖다가 집어 넣기를 무려 다섯토막까지 하고 나니 이제 마지막으로 대가리 차례가 되었다. 헌데 아가리를 지닌 토막이라 그런지 장정들은 다소 섬짓한 기분이 들어 저으기 긴장된 태도로 조심조심 그 토막을 들었다. 그리고는 마악 솥에다 넣으려 했다.

그런데 바로 이 때였다. 돌연 지네 아가리에서 저쪽 맞은편 동헌 마루에 앉아 있는 사또를 향해 무엇인지 마치 푸른빛 나는 안개같고 연기 같은 것을 힘차게 내 뿜는 것이 아닌가!

장정들은 흠찔했다.

그러자 다음 찰나

"앗! 사또님!"

하고 마침 방에서 사또를 바라보던 이방이 부르짖었다.

얼결에 김탁은 이방을 돌아 보았다.

"왜 그러느냐?"

"사또님의 안면에 웬 붉은 점이……."

"무엇? 내 얼굴에 무엇이 묻었다고?"

김탁은 즉시 품에서 거울을 꺼내 얼굴을 비쳐 보았다. 보니 아닌게 아니라 흡사 콩알만한 웬 붉은 점 한개가 눈썹과 양미간한 복판에 묻어 있는 게 아닌가! 분명 지네의 피였다. 사또는 곧 손수건으로 닦아 보았다. 허나 어쩐 일인지 영 지워지지 않았다.

"허허! 거, 이상한 노릇이로군!"

혼잣말로 중얼거리는 김탁의 안색은 점차 어두운 그림자가 서리며 불길한 예감이 들었다.

그렇듯 지네를 퇴치함으로써 전임 사또들이 번번히 죽음을 당하던 기괴한 변고의 근원을 없애버린 김탁은 얼마 안있어 위로부터 부름을 받아 서울로 올라가 내직에 들어앉게 되었다.

따라서 그는 그간 끊어졌던 부인 유씨와의 부부 간의 정을 다시 풀게 되었고 필경은 아들까지 낳게 되었던 것이다.

드디어 아들의 백일이 다가왔다.

그런데 여지껏 아들의 이름을 짓지 않고 있었다.

김탁은 의당 아이의 이름을 지어 주어야 되겠기에 마땅한 이름자를 고르려 이리저리 궁리하게 되었다.

그러자 문득 머리에 떠오르는 것이 있었다.

정녕 그 아이가 그 붉은 점의 후신임에 틀림없다면 붉은 점

그대로 붉을 자와 점점 자로 이름을 짓는 것이 가장 적합할 듯했다.

그래서 자점이라 이름을 지어 주었다.

그러나 막상 이렇게 이름을 지어 놓고 얼마동안을 불러 본즉, 가뜩이나 그 붉은 점이 꺼림직하고 불안한데 거기에다 이름조차 자점 즉 붉은 점의 그 명칭 그대로이고 보니 더욱 더 견딜 수가 없었다.

이리하여 다시 스스로자로 고쳤다. 아뭏든 김 자점은 무럭무럭 자라서 어느덧 나이 여섯살이 되었다. 그런데 아직도 어린것이 벌써부터 어찌도 총명하고 영리한지 여느 아이들과는 사뭇 딴판이다. 자고로 사람됨이 너무 지나칠 수록 큰 일을 저지르기가 십중팔구인 것. 그 큰일이라는 것이 혹 올바른 짓이라면 모르되 만일에 그릇된 짓이라면 그야말로 큰 일이다.

그런데다가 자기 아들 자점은 자기 때문에 죽은 그 지네의 후신임이 틀림없다고 생각했다.

그렇다면 필시 자기와는 원수의 사이가 될지도 모르는 노릇이 아닌가!

'저놈이 필연코 역적의 패를 차고 나설 놈이지……'

이러한 예감으로 불안해 하던 김탁은, 종국에는

'그렇다면 더우기나 저놈에게 글 같은 것을 가르쳐서는 결코 안될 일이니라!'

하고 자기 아들을 아주 판무식꾼으로 만들어 놓으려했다. 그래야만 큰 인물이 되기 어렵고 큰 일을 할 위험성이 적겠기 때문이다.

　그러나 자점은 어느 사이에 은근히 글방을 찾아 다니며 어깨너머 글을 배우기 시작했다. 비록 어깨너머 글에 불과하지만 귀신 곡하리만치 떳떳이들 배우는 다른 사람들보다 뛰어나 그의 뒤꿈치도 못 따라 갈 형편이었다.

　이렇듯 일부러 공부를 시켜주지 않는 아버지 몰래 글방을 찾아 다니던 김자점은 이제, 나이 스물이 가까워져서 제법 장성했다. 헌데 하루는 자기 아버지에게 과거를 보러 가겠다는 것이다.

　김탁은 깜짝 놀랐다.

　"네가 어떻게 과거를 보니?"

　"아버지, 아무 걱정 마세요."

　자점은 이렇듯 선뜻 댓구를 할 뿐 아니라, 자랑삼아 즉석에서 사서육경을 구절구절 좍좍 내려 외우는데, 김탁은 다시금 경탄하지 않을 수 없었다.

　"애! 과거는 봐서 무엇하니 그만둬라! 이아비도 벼슬살이가 지긋 지긋해서 이젠 내놓으련다."

　물론 꾸미는 말로 아들의 마음을 돌리려 했다.

　만약 자기 아들이 과거에 급제하고 출세를 하게 된다면 그 세력으로 반드시 무슨 짓이건 빚어낼 가능성이 농후하다고 생각했다. 그렇지만 자점은 좀체로 말을 듣지 않는다.

　"원, 아버지께서두……남아 대장부가 한번 나서 떳떳이 출세를 해봐야지요, 딴 사람들도 다아 그렇게들 말하지 않아요?"

　허기는 그렇다. 소위 아버지로서 김탁은 더 무어라 말할 여지가 없게 되었다.

　기어히 김자점은 과거에 응시하여 장원급제를 했다. 물론 알선

급제를 한 것이다.

"다른 사람들은 자기 자제가 과거에 장원급제를 하면 온집안 아니 온거리가 다 떠들썩하게 잔치를 베풀고들 하는데 그래 나으리께서는 왜 그러구만 계세요?"

하고 못 마땅해 하는 부인 유씨의 말에도, 김탁은 여전히 수심에만 잠겨 있을 뿐, 드러누운채 꼼짝도 안했다.

그러다가 이윽고, 그는

"소신의 자식 자점은 본시 그 천성이 경망하와 나라에서 쓰실 인물이 못되오니 등용을 삼가하시옵소서."

하는 상소를 위에다 올리고 말았다.

물론 자기 아들의 천성이 경망하다고 한 것은 핑계의 말이었다.

그러니까 상감께서는,

"과거에 장원급제한 그런 특출한 인재를 그대로 썩힌다는 것이 말이 되느냐? 아예 겸사의 말은 말아라."

하는 한마디 말씀으로 김탁의 상소를 일축해 버리시는 것이었다.

그리하여 김탁은 다시,

"그러하옵시면 후일 만약에 소신의 아들이 죄를 범하옵더라도 당자 한 사람에게만 벌을 주시옵고 비록 그 가족이라 하올지라도 그 밖의 사람들에게는 화가 미치지 않도록 하시옵기 바라옵니다."

하고 다짐을 두다시피 했다. 흔히 역적에 대한 형벌은 당자 한 사람 뿐만 아니라, 삼족까지 당하는 것이니 혹시나 자기 아들이 역적으로 몰리게 될까봐, 미리 그 멸문지화를 방지하여야 했기 때문이었다.

　아니나 다를까 후일 영의정에 까지 오른 김자점은 임금 효종대왕을 몰아내려는 역적 모의를 하다가 참형을 당했는데, 그 벌이 당자에게서 그쳤다.

　후세 사람들은 자탄가에서 노래를 따다가 김탁의 넋을 위로했다.

　　　　조선의 유세적덕
　　　　박자천손 하련 마는
　　　　불초한 이내 몸이
　　　　박복한 자이로다
　　　　선영에 풀이긴들
　　　　제초할이 뉘있으며
　　　　청명한식 화류시에
　　　　잔드릴이 하나없다

애숭이와 수청기생

속치마에 담긴 요정

숙종 때의 일이다.

평안북도에 있는 영변에 새로 부사가 부임하여 왔다.

그런데 이 새 영변부사는 근래 과거를 치뤄 장원급제를 한 인재로서 임지인 영변에 부임하자 마자 백일장을 열겠다는 뜻을 각 고을마다 알리도록 했다.

그는 이렇게 하여 숨은 인재를 가려내서 새로운 시정을 베푸는 데 도움을 얻고자 하였다.

그의 젊고 활기찬 의욕은 낡고 잔재주를 부리는 부정관리들을 일소하고 새로운 인재를 백일장을 통해 등용시키려고 마음 먹었던 것이다.

이런 내용의 방이 나붙자 세상에 숨어살던 선비들은 속속 영변으로 모여들었다.

운산, 태천, 박천, 가산, 개천 등에서 몰려 온 선비들로 백일장은 순식간에 인산인해를 이루고 말았다.

해마다 열리는 과거에서 낙방의 고배를 맛보아 온 선비들로부터 애숭이 선비에 이르기까지 각양각색의 사람들이 시제를 앞에 놓고는 멋 있는 문장을 써내려고 갖은 안간힘을 다하고 있었다. 연신 고개를 갸웃둥하는 사람이 있는가 하면 하늘가를 응시하는 사람, 붓끝을 잘강잘강 씹는 사람 등 그 모습도 가지 가지다.

이윽고 얼마만에 답안지를 쓴 사람들이 한 둘 단상에 모여들기 시작하더니 퇴장하는 것이 눈에 띄었다.

시험이 끝난 것이다.

선비들이 다 퇴장하고 나서 얼마 안있자 호명관이 높은 대위에 올라섰다.

드디어 장원이 결정된 것이다.

"장원에 이시항이요!"

소리 높이 불려진 장원의 이름은 모든 사람의 귀에 쟁——하고 울렸다.

사람들은 저마다 장원으로 호명된 사람을 찾는 양 고개들은 사방을 두리번거렸다.

그들 중에는 실망의 표정을 짓는 사람도 있었다.

이윽고 많은 사람들이 주시하는 가운데 장원으로 뽑힌 이가 단위로 성큼 성큼 올라왔다.

"아니 저럴 수가?"

"어럽쇼 저건 꼬마 아니야?"

"누가 아니래 글쎄!"

저마다 놀라움에 찬 말들이 웅성거림 속에서 장내에 물결쳤다.

그도 그럴 밖에——.

장원으로 뽑힌 사람은 이제 불과 열살이 되었을까? 한 코흘리게 정도의 애숭이였기 때문이다.

호문관을 비롯한 참관인들이나 영변부사마저 이 사실에 어안이
벙벙할 따름이었다.

"혹시 사람이 바뀐게 아닐까?"

이렇게 생각하는 사람도 있을 정도였다.

어쨌든 장원은 결정된 것이다.

곧이어 장원급제를 축하하는 풍악소리가 장내에 울려 퍼졌다.

이시항 소년은 여유작작하게 의젓한 태도로 상을 받았다.

영변부사는 애숭이 이시항의 싯구가 너무나도 명작이어서 도시
믿기지가 않았다.

"장내엔 허구많은 재사들이 붐볐건만 사람의 재주란 알 수 없는
것이로군! 어쨌던 장한 일이로고!"

호문관의 호명 소리는 계속되었다.

이윽고 등용의 영광을 차지한 이들의 호명소리도 끝나고 그
절차도 끝났다.

그리고 얼마뒤, 급제자들을 호상하기 위한 연회석이 한참 절정
에 도달하였을 즈음해서다.

"그런데 사또님!"

호문관이 넌지시 사또에게 말을 건넸다.

"왜 그러느냐?"

"글쎄 저런 조그마한 장원에게도 기생수청을 들여야 하나요?"

그 호문관은 심히 난처한 얼굴로 영변부사의 눈치를 살폈다.

하긴 영변부사도 이 소릴 듣자 난처한 표정을 지었다.

자고로 이곳 영변에는 대대로 내려오는 관습이 있었다.

　그것은 다름이 아니라 장원급제를 한 사람에겐 그날 밤 만큼은 관가의 기생으로 하여금 수청을 들게 하여 장원한 사람을 헌상하는 풍습이었다.

　몇 년을 아니 몇십 년을 머릴 싸매고 공부한 보람이 있어 어려운 관문을 통과하여 모처럼 그 빛을 보게 되었으니 수고했다는 위로의 처사로 그렇게 하였던 것이다.

　부사와 호명관은 그 일로 걱정을 하는 길이었다.

　"역대를 내려온 관습대로 한다면야 기생 수청을 들게 해야 되겠습니다만 장원의 나이가 저러니 어찌 할까요. 이번만은 없애도록 할까요?"

　심히 어려운 문제였다.

　연회석이 파하면 관례대로 다음 순서를 시행해야 하는 그런 긴박한 일이 목전에 닥쳐 온 것이다.

　한동안 묵묵부답이던 부사가 이윽고 입을 열었다.

　"관례를 깰 수는 없는 법! 더구나 장원으로 뽑힌 신분이고 보면 아무리 어리다할지라도 함부로 대할 수 없는 일이 아니겠느냐?"

　"지당한 말씀인 줄로 아뢰오."

　"또 어리면 어린대로 기생을 다룰 줄 아는 것이 사내 대장부가 아니겠느냐! 그러니 잡담 제하고 관례대로 시행하렸다!"

　"예이! 분부대로 거행하오리이다!"

　이렇게 해서 기생수청 문제가 해결났다.

　영변부사는 이방을 가만히 눈짓해서 불렀다.

　그리고는 그의 귓전에 살며시 전했다.

"무리가 될지 모르겠지만 통례대로 기생수청을 들게 하였으니 그리알고 예쁘고 앳된 관기 하나를 뽑아 수청드리도록 하고 그 전에 나를 만나보고 가게 하여라."

그렇게 이르는 부사의 입가에는 장난스런 웃음이 번졌다.

이방도 그런 부사의 표정을 보고 짐작이 간다는 듯 피식 웃음을 터뜨렸다.

"너 들거라! 오늘밤 너는 장원급제를 한 사람을 수청드는 영광스러움을 얻었은 즉 그리알고 보살피는데 소홀함이 없도록 하여라."

부사는 능수버들 모양 잘룩한 허리에 난초 향기를 풍기며 부복한 아릿다운 관기에게 엄포를 놓았다.

"만약에 장원과 더불어 동침을 하였다면 내 후한 상을 내릴 것이며 따라서 그의 애기로 내줄 것이로되 그렇지 못할 시는 중한 벌이 내릴 줄 알아라!"

"황공하여이다 분부대로 하오리이다!"

앳띠고 아름다운 기생은 부사의 엄한 다짐을 받고 부사 앞을 물러났다.

관기의 이름은 초선이라 하였다.

요염한 난초꽃을 연상하리만치 청초하면서도 빼어나게 아름다운 그녀는 어린 나이에 비해 장구, 춤, 시화등 못하는게 없는 재주꾼이요 영변의 자랑꺼리이기도 했다.

뿐만 아니라 관기들 사이에서도 미움을 산다던지 시기를 당하는 일 없이 매사를 잘 처리하여 동료간에도 여간 귀여움을 차지하는게 아니었다.

초선은 기생청으로 들어서기가 바쁘게 몸단장을 시작했다.

잘 발육된 나체를 향탕수 섞은 물로 목욕을 한 다음 동료기생들의 도움으로 곱게 곱게 단장 하였다.

긴 주란치마를 떨쳐 입고 시간이 오길 기다리는 초선의 몸에서는 짙은 난초 냄새가 풍겨났다.

이윽고 초선이는 동료 기생들의 부축을 받아 장원급제자가 유하는 관저로 발을 옮겼다.

주위는 쥐죽은 듯 조용하기만 했다.

문이 열리자 초선은 사뿐히 방안으로 들어섰다.

수줍은 신부마냥 고개를 떨구고 있던 초선은 상머리에 앉은 남자의 보선발을 보자 그쪽을 향하여 넙죽 큰 절을 올렸다.

"소녀 초선 문안드리오!"

"너는 어인 여인인고?"

"네이 소녀는 영변부사님 부중에 있는 관기이옵니다!"

"관기?"

소년 이시항은 부르지도 않은 관기가 왜 찾아왔는지 알 수가 없었다.

그럴 수 밖에 없는 것이 이시항은 고작 여덟살에 지나지 않았다.

"그래 무슨 연유로 나를 찾아 왔는고?"

자꾸 캐묻는 이시항의 말에 초선은 무어라 대꾸를 못하고 귀밑 뿌리까지 붉어졌다.

관기 초선은 장원의 나이가 이렇게 어릴 줄은 몰랐다.

이미 영변부사의 함구령이 내려진 후에야 초선이의 등청이 허용되었던 때문에 장원의 신상에 관해 일체 알지를 못했고 더구나 연회석상에 참석치 않았던 초선이로서는 장원이 장성한 사람으로만 여기고 궁금해 하였을 따름이었다.

방안에 들어섰을 때만 해도 어려워서 고개 조차 들지 못했기 때문에 상대방의 인품을 알지 못하고 있었는데 어린애 같은 목소리로 왜 아닌 밤중에 찾아 왔느냐고 채근을 하니 답변할 말이 없던 것이다.

"누가 보내서 왔느냐? 그렇잖으면 네 스스로 왔느냐?"

자꾸 묻는 소리에 살며시 고개를 들던 초선은 장원이라는 애숭이를 보고서는 더욱 답변할 말을 잃고 말았다.

그러고 생각하니 낮에 사또가 자길 불러 다짐하던 말의 뜻을 알 것 같았다.

이래저래 일은 난처하게 돼 버렸다.

그렇다고 무작정 앉아 있을 수만도 없는 노릇이다.

할 수 없게 된 초선은 울고 싶은 심정으로 이곳까지 오게 된 연유를 고하지 않을 수 없었다.

어린아이에게 수청을 들어야 하는 절차까지 설명할 수는 없는 노릇이다.

초선은 그런 자신의 신세가 처량했고 사또가 원망스럽기까지 했다.

"허허허 그래? 그렇다면 너무 상심할 필요가 없느니라! 사내대장부가 어찌 가녀린 아녀자의 청을 물리칠까보냐!"

이시항은 이렇듯 말하면서 민숭민숭한 턱주거리를 쓰다듬으며 안심하라고 했다.

그리고는 보던 책을 덮어 놓더니 초선이더러 이불을 깔라고
했다.

이렇게 하여 두 남녀는 한 이부자리 속에 눕게 되었다.

그런데 이시항은 초선이더러 자꾸만 옛날 이야기를 해달라고
졸랐다.

갑자기 어머니 품이 생각난 모양이다.

어쨌든 두 사람은 밤이 새도록 이야기로 지새다가 새벽녘에야
비로소 남매모양 다정하게 끌어안고 잠이 들었다.

평시 공부에 쫓기던 이시항은 초선이의 품에 안겨 모처럼만의
단잠을 이룰 수 있었다.

다음 날 아침.

눈을 깬 이시항은 자기 옆자리가 비어 있는 것을 발견하고 얼른
고개를 들어 주위를 살피다가 어느 새 일어났는지 옷을 단정히
입고 자기 발치에 고개 숙이고 앉아 있는 초선을 발견하게 되었
다.

"아니 벌써 일어났어?"

"예! 서방님께서 단잠을 깨실 때를 기다리고 있었나이다!"

초선은 밖으로 나가더니 세수물을 떠바쳐 들고 들어왔다.

그리고 이내 조반상이 들어왔다.

밥을 들고 난 후에도 초선은 나갈 생각을 않고 사뭇 초조한
듯 웃목에서 서성거리고 있었다.

"어째? 아직도 무언가 미진한 말이 있는게로구나!"

"예……실은……."

"어려워 말고 말해봐라!"

"사실은 다름이 아니오라 지난밤 사또께서 저를 이방으로 보내실 때 서방님께서 저에게 정을 두셨다는 정표를 받아 오라 하셨사옵니다.

만약 이대로 돌아간다면 사또의 엄한 꾸중을 받겠사옵기에 그러하오니 정표가 될만한 것을 주시어 소인을 곤경에서 건져 내주시옵소서."

초선은 떨어지지 않는 입을 열고 죄없는 이시항을 보고 정을 나눈 정표를 달라고 했다.

그러나 이시항은,

"오 그래? 그게 뭐 그리 어려운 일인가!"

하며 선선히 응했다.

"네 속치마를 꺼내보아라, 내 너에게 줄게 별로 없구나!"

초선은 이시항이 어쩌려고 속치마를 내 놓으라는지 그 뜻을 몰랐으나 안보일 수도 없는 처지였다.

이시항은 속치마 끝을 잡더니 벼루에 먹을 묻혀 다음과 같은 글을 썼다.

> 창외삼경세우시
> 양인심사양인지
> 전과미합천장성
> 경파유채문후기
>
> 창밖은 삼경인데 봄비는 뿌리고
> 두 사람의 유정한 마음은 두 사람 밖에
> 모르는데

　　아직도 함께 지낸 정이 흡족치 않건만
　　무정한 새 날은 자꾸 밝아 오누나
　　해금을 알리는 파루치 소리에 소매자락
　　부여잡고 다시 만날 날을 묻는고야

　새까만 먹으로 일필휘지하여 치마폭을 삥 둘러가며 써 주었다.

　초선은 백배치사하며 내청으로 돌아갔다.

　이 글을 본 영변부사는 고만 입을 딱 벌리고 말았다.

　"허허허! 과연 명필이요 천재로다!"

　초선이 영변부사로 부터 후한 상을 탄 것은 말할 것도 없다.

　초선은 그 이후부터 연회에 나올 때면 이시항이 적어준 그 싯구에 음을 붙여 멋들어지게 노래로 불렀다.

　영변부사는 두 사람의 머리와 예능이 남달리 비상함을 보고 초선으로 하여금 그의 애기로 삼아 예전의 약속을 이행하였을 뿐 아니라 이시항의 뒤를 밀어주어 중앙에 진출토록 하였다고 전한다.

머슴살이 사위

석별가에 얽힌 설화

밀양땅, 어느 마을에서의 일이다. 머슴살이를 하는 고유는 하루 종일 농사일을 하다가 해가지자 주인집으로 돌아가는 길이었다.

"그 처녀도 나를 생각하고 있을까? 함께 산다면 얼마나 좋을까?"

노총각 고유는 같은 마을에 살고 있던 박좌수의 외딸을 몰래 사모하고 있었던 터였다. 오늘도 고유는 집으로 돌아가는 길에 그런 부질없는 생각을 하며 혼자 싱글거리고 있었다.

이것은 어디까지나 고유 혼자의 생각일뿐 내색조차 못해 보았다.

"어느 좋은 때 슬그머니 통혼이나 한번 해봐야 겠는데……."

이러한 생각에 골몰하며 박좌수네 문앞을 지나고 있던 고유는 열 띤 눈으로 박좌수의 싸리문을 유심히 바라보았다.

"혹 고개라도 내밀고 이편을 보고 있지 않을까?"

하는 생각임은 말하나 마나다. 박좌수는 마침 마당에 앉아 장기를 두고 있었다. 중년에 상처를 한 박좌수는 가세가 매우 곤궁하였으나 외딸의 지극한 정성을 받아가면서 마음 편히 살고 있는 터였다.

"좌수님 안녕하셨깝쇼?"

고유가 허리를 굽히니 장기를 두고 있던 박좌수가 웃음을 지었
다.

"난 누구라고 고총각이로구먼, 지금 일을 하고 오는 길인가?
이렇게 늦게까지 일하다 오는 구먼. 참 자네는 진실한 사람이
야!"

박좌수는 장기를 두다말고 고유를 보고 칭찬했다.

고유가 착실한 것은 마을의 모든 사람들이 항상 칭송하는 터이
다. 고유는 박좌수가 말을 건것을 기회삼아,

"좌수님은 참 장기도 잘 두십니다. 저도 장기는 꽤 좋아하는
편인데 이따가 저하고 한번 두어 보실까요?"

고유는 넌지시 박좌수에게 장길 두자고 했다

"얼마든지 덤비게나!"

박좌수도 장기에는 지지 않으려는 생각에서인지 선듯 그러자고
했다.

이리하여 고유는 박좌수와 장기판을 가운데 두고 마주 앉게
되었는데 고유는 바로 이 때란 듯 자기의 뜻을 알리려는 심정에서

"좌수님 그냥 두는 것보다 내기 장기, 한 번 두실까요."

하고 말을 붙이니 좌수는 먹는 내기라도 하자는 것으로 짐작하
고,

"그거 좋은 말이로군! 무슨 먹기 내기를 할꼬? 어디 고총각의
음식 좀 먹어볼까?"

하며 너털웃음을 웃었다.

"그런 것이 아니올시다. 좀 큰 내기를 하시죠. 제가 지면 좌수님 댁 머슴살이를 삼년 살기로 하고 좌수님이 지시거던 제가 좌수님의 사위가 되는게 어떻까요?"

좌수는 그제서야 고유의 말이 뼈있는 것임을 알았다.

"에끼 이사람! 금옥같은 딸 하나를 자네같은 머슴에게 주겠다던가? 자네 주려고 무수한 청혼을 물리치고 스무해를 채워 온건 아닐세"

이말에 고유는 그만 무안을 당하여 홍당무가 되어 뒤통수를 치고 돌아가 버렸다. 고유가 돌아가자 고유와 좌수가 주고 받는 말을 들은 그의 딸은,

"아버지 아까 고도령과 무슨 말씀을 그리 하셨어요?"

하고 아버지에게 물었다.

"아 글쎄, 저를 사위로 삼아 달라지 않겠니? 그래서 무안을 주었지 뭐냐."

좌수는 어이가 없는 듯 딸을 보며 말했다.

"아버지도 그이가 어때서 그러셔요. 지금은 비록 미천한 처지지만 본래는 양반의 자손이고 또 성실한데……."

좌수의 딸은 처녀의 수줍음을 가득히 띤채 붉게 물든 얼굴로 이렇게 말했다. 이 소문은 즉시로 마을에 퍼져나갔고 이 소리를 들은 동네 사람들은 좌수에게 몰려와 우겨대는 것이었다.

이 서슬에 좌수도 끝내 고집을 세울 수 없어 울며 겨자먹기로 귀여운 딸을 고유에게 시집 보내야 했다.

글자 그대로 냉수 한그릇을 떠놓고 초례를 지냈고 동네 사람은 자기네 돈을 걸어선 술 한동이를 사다 잔치라고 하며 신랑신부

를 축복해 주었다.

이윽고 화촉동방의 밤이 와서 두 젊은이는 촛불 밑에 나란히 앉았다. 그러자 신부의 입에서 처음 나온 말이,

"글을 아시나요."

하고 물었다.

"부끄럽소마는 배우지를 못했소."

글을 배우지 못한 고유는 부끄럽긴하나 솔직히 모른다고 털어 놓았다.

그랬더니 신부는 엄숙한 얼굴을 지으면서,

"사내 대장부가 글을 모르고서야 어찌 하나요. 사람이 무식하면 아무짝에도 못쓰잖아요. 그러니 십년 작정으로 이별을 하여 당신은 공부를 하고 저는 길쌈을 삼으면서 당신을 기다릴테니 그런줄 알고 내일부터라도 당장 집을 떠나세요!"

하며 다짐을 하는 것이었다.

고유로서는 기가 막힐 노릇이었으나 이 말을 듣고보니 할 말이 없는지라 그러마고 대답을 안할 수 없었다.

그러나 뜻이 있으면 길은 있는법──.

고유는 첫날 밤을 새고나자 그길로 부인이 싸주는 다섯필 베를 짊어지고 밀양을 떠났다. 이렇게 가길 얼마쯤가던 고유는 베를 돈으로 바꾸어 합천땅 어느 마을에 이르게 되었다. 그런데 마침 시냇가 실버들이 늘어진 곳에 깨끗한 서당 하나가 있었다. 이에 고유는 서당을 찾아가 스승에게 글을 가르쳐 달라고 애원을 하여 어린이들과 함께 천자문을 배우게 되었다. 처음으로 글을 배우는 고유이긴 했지만 어린애들 틈에 섞여 배우자니 무한히 창피스럽

게 여겨지기도 했다.

어느듯 불철주야로 공부한 보람이 있어 일취월장하여 대선하게 되었다. 그래서 다시 해인사로 들어가 방 한칸을 빌리고서는 상투를 천장못에 매어달고 졸리면 송곳으로 다리를 찌르면서 공부를 계속해 나갔다.

고유가 해인사에 온지도 어언 몇년이란 세월이 흘렀다. 그리고 얼마 뒤, 고유는 숙종이 계시는 서울에서 과거를 보아 당당히 장원급제를 하고 이어 높은 벼슬에 올라 왕의 옆에 시립하게 까지 되었다. 한낱 머슴살이 신세에 지나지 않던 고유는 이렇게 해서 일국의 높은 벼슬을 하게 된 것이다. 그리고 일년이란 세월이 지났다. 이 모두가 아내의 힘이 아닐 수 없었다. 그런데 어느 날의 일이었다. 마침 왕을 모시고 있는데 소낙비가 쏟아지는 바람에 왕은 말 소리가 들리지 않는다고 하셨다.

이말에 고유는 즉석에서

첨령만이 주성의고

라고 응대하니 여러 사람들은 그의 해박한 지식에 칭송이 자자하였고 심지어 이것을 알게 된 왕은 필시 유서 깊은 집안의 후손이리라 믿고 고유가 누구의 후손인가를 하문하였다.

고유는 본래 제봉 고경명의 현손이기는 했지만 오랜 세월이 흐르는 동안 어느듯 몰락하여 밀양에서 머슴살이를 하게 되었던 것이다. 이리하여 고유는 이같은 사실을 아뢰고 아내를 얻은 그 다음 날로 십년 공부를 하게 되었던 내력을 숨김없이 털어놓았다.

이말을 들은 왕은 무릎을 치면서 그의 아내를 칭송 하더니 이

내,

"고유를 밀양 부사를 시키라."

하고 명하는 동시에 고유에게는 직접 분부하여 여차여차 하라 하셨다.

이리하여 고유는 십년 만에 밀양 땅을 밟게 된 것이다.

고유가 홀몸으로 옛 마을에 이르러 옛날 혼인을 한 박 좌수의 집을 찾았다. 그런데 어쩐 셈인지 집터는 잡초만 무성할 뿐 그 으리으리 하던 집은 폐허가 되어 있었다. 이에 낙심을 한 고유가 발길을 돌리려고 하다가 마침 옆에 있는 한 노인에게 행방을 묻게 되었다.

"이집이 왜 이 모양이 되었소?"

노인은,

"박좌수는 삼년전에 죽고 딸은 고도령에게 시집을 샀지만 어이 된 일인지 첫날 밤에 신랑이 없어져 버렸오. 딸에게선 유복자 하나가 생겨났지요 헌데 똑똑하기 비길데 없지요. 그 여인은 부지런하여 크게 가산을 이루고 수천석의 땅을 가꾸며 잘산다 오."

하는 대답이다. 이에 고유는 한동안 자기 처의 굳은 결심을 탄복 하더니 이내 산 밑의 소슬대문을 찾아 과객이라 자칭하고 먹을 것을 청했다.

이 때 마침 사랑방에서 소년 하나가 공부를 하고 있었다. 소년 은 나오면서 고유를 들어오라고 했다.

고유는 그가 첫눈에 자기 아들임을 알았으나 짐짓 과객인체하 고 아무 곳에서나 먹고 갈터이니 걱정말고 음식이나 달라고 하였다.

그러자 소년은,

"올라오시죠. 우리 집에서는 과객을 그냥 보내는 일은 없습니다."

하면서 굳이 방으로 인도하는 것이었다. 그리고는 고유에게 말을 건넸다.

"손님의 성씨가 무엇이에요."

이말에 고유는,

"비렁뱅이에게 무슨 성이 있나? 남들은 고가라 하지만……."

하고 쓴 입맛을 다셔 보였다.

이 때, 박씨 부인은 고씨라는 소리를 듣고 문틈으로 내다보다가 남편임을 알고는 눈물로 반갑게 맞았고, 즉시 안으로 인도하여 아들을 인사시키니, 고유는 지난 날의 일을 말하기를 공부도 못하고 유리걸식을 하며 지내다 이제야 돌아왔노라고 하소연 겸 꾸며서 말을 하니 부인은,

"매사가 운수에 있으니 하는 수 없지요. 이제 수천석 추수가 있으니 걱정마소서."

하면서 진수성찬을 차려오는 것이었다. 고유는 음식을 먹기 전에 같이 온 친구들이 있다고 하며 밖으로 나갔다. 그리고는 미리 숨겨 두었던 하인들에게 신호를 하자 우루루 몰려든 하인들은 밀양부사의 도임을 알리니 온 마을이 법석이며 기쁨에 넘쳤다. 박씨부인의 기쁨이야 이루 말할 길이 없었다.

동네 사람들은 십년 만에 돌아온 고유와 박씨 부인의 고결한 성품이 오늘날을 맞이하게 하였다면서 십년 만에 다시 차린 잔치

자리에서 다음의 노래를 구성지게 불러 두 사람의 사연을 읊조렸
다 한다.

가련한 님 이별이

거년금년 돈절하다

고은님 걸은두고

구정을 잊었도다

그말이 무삼 말고

가세가세 나도가세

바람불고 눈 뿌릴때

벗이 없어 더욱 섧다

보경을 열고 보니

부용 안색 초췌하다

비빔밥 즐긴 성정

밤에 둘이 먹고 지고

그 후, 고유는 이조참판에 이르렀고 부인도 정부인이 되어 늙도
록 행복을 누리었다.

초 부 가

영조대왕과 나무장사 총각

영조 40년 때, 10월이라 입동철이 지냈건만 일기가 온화한 것이 봄날 같았다.

상감이 계신 경희궁(지금 서울중학자리) 정문인 홍화문 서쪽 협문 앞에 나이 70이 넘은 영감님 한분이 미영옷에 양피휘항을 쓰고 긴 담뱃대를 들고 서서 모든 사람과 우마 같은 것이 지나가는 것을 우두커니 바라보고 있었다.

이때 멀리서 구성진 민요가락이 울려왔다.

　　논밧가라 기음매고
　　배잠방이 디임처 신들메고
　　낫가라 허리에 차고
　　도끼벼려 두러메고
　　무림산중 드러가서
　　삭따리 마른 설흘
　　뷔거니 버히거니
　　지게에 질머
　　집팡이 밧쳐노코

새음을 차자가셔
점심도슭 부시이고
곰방대를 토토떠러
닢담배 뛰여물고
코노래 조오다가
석양이 재 넘어갈제
엇개랄 추이즈며
긴소래 져는 소래하며
어이갈고 하더니

해가 저물어 가는데 근 20세 된 총각이 수건을 눈썹까지 눌러
쓰고 솔가지를 실은 조그마한 말을 채촉질을 하며 혼자말로
　"진작 문안으로 들어와 팔었으면 빌써 집으로 갈걸 공연히 문밖
　에서 고생했네! 나무가 팔려야 북어 한 마리라도 사가지고 가서
　내일 어머니 생일진지를 하여 들이지."
하며 지나간다. 방금 초부가를 부른 목소리의 주인공이 틀림없어
보였다.
　그러자 담뱃대를 들고 있던 영감이 재미스럽다는듯 쳐다보더
니,
　"애 나무장사야 너 어데 살며 무엇을 그리 중얼거리며 지나가
　니."
했다. 그러자 총각은,
　"나는 나무팔아 가지고 가기가 급하여 말 대답할 사이도 없어
　요."

하며 바로 지나가려 한다. 문안에 있든 금정 군사가 나와 그놈을
붙잡으려 하는 것을 영감님은 손짓하여 못하게 하고 다시,

　"얘 그 나무를 내가 사자."

했다. 총각은 좋아서,

　"그러세유? 고맙습니다."

하고 나무 흥정하기를 기다리고 섰다.

　그러나 영감님은 흥정할 생각은 안하고,

　"너 이 나무를 어데서 싣고 들어왔니."

하며 엉뚱한 말을 묻자 총각은

　"아이 그 영감님 날이 저물어 가니 나무나 사시지 남이 어데서
　싣고 들어 온 것은 알어 무엇하신담! 나무를 안 사시면 곧 문안
　으로 들어가 팔고 인정(오후 7시에 서울 사대문을 닫는 종)
　치기 전에 문밖으로 나가야 밤중이라도 집에 가겠세요."

한다. 영감님은 웃으며

　"앗다 그애 퍽도 급하게 군다. 나무는 내가 살터이니 걱정말고
　말 대답이나 하여라."

하니 총각은 나무를 꼭 산다는데 마음이 풀려서,

　"예 이것은 양주 회룡골 능안에서 싣고 온 것이에요."

한다. 영감님은 한참을 생각하더니,

　"희룡골에 어느 능이 계시냐?"

하고 물었다. 허자 총각이 대답하기를,

　"들은즉 그 능은 지금 상감님을 낳으신 어머니의 능이라
　요."

한다. 영감님은 짐짓,

"얘 그러면 그건 능이 아니라 원소라는거다."

하니 그 총각이 화를 내며,

"그 영감님 역녁도 하시네 나도 그런 줄은 안답니다. 그러나 임금님을 낳으셨으니 능이라고 불러야 옳지 원소니 무엇이니 하는 것은 잘못이에요."

하고 나무랬다. 영감님은 그제서야,

"네 말이 옳다"

고 긍정한 뒤,

"그 나무값이 얼마냐."

하니, 옳다구나 이제야 사나보다고 생각한 총각은,

"여덟돈은 주셔야 합니다."

고 했다.

"얘에게 여덟돈만 주어라."

영감은 두 말 아니하고 뒤돌아 보았다.

그러자 조금 뒤에 노란옷에 붉은 전대를 띠고 초립을 쓴 사람이 돈을 가지고 나와 그 총각에게 줬다. 총각은 돈을 받으면서도 이상하게 생각하였다.

새로 장가든 신랑이나 초립을 쓰는 법인데 수염이 많이 난 사람이 초립을 쓴 것과 신랑은 남전복을 입는 법인데 노란옷을 입은 것이다.

총각이 돈을 세어보니 여덟돈이다. 총각은 그돈에서 한돈을 다시 내 주었다.

"아까 여덟돈이라고 한 것은 제가 에누리를 한 것이에요. 이 나무는 일곱돈어치 밖엔 아니되어요."

"그놈 나무장사는 하여도 심사는 바르군."

하며 빙긋이 웃더니,

"얘 내가 준 돈을 다시 받기는 싫다. 내가 아까부터 내일 너의
어머니 생일로 걱정하는 것을 알았다. 그 한돈은 고기를 사가지
고 가서 너의 어머니의 생일 반찬거리나 사가지고 가거라."

하곤 문안으로 들어간다. 총각은 나무 실은 말을 끌고 따라 들어
가며,

"이 나무는 어데다가 불이랍니까."

하니 영감님은 돈 주던 사람을 가리키면서,

"저 사람이 불이라는데 불여라."

했다. 총각이 그 사람을 따라가며 살펴보니 대문안 뜰이 한량없이
넓고, 붉은 칠한 대문이 여기 저기 있다. 속으로 참 큰 부자집이로
구나 하며 이집의 땔 나무를 단골로 대면 금년 겨울 살기는 걱정
이 없을 것 같아 저쪽으로 가는 영감님을 향해,

"영감님!"

하고 부르니,

"이놈 어데라고 여러소리를 하니 나무나 불이고 어서 가거라."

초립 쓴 사람이 호령을 한다. 그러자 영감님이,

"아무 죄도 없는 사람을 왜 몰아대느냐."

하고 나무라면서 순한 목소리로,

"왜 부르느냐."면서 되돌아 왔다.

총각은 옳거니 싶어,

"이번에는 일곱돈짜리 나무를 여덟돈이나 주고 사셨지만 이틀
에 한번씩 가지고 올 것이니 엿돈 오푼씩만 주고 받으세요.

나무도 더 짭잘하게 하여 올려요."

했다. 이 말에 영감님은 웃으며,

"내가 날마다 나무를 사서 어데 쓸데가 있나 모레오면 한번은
더 사겠다."

하면서 들어가 버렸다.

총각은 다음에 팔 자리도 정해 놓고나니 마음이 한결 흥겨웠
다. 그래 모화관앞(지금 독립문앞)에 가서 자기 어머니 생일날에
해 드릴 것을 많이 사가지고는 회룡골 자기집으로 돌아갔다.

그런데 나무를 사던 영감님은 다른 사람이 아닌 영조대왕이시
다. 영조는 이조 오백년 동안에 임금 자리만도 52년이나 앉으셨고
춘추도 83세를 누리신 임금님이시고 언제던지 이국편민에 유의하
시므로 신하들의 아뢰는 것만으로는 민정을 알 수 없다고 생각하
시어 일기가 온화하거나 달이 밝은 밤이면 시신들과 시위하는
무감이나 별감을 다리고 직접 잠행하며 민간질고를 살피시는
일이 종종 있었다. 이런 때는 군신상하가 다 평민같이 옷을 차리
고 다니셨다. 그러므로 그 때 사람들이 이것을 알고 억울한 일이
있으면 늘 알렸다.

영조께서 춘추가 70이 넘으시니 전같이 밤에 잠행을 못하셔도
저녁때 한가하면 시위는 멀리 있게 하시고 여느 노인처럼 편복을
입으시고 홍화문이나 서협문에 나가 지나가는 사람에게 말도
물어보시고 늙은 사람이 지나가면 사람에게 말도 물어보시고
늙은 사람이 지나가면 궁장 모퉁이에 앉히시고 담배도 같이 피시
며 민정을 살피셨다. 그날도 나무를 팔아야 어머니 생일 반찬을
하지──하는 소리를 들은 영조는 속으로 총각이 무식은 해도

어미에게 효성이 있는 것을 보시고 나무를 사서 어머니 생일 반찬을 사가지고 가게 하여 백성들의 효우도 권장하고 또는 향촌의 민정도 알아보려 했던 것이다. 그러다가 그 총각이 당신의 어머니 원소 근처에서 왔다는 것이 반가와 데리고 말씀하시는 중에 그총각이 임금님의 어머님 산소를 능이라고 해야 옳지 원이 다 무엇이요 하는데 마음이 퍽 좋으셨다.

그 때 영조는 무상의 지존 자리에 앉으셨지마는 늘 가슴에 한이 맺히신 것은 그의 어머니의 신위를 아버님 숙종과 같이 종묘에 못모시고 육산궁이라는 별모에 모신 것과 산소를 능이라고 하지 못하고 소녕원이라고 한 점이다. 그러나 국가제도상 별묘로 모셨으니 능이라고 하는 것은 영조께서 지나친 생각이셨다.

예전 궁중 제도에 내인은 일정하게 서울 우대에서 살았다. 대궐에 들어가 시위하는 별감의 딸이나 누이는 8, 9세 때부터 데려다가 모든 시종절차를 연습시켜 만 20세만 되면 임금앞에 심부름도 하고 궁중에서 밥 짓고 음식도 만들게 했었다.

그러다가 임금에게 총애를 받게되는 경우 아들이나 딸을 낳으면 궁중 벼슬로 상궁부터 빈까지 올라가는 것이다.

때는 숙종대왕이 장희빈을 총애하시여 중전이신 인현왕후 민씨를 폐하시고 5년이 지난뒤——.

그해 사월 하순 어느날이다. 초여름 밤이라 아직도 봄 기운이 있고 일기가 온화하니 숙종께서는 인현왕후 폐한 일로 마음이 얼얼하시고 울적하여 젊은 내관에게 작은 등불을 들리시고 대궐 앞을 잠행하시다가 내음영을 지나시게 되었다. 그 때 번을 들 집사들이 모여 앉아 담배도 피우고 장기도 두며,

"여보게 우리 상감마마는 그렇게 총명하시건만 어찌 중전의
덕행은 모르시고 본가로 내보내셨담! 작년 흉년도 이 원기로
된 것이오."

하며 자신의 일을 얘기하고 있었다. 이에 숙종은 그 뒷 말을 들어
보려고 가만히 있었으나 그 사람들은 이내,

"장야."

"궁야."

하고 장기에 열중해 버렸다.

이에 숙종은 다시 내인 처소로 걸음을 옮기셨다.

그런데 마침 한집 앞을 지나다 보니 부엌에 등잔불을 켜있고
방안엔 작은 촛불들이 켜 있는데 20여세 된 여자가 깨끗한 소반에
경단(찹쌀로 만든 작은떡) 한 그릇을 올려놓고 그 앞에서 절하며
눈물을 씻고 있는게 보였다.

숙종은 하도 이상해서,

"궁중에서 사제를 못하는 법인데 저런 짓을 하는구나! 저 궁녀
가 어느방 소속이며 제사는 뉘 제사를 지내는가 알아봐라."

하고 내관에게 말했다. 여인은 사람이 들어서자 깜짝 놀라며 겁부
터 집어 먹었다.

"상감마마께옵서 잠행하시다가 네가 사제를 못하도록 하는
법도를 범하는 것을 보시고 어느방(내인은 각각 소속이었다.)
소속이며 제는 뉘제인지 사실하라 하시므로 묻는다."

하니 그 여인은 이 소리를 듣고 더욱 놀라 엎드리며,

"소인은 궁녀가 아닙니다. 지금 감고당(지금 안국동 덕성학교
옆집)으로 나가계신 중전마마의 생신이 오늘이시라 전에 즐기

시던 경단을 해놓고 혹시 꿈에라도 운감(신이 먹는 것)하실가
하고 그것을 하여 놓은 것이지 결코 제사를 지내는 것이 아니올
시다."

하며 큰 벌을 받을 까 벌벌 떨었다. 숙종은 내금영 집사들의 떠드
는 소리에 마음이 산란하시다가 이 말을 들으시고 가슴이 떨리는
듯 선듯 하여 문안으로 들어서며 말했다.

"내 벌을 아니 줄테니 평신(앉는 것)하라."

무수리는 어딘가 애교가 있고 온순해 보였다.

"그 경단을 내 앞에 가져다 놓아라."

숙종의 말소리에 무수리 최씨는 조심 조심 경단을 가져다 놓았
다. 숙종은 무엇을 생각했는지 두어개를 습(잡숫는것)하시더니,

"내가 피곤하니 여기에 좀 눕겠다."

했다. 그러자 최씨는 어쩔줄 몰라 했고 내관은 이불장에서 보모상
궁의 새요를 펴 놓았다. 본시 내인의 방에는 언제든지새 요와
이불이 준비 돼있었다. 이것은 임금님이 불시로 오시면 내어가는
것이다. 그러나 요와 이불을 한번 펴보지 못하고 죽는 내인도
많았다.

이튿날 새벽, 숙종은 환어(돌아 오시는 것)하시면서 내관에서의
일을 일체 누설말라 했다.

그리고는 종종 최씨를 가까이 하셨다.

그해 섣달부터 최씨는 태기가 있었다.

몇달이 지나자 소문은 자연히 장희빈의 귀에 들어가게 되었
다.

상감이 자주 오지 않는데 심사가 틀린 희빈은 모두가 최씨 탓이

라면서 이미 배가 부른 최씨를 잡아다가 뭇매를 가한 후 인두로 지져버리려는 데 임금이 듭신다는 전갈이 왔다.

깜짝 놀란 희빈은 형벌도구를 잽싸게 감추는 한편 최씨를 감추려 하였으나 모진 매에 정신을 잃고 쓰러진 최씨가 어쩌나 무거운지 옮기지 못해 어쩔줄 모르다가 마침 마당 앞에 놓인 큰 독을 발견하고 "옳다구나!"하곤 최씨를 질질 끌고가 독으로 뒤집어 씌어 버렸다.

그리고나자 숙종이 들어섰다.

이런 내막을 알리 없는 숙종은 희빈처소에 들어서는 즉시로 아무말 않고 내관을 시켜 희빈의 방 곳 곳을 뒤지게 했다.

이 바람에 희빈은 가슴이 덜컥 내려 앉는 듯 했으나 아무 이상한 것도 찾지 못한 숙종이 되돌아 나가려하자 남몰래 안도의 숨을 내 쉬었다.

그런데 되돌아 나가려던 숙종의 눈에 마침 마당가에 엎어진 독에서 멈추었다.

그 독이 약간 기웃둥거린 것이다.

무심히 걸음을 옮기던 숙종은 홀로 엎어진 독이 기웃둥거린게 몹시 의아롭게 여겨졌던 것이다.

그래서 내관을 시켜 독을 바로 세우도록 명했다.

그러자 여지껏 천연덕스럽던 장희빈의 얼굴이 갑자기 핼쑥해지며,

"그 속엔 부정한 것이 있사오니 안보시는 편이 낫사옵니다."

하며 독을 가리듯이 앞으로 나와섰다.

이 바람에 숙종의 의심은 더욱 커졌다.

결국 내관의 손으로 벗겨진 독안엔 피로 낭자한 최씨가 들어 있었다.

독이 기웃둥한 것은 정신이 든 최씨가 답답하여 몸부림 친 때문 이었다.

숙종은 즉시 최씨를 내관에게 업혀 상처자리를 치료토록 하고 는 그 길로 희빈 장씨에게 엄한 벌을 내렸다.

최씨는 그날로 숙의로 봉해졌고 숙종의 각별한 보호아래 그해 9월에 옥동자를 분만했으니 이 애기가 바로 후의 영조대왕이시 다.

그날 낮, 숙종께서 피곤하여 잠시 누워 꿈을 꾸었는데 작은 용 한마리가

"아바마마 다 죽게된 사람 살려 주소서!"
하는 바람에 잠을 깨었던 것이다.

그리고 한동안 생각에 잠겨 있다가 아무래도 임신한 사람은 최씨밖에 없다고 여기고 질투심이 강한 희빈 장씨의 소행이 아닐 까 생각하고 무작정 거동했다가 움직이는 독을 보고 죽음 직전에 서 최씨와 태중의 아기를 구한 것이다.

어쨌든 영조는 그 사친(소생어머니)이 이러하니 더 존봉을 못할 것을 모르는바 아니지만 아들로서 어머니를 정성껏 위하고 싶었다.

심지어 육상궁 대문을 종묘문과 꼭같이 하라한 일까지 언제든 지 꼭 원이라고 하여 불쾌히 여기더니 그 나무장사 총각이 능이라 고 하자 마음이 풀리셨던 것이다. 총각이 다시 올테니 꼭 사달라

고 부탁하던 날 저녁, 영조께선 일부러 서협문으로 나가 기다렸지
만 종내 총각은 나타나질 않았다. 그러나 영조는 날마다 한번씩
나가더니 5, 6일뒤 총각이 말에다 나무를 싣고 오는 것을 발견하
게 되었다. 총각은 서협문으로 오다가 영조께서 전같이 문앞에
서 있는 것을 보고 앞으로 오더니

"영감님 오늘도 문앞에 계시네, 내가 영감님께 말씀한 대로
나무를 짭잘하게 하여 오려고 능안으로 들어가 마른 삭장이를
따다 능군에게 들켜 피해 다니느라고 오늘에야 왔어요.

이 나무는 먼저번 보다 훨씬 잘 실어가지고 왔어요."
했다. 영조께선 전과 같이 별관을 돌아다 보시며,

"너 이 나무를 받고 돈 한냥만 내다 주어라."
하니 그 총각이 그 말을 듣고,

"아니에요. 한냥짜리 나무가 못되는 걸요! 엿돈오푼만 주세요."
한다. 영조가 웃으시며,

"네가 너의 부모에게 효성이 있는 것을 보고 주는 것이니 가지
고 가거라."

"제부모를 제가 모시는데 상금이 무엇에요."

영조는 안 받겠다는 것을 억지로 주셨다. 총각은 할 수 없다는
듯 돈을 받으며, 엉뚱한 소릴했다.

"영감님, 돈으로 상금을 주시지 말고 그 능의 안전(예전에 능관
도 능안에서는 각읍의 수령같이 안전이라 한다.)이 친한 분이거
던 능안에서 죽은 나무 베는 것을 금하지 않도록 편지를 해주시
면 상금을 주시는 것보다 더 나어요."

영조께서 총각이 원을 능이라 하는 것을 신통히 여기셨고 또

하는 말이 일일이 순진한 것을 보시고 더욱 마음이 쏠리시다가
그말을 들으시고 대답하시되

"알았다. 내가 그 능관에게 그렇게 하도록 하지."

하시고 옆에 섰는 별감을 가르키시며,

"네가 이 문에 있다가 저 사람이 편지를 가지고 나오거던 받아
가지고 능으로 가서 수복(능관의 제사지내는 것을 인도하고
능관의 심부름을 하는 사람)이에게 주고 능의 관원에게 주라고
하여라."

하더니 편전으로 들어가 버렸다.

총각은 얼떨떨한 마음으로 한참을 기다렸다. 영조께선 생각하는
바가 있었다. 내용은,

'이 편지를 가지고간 애를 수복이를 시키되 대대로 하게 하라.'

고 친서를 쓰셨다. 그 총각은 별감이 가지고 나온 편지를 받으며
속으로 '인제는 나무를 마음대로 하게 되었다'고 좋아하며 회룡골
로 돌아갔다.

이튿날 총각은 편지를 들고 소녕원안 수복청 앞으로 갔다. 그러
자 수복이가 대뜸,

"웬놈이냐? 여기를 어데로 알고 들어왔어."

하고 뛰어 나왔지만 총각은,

"제가 어제 서울 새문안 이동지 영감에게 나무를 팔았는데 그
영감이 안전에게 하시는 편지가 있으므로 가지고 왔으니 좀
받아주세요."

하고 멀쩔하게 편지를 내줬다. 수복이는 제실로 들어가 뜰아래에
서 수봉관(옛 제도에 능에는 참봉이오 원에는 수봉관이다)에게

"안전께 살운이다. 동리 아해가 서울로 갔다가 새문안 이동지
영감이 안전께 편지하신 것을 가지고 왔음으로 올립니다."
하며 편지를 전했다. 수봉관이 무심코 받아보니 겉봉에
'소년원 수봉관은 열어보라.'
고 써 있었다. 상감의 어머님 원소를 모신 사람이라 가끔 독려하
시던 어필(임금의 글씨)임을 알아보았다. 수봉관은 불이나케 관복
과 사모를 쓰고 나가려는 수복이를 불러 어명(임금의 명령)받는
상과 향상 향로, 향합을 내다 놓게한 뒤 편지를 상위에 놓고 향을
피워 대궐을 향해 사배한 뒤에 조심조심 친서(즉 그 편지)를 펼치
니,
'내 편지를 가지고 간 아해를 수복이를 시키되 대대로 하게하
라.'
하신 것이다. 이때 총각은 안전이 나무를 마음대로 하라는 말이
나오나 하고 제실을 기웃거리는데 안전은 분주히 향만 피우고
절만 하는게 아닌가? 그 편지가 상감님의 친서라 그러는 줄을
모르는 총각은 속으로,
"양반은 본래 제일만 하는 것이여! 남의 편지를 받았으면 어찌
하겠다는 말은 안하고 딴짓만 하는군!"
하며 무슨 말이 있기를 기다리고 섰었다.
그러자 얼마 후 수복이가 나와 부르기에 총각이 따라 들어가니
수봉관은,
"네가 가지고 온 편지가 이동지 대감의 편지가 아니라 상감님의
전교시다. 너를 수복이를 시키라 하셨으므로 너를 오늘부터
수복이를 시키니 착실히 이행하라."

했다. 능 근처에 사는 사람은 능군일지라도 하늘같이 여기기 마련
인데 더우기 더 높은 수복이라는 벼슬은 쳐다도 못보던 처지라
별안간 수복이가 된 총각은 그저 꿈인 성싶었다.

그날밤 새 수복의 어머니는 쌀 두말을 내다가 엿을 한동구리
만들어 아들을 주었다.

"사람이 은공을 잊으면 못쓰는 것이다. 이것을 가지고 서울가서
상감님께 드리고 오너라."

아들은 모친이 시키는대로 엿을 질머지고 새문 앞 대궐 서협문
앞에서 왔다 갔다 하며 상감님이 나오시길 기다리는데 웬일인지
상감이 안나오시니 누구에게 물어볼 수도 없어 왔다 갔다 하다가
수문장에게 호령만 들었다.

그러는데 마침 "쉬" 소리가 나며 상감께서 나오셨다.

새 수복이가 된 총각은 상감의 납시는 것을 보고 절을 꾸벅하더
니 와락 달려들며,

"나는 이동지로 알았더니 상감님이시면서 그렇게 속이셨어!"
하니 멀리서 보던 별감이,

"이놈 어느 존전이라고 무엄하게 대드느냐!"
한다. 영조가 별감에게,

"얘 순진한 시골백성이 법도를 아느냐. 반가운 마음에 그러는
것이니 그만두라."
하시며 총각에게 물었다.

"너 어째 또 왔니?"

"저의 어머니가 상감님의 덕분을 생각하고 쌀을 골라 엿을 만들
었기에 가지고 왔으니 잡수어 보세요."

한다. 그러자 별감들은 또 총각이 말공대를 잘못한다고 나무랠라고 하는 것을 영조가 못하게 하시고 웃으시며,

"네가 수복이가 되었지?"

"네! 상감님이 시켜준 바람에 된기라요 고마워요 상감님!"

총각은 또 절을 꾸벅했다.

"헛헛허 그래 열심히 일이나 하거라."

영조는 기꺼운 표정이더니 들어가 그 엿을 가져오라 하시어 십(잡수)시며,

"이것은 우리 어머니 능 수복이가 가져온 것이라 맛이 있다."

하셨고 별감들은 그 사람에게 모든 법도를 일러주며 다시는 오지 말라고 하였다. 그 총각의 성은 김가였다. 그뒤로 그 자손들이 지금까지 수복이를 하고 있으며 혹 과실이 있어도 다른 성이 못하고 그 집안사람이 하였다. 능관도 감히 그 김가 수복이를 건드리지 못하였다.

기우 천하일색

이국에서 부르는 정요

임진왜란 때 이야기다.

파죽지세로 몰려드는 왜병들로 인해 의주까지 피난을 가게 된 선조대왕은 이 위급한 사태를 명나라에 알리고 구원병을 청하게 되었다.

이에 명나라에서는 이여송을 제독으로 한 구원병을 보내 주었는데 이 이여송이란 자는 성격이 오만불손하고 횡포무쌍한 자로서 생사지탈권 까지 겸하고 있어 심히 다루기 힘든 자였다.

그런데 이여송의 대군이 압록강을 건너 선 때는 이미 왜병들이 평양성 중을 점령하고 있은지 오랜 때였고 이순신 장군의 활약으로 본국으로 부터 와야 할 보급물자는 모조리 바닷물에 고사를 지내고 있던 형편인지라 전의를 상실하고 있는 판인데 별안간 명나라의 대군이 쳐들어 온다는 바람에 왜장 소서행장은 부득이 군대를 해주방면으로 철수시키게 되었다.

이런 관계로 이여송의 군대는 왜병과 얼마 싸우지도 않고 평양성을 탈환하게 되었다.

그러자 오만 방자한 이여송의 기세는 하늘을 찌를 듯했고 우리 조정에서는 이를 접대하느라고 여간만이나 고생해야 했다.

어느 날, 이여송은 자기의 전속 통역관을 구해내라고 성화를 부렸다.

이래서 뽑힌 사람이 평양성으로 피난와 있던 김 아무개라는 청년이었다.

김생은 나이 고작 이십 미만이었지만, 명나라 말에 능통하였을 뿐 아니라 살결이 희고 날씬한 키에 용모 또한 아름다운 미청년이어서 이여송은 첫눈에 혹하여 그날로 진중에 머무르게 하고 침식은 물론 잠시라도 곁에서 떠나지 못하게 했다.

이렇게 명나라 제독의 통역관이 된 김생은 주로 김통사로 통했는데 이여송이 아끼는 품은 웬만한 애첩을 사랑하는 정열에 비할 바가 아니었다.

김통사 또한 영민하여 매사에 재치있게 움직이니 이여송은 날이 갈수록 김생을 사랑하여 그가 원하는 일이면 안듣는 일이 없게 되었다.

이렇게 되니 조정에서는 이여송과 접촉하는데 여간 부드러워진 게 아니다.

그런데 왜군이 평양성을 버리고 달아난 것은 명나라 군사를 두려워해서가 아니었다.

용전분투하는 이순신 장군 때문에 부득이 황해도 해주에 있는 흑전장정에게로 작전상 후퇴를 한 것뿐이다.

그러나 흑전장전 역시 보급물자의 부족으로 고민하던 중 소서 행장의 부대까지 합치게 되니 더 지탱해 낼 길이 없어 서울로 퇴군하게 되었다.

이런줄을 모르는 명나라 군대는 그 뒤를 추격했다가 벽제관

한 싸움에서 여지없이 패하고 말았다.

그렇게 되자 이여송은 전의를 상실하고 평양성으로 회군하면서

부터 밤낮으로 우리 조정에 트집이나 잡는 것으로 체면을 유지하

다가 결국 본국으로 돌아갈 뜻을 전해 왔다.

그러나 우리 측으로서는 명나라 군대가 철수한다면 두가지

큰 손실을 맛보아야 했다.

우선 국내 각지에서 봉기한 의병이라던지 장병들의 사기가

떨어질 것은 물론 군비가 부족하여 싸우려해도 싸울 수 없는 처지

였고 더구나 이순신 장군의 해전과 아울러 육지에서 밀고 내려가

야 할 그런 전투력이 없었던 것이다.

그래서 부득이 모든 굴욕을 참아가며 이여송의 비위를 맞추게

됐는데 미모의 청년 김통사의 힘이 크게 작용했다.

어쨌든 명나라는 수군까지 증파하여 임진왜란을 종식시키는

힘이 돼 주었다.

이리하여 8년 풍진도 걷히고 이여송 제독은 위세를 떨치면서

본국으로 돌아가게 되었다.

그런데 이여송이 미모의 김통사를 놓지 않고 데려가기로 한

바람에 김통사는 본의 아니게 부모처자와 생이별을 하게 돼 버렸

다.

우리 조정에서도 그 공로에 비해 이런 조그마한 문제에 인색할

수만도 없었던 것이다.

아뭏든 이여송의 군대가 기세도 당당하게 요동지방에 접어들어

유문이란 곳에 당도하게 되자 이여송은 조선땅에 원정갔을 때

군량미를 때마춰 보내주지 않았던 요동도통을 잡아 가두고 군법에 따라 처벌키로 하였다. 군량위한죄란 죄명이여서 사형에 해당하였다.

이래서 요동도통은 꼼짝없이 죽게 되었다.

그런데 요동도통에게는 아들 삼형제가 있었다.

이 소식을 듣게 된 삼형제는 깜짝 놀라 유문으로 달려오게 되었다.

맏아들은 시랑이란 직위에 있었고 둘째는 서길사라는 벼슬을 하며 셋째는 신승이란 도학자로서 황제를 보필하는 지위로 모두가 명나라의 고관대작이었건만 안하무인격인 이여송에게는 당해낼 재간이 없었다.

본래 이여송이란 사나이는 넓은 만주벌판에서 자라났고 광활하고 비옥한 토지를 개척하며 농사와 목축을 장려하면서 한편으로는 군사를 양성하여 새 세력을 이룩한 무장이었다.

이러한 이여송의 신흥세력은 광활한 만주지역을 손아귀에 틀어쥐고 명나라를 위협했었다.

이 힘차게 일어나는 이여송의 세력은 기울어 가는 명나라에게 큰 두통거리 존재였기에 명나라 조정은 이여송을 달래는 수단으로 병마도통이라는 벼슬을 제수하여 무마하였던 것이며 이여송은 이여송대로 대명제국의 고관이라는 영광에 얽혀 스스로가 명나라의 고관행세를 하였던 것이다.

그러던 차에 조선의 급보를 받게 된 명나라 조정에서는 이여송의 세력을 꺾을 좋을 기회라 생각하여 그를 즉시 제독으로 승진시켜 조선으로 출병케 하여 왜군과의 싸움에서 그의 세력을 줄이게 하려 했던 것이다.

어쨌든 이런 전후 사정을 너무도 잘 아는 요동도통의 삼형제는 섣불리 아버지를 구하려고 나섰다가는 이여송의 비위만 거슬리게 되어 도리혀 아버지를 죽게 할는지도 모르기 때문에 심히 걱정을 하던 나머지 구명운동에 대한 대책을 강구하는데 고심하고 있었다.

그러나 좀처럼 묘안이 나지 않아 조바심을 하던 중, 하루는 세째 신승이 이여송과 김통사의 소문을 줏어듣고는 형들과 상의하게 되었다.

그러나 한다 하는 명나라의 고관인 자기들이 일개 통역관에게 굽신거린다는 것은 너무한 일이긴 했지만 일이 하도 다급한지라 삼형제는 김통사를 찾아 부탁하기로 했다.

이러한 연유로 이여송의 진영에 있던 김통사는 세 사람으로부터 만나뵙자는 간곡한 청을 받게 되었다.

"요동도통의 아들 삼형제가 진문 밖에 와서 소인을 만나자고 하니 어찌하오리까?"

내막을 모르는 김생은 어리둥절해서 곧 이여송에게 이 뜻을 물었다.

그러자 이여송은 한참을 묵묵히 있더니

"필시 그자들이 저희 부친의 목숨을 구해 내려고 그러는 게로구나. 여하튼 그들은 대국의 고관지위에 있는 신분들이요, 너는 일개 외국의 역관에 지나지 않는 신분인즉, 어찌 감히 네가 그들의 면회청을 거절할 수가 있겠느냐? 나가 만나보도록 하여라."

하고 나가 만나라고 했다.

　김통사가 진문 밖으로 나간즉, 과연 그들 삼형제는,

　"우리 가친께서 불행히도 군법에 저촉되어 살아날 길이 막연하
게 되었으니, 원컨대 귀공께서 제독께 잘 말씀 드리셔서 목숨을
구하도록 하여 주시기 간절히 바라는 바이오."

하고, 간곡히 부탁을했다.

　김통사로서는 실로 황공한 노릇이었다.

　자기 신분상으로 보아 분수에 넘치는 청탁이었다.

　그러나 그렇다고 딱 잡아뗄 수도 없는 일이어서

　"소인은 일개 외국의 역생인 신분으로서, 어찌 그와 같은 군법
상 중대한 일에 관여할 수가 있겠습니까. 그러나 귀인들께서
어버이를 위하시는 정성이 이렇듯 간절하시오니 어찌 제가
그 간청을 소홀히 물리칠 수가 있겠습니까. 그런즉 그 하회는
예측 할 수가 없사오나, 우선 이 사정을 제독께 간곡히 아뢰겠
습니다."

하고는 총총히 진중으로 돌아왔다. 이 때 이여송은 김통사가 돌아
오길 기다리고 있었다.

　"그래 그들이 무어라 하더냐. 필시 저의 부친의 구명운동이었겠
지?"

　"과연 그러하더이다. 그들이 오직 어버이를 위하는 효성으로,
부끄러운 줄도 모르고 저같은 사람에게 간절한 청탁을 하는
것을 보니, 소인 비감한 마음 어디다 비할 바가 없었습니다."

김통사로선 숨길 수 없어 죄다 털어 놓았다.

　그러자 김통사를 물끄러미 바라다보던 이 제독은,

"네가 평생 거칠은 전진 속을 횡행하며 허다한 풍상을 겪어올적
에, 오직 공사의 분별을 엄히 하여 사사로히 공사를 소홀히
한 일이 일찌기 없었다. 그러나 오늘날, 그와같은 귀인들이 우리
진중의 미미한 존재인 너를 찾아와, 군법을 범한 사형수의 구명
운동을 한다는 것은 좀처럼 상상키도 어려운 일이 아닐 수 없
다. 이것은 오로지 그 동안 네가 나의 신변에 있어서 그 얼마나
절실한 존재였던가를 여실히 증명하는 일이로다. 그런데, 내가
오늘날 너를 데리고 여기까지 오기에 이르러 무엇하나 생색
낸 일이 없은즉, 내 한번 지엄한 군율을 늦추어 네 낯을 세워
주리라."

하며 넓은 아량을 베풀지 않는가.

너무나 감격한 김통사는 이 소리에 머리를 조아려 사은하고
즉시 그들 삼형제에게 이 제독의 뜻을 전했다.

그러자 이들은 일제히 땅에 엎드려 김통사에게 절하며,

"그대의 은덕으로 우리 부친의 목숨을 구하게 되었으니 그 은혜
하늘 보다도 높고 황해보다도 깊도다. 장차 어떻게, 또한 무엇으
로 그 은덕을 갚으리오. 원컨대, 우모 치혁과 금은 옥백으로
갚을 수가 있다면 유명시종하오리다."

한다. 이에 김통사는,

"천만의 말씀이외다. 내 본래 집이 가난하지 않으니 그와같은
보배를 원치 않소이다."

하고 담담한 표정을 지었다. 그런즉 그들 삼형제는,

"그러면 그대의 신분이 일개 통역에 지나지 않은 미미한 존재이
니 우리가 조정을 통하여 그대에게 재상 벼슬을 제수하도록

함이 어떠할까요?"

하며 재상벼슬을 주려하자 김통사는 정색을 하고 대답했다.

"우리나라에서는 가문의 지체 구별이 엄격하여서 아무나 그렇게 단번에 높은 벼슬을 못하는 법입니다. 그런즉, 소인은 중인의 신분인데 가사 귀국의 주선으로 고관의 지위에 오른다 하더라도 도리어 세상에 치소를 사게 될뿐이오니, 부당한 줄로 아뢰오."

이 말을 들은 그들은 마음 속으로, 자고로 조선은 동방 예의지국이라 하더니 과연 심덕이 착하구나 하고 감탄하여 마지 않았다.

그렇다고 해서, 그저 말로만 치사를 그치고 돌아설 수는 없는 일이었다. 어떻게 하든지 잠람있는 것으로 보은을 하여야 겠는데 장본인이 이것 저것 다 싫다고 하니 그야 말로 곤란한 일이었다. 그들 삼형제는 다시 김통사를 둘러싸고 이번에는 사정조로,

"그대의 말은 다 옳고 사리에 지당한 의견인줄로 아오. 그러나 입장을 바꾸어 이야기 해 봅시다. 그대라면 이 경우에 그저 이대로 작별하고 돌아 설 수 있겠소? 그런즉 그대는 더 이상 사양치 말고, 우리에게 소청 하나를 말해 주면, 그보다 더 기쁜 일이 없겠소. 아무리 지귀난득한 물건이라 할지라도 반드시 그대의 뜻대로 봉부하겠소."

하고 더욱 간절하게 말했다.

김통사는 더 이상 그들의 호의를 거절할 용기가 없었다. 그래서 머리를 숙이고 잠시 침묵에 잠기었다. 어떻게 할까. 무슨 소원을 할까. 시간은 일각일각 흘렀다. 언제까지나 이러고 있을 수도 없

다.

그래서 그는 입에서 나오는 대로,

"귀인들께서 정 그러시다면, 제가 어찌 용렬한 고집만을 세우겠습니까. 소원이라야 별로 생각하여 본 바도 없지만, 구태여 말하라 하시면……천하에서 제일 아름다운 여자를 한번 보았으면하는 바이올시다."

하고 말을 하니 그들 삼 형제는 서로 바라다보며 아연실색 하였다.

왜냐하면, 그의 소원이란 상상외의 엉뚱한 것이었기 때문이다. 세상에 귀중한 물건이라면 금은 보배가 있고 또 권력으로 되는일이라면 그다지 문제가 아니지만 엉뚱하게 천하일색을 한번보게해 달라는데는 그야말로 어려운 일이 아닐 수 없었다.

세 사람은 서로 바라다볼 뿐, 무어라 대답을 못하였다. 잠시침묵이 흘렀다. 이윽고 세째 아우 신승이 한 걸음 나서며 입을열었다.

"잘 알았소. 어렵지 않은 그대의 청인 줄 아오, 다만 얼마동안시일을 요하여야 할 일이니 그대가 제독을 모시고 회군하여입경하게 될 때, 다시 만나기로 상약하십시다."

하고 심각하게 말하더니 떠나갔다.

그들과 작별한 김통사가 진중으로 돌아오니 제독은 얼굴에미소를 지으며,

"그들이 반드시 너에게 보은하려고 하였을 터인데 너는 무슨소원을 말하였는고?"

하고 물었다. 김통사는 사실대로 말을 안할 수가 없어서 잠시

머뭇거리다가 그 사연을 얘기했다.

그러자 제독은 자리에서 벌떡 일어나며 김통사의 등을 어루만지며,

"허, 참 장하도다! 일개 역생에 불과한 신분인 네가 어떻게 그렇게도 기개가 큰 대장부다운 소리를 하였단 말이냐! 과연 너를 사랑하였음이 헛되지 않았구나."

하고 감탄하여 마지 않았다.

그후, 이여송은 군대를 이끌고 여러날 만에 명나라 서울에 당도하였다.

김통사는 제독 관아에서 그 동안의 노고를 풀고 있었다. 그런데 어느날, 그들 삼형제가 손수 찾아왔다.

그들은 원로의 수고로움을 위로하면서 자기네 집으로 초청하기에 김통사는 별로 하는 일도 없고 그들의 호의를 저바릴 수가 없어서 그 초청에 응하기로 했다.

김통사가 그들을 따라가 본즉, 그 집은 명나라 서울에서도 빠지지 않는 웅장한 저택이었다. 대문과 중문을 지나, 다시 여러번 작고 큰 문을 거쳐서 한 누각으로 안내하는데 올라가 보니 금벽사창에 주렴장막이 여러겹으로 드리워져 있고 가장집물이라든지 주련벽화가 너무나도 찬란하여 심신이 황홀하였다.

주인이 권하는대로 자리에 앉으니 계집하인이 차를 가져왔다. 주인은 차를 들어 김통사에게 권하며 넌지시 말했다.

"오늘 밤은 돌아갈 생각을 말고 이곳에서 하루밤 지내도록 하오."

이 말이 무엇을 의미하는 말인지 채 깨닫지 못하고 머뭇거리고

있을 즈음, 안방문이 조용히 열리며 향내가 방 안을 휩쓸었다.

김통사가 눈을 들어 그 곳을 바라보니 주렴장막을 소리없이 헤치고 유두분면에 찬란한 옷차림을 한 이팔소녀 수십 명이 혹은 향로, 향합, 혹은 홍백 상자를 받들고 양쪽으로 열을 지어 사뿐사뿐 걸어나와 김통사를 중심으로 그 앞에 시립하는 것이다.

김통사가 보니 그들이 어찌나 예쁜지 이 세상에선 처음 보는 미인들이었다.

한 동안을 심신이 황홀해진 채 앉았던 김통사는 슬그머니 자릴 떴다.

그만 돌아가려는 심산이었다.

그러자 주인 삼형제가 앞을 가로 막으며,

"어찌 일어 나시오?"

하고 물었다.

"이제 소원을 이루었으니 그만 가려하오!"

그랬더니 그들은 펄쩍 뛰면서 그녀들은 천하일색의 시녀에 지나지 않는데 가다니 안될 말이라면서 김통사를 굳이 자리에 앉히는 것이었다.

그러나 김통사로선 그녀들 이상의 미녀가 세상에 있을 것 같지 않았다.

그래 대관절 얼마만큼 더 예쁜 여자를 구해났기에 그러나— 하고 의아 스럽게 여기고 있었다. 그런데 그 때였다. 난사의 향기가 진동하며 맞은 편의 주렴장막이 소리없이 움직이더니 옥패와 금패의 갖은 패물들이 서로 부딪치는 음향이 은은히 들리며, 십여인 아름다운 시녀들에게 응위되어 한 떨기 꽃송이 같은 낭자가 나타나는데 김통사는 그만 안광이 무디고 심신이 황홀하여 몸 가질 바를 몰랐다.

그 낭자는 시녀들의 부축을 받으며 사뿐사뿐 걸어나와 김통사의 맞은 편에 있는 의자에 좌정하였다.

김통사의 눈에는 그 여자의 얼굴 전형만이 어렴풋이 보일 뿐이요, 도무지 그의 이목구비를 분간할 수가 없고 다만 의장지분으로 아름다운 덩어리를 빚어 놓은 것만 같았다.

그런데 이때 주인 삼형제의 나직한 말소리가 들렸다.

"그대가 원하던 천하일색이 바로 저 낭자로다 과연 그 미색이 어떠하뇨?"

김통사는 무어라 대답을 못하고, 다시 그 여자를 바라 보았다. 아무리 자세히 보아도 그 여자의 몸을 장식한 금은 진주등 패물의 광채가 서로 반사하여 아롱거릴 뿐 도무지 확실한 모습을 알아 볼 길이 없었다.

그래서 얼빠진 사람마냥 멍하고 있는데 삼 형제는 다시,

"상견례는 고만하고 이제부터 화촉동방을 이루도록 합시다."
하고 웃으며 재촉했다.

이 말에 정신이 바짝 난 김통사가,

"나는 천하일색을 한번 보기 원했던 것이지 다른 뜻은 없었오!"
하고 정색을 하자 삼 형제는 깜짝 놀라며 그럴 수가 있느냐 했다.

"그대가 천하일색을 보기가 소원이라고 할 때 우리는 당황하지 않을 수 없었소? 그것은 천자의 권세로도 어려운 일이었기 때문이오."

하면서 천하일색을 구하게 된 그간의 고심담을 털어 놓았다.

연전에 운남국이 적국의 침략을 받아 위급했을 때 명나라가 구해 준 일이 있었는데 운남왕은 그 당시의 은공을 갚으려고 여러 차례 소원을 물어왔다는 것으로 마침 그에게 딸이 있어 천하일색이라는 소문에 김통사와의 약속이 생각나서 그날로 운남왕에게 사자를 보내 김통사와의 사연을 얘기하고 혼담을 건넸다가 승락을 얻어 이 자리를 마련하게 되었다는 것이다.

더구나 운남국은 여기서 삼만리라는 먼 거리인데 김통사가 입경하는 시기까지 완수하기 위해 그동안 천리마 세필을 꺽고 은자 수만량을 허비하여 왕녀와의 혼인을 마련토록 했는데 그의 말마따나 여자를 한번 보기만 하고 만다면 어쩌라는 것이냐는 것이다.

여자로 말할 것 같으면 일국의 왕녀의 신분이고 또 애당초 부터 그런 약속이 아니었던 만큼 자신들의 체면으로도 그럴 수가 없을 뿐 아니라 어찌 일개 노리개마냥 이국 남자에게 한번 슬쩍 보게만 할 수 있겠느냐는 것이다.

그들은 오늘은 길일에 부질없는 생각일랑 버리고 이날을 택해 일부러 성혼 준비를 갖추어 놓았으니 그리 알고 어서 화촉을 밝힐 준비나 하라고도 했다.

김통사는 말을 듣고 보니 도저히 자리를 떨치고 일어날 수 있는 처지가 아님을 알았다. 그래서 주인이 하라는 대로 묵묵히 몸을 맡겨버리고 말았다.

이윽고 밤은 점점 깊어가고 호화롭게 장식한 누각 안에는 휘황찬란한 화촉동방이 벌어졌다.

능라금주로 둘러싼 장막 속에 원앙 금침을 펴놓고 김통사는 천하일색과 마주앉게 되었다.

그러나, 휘황한 등불 아래 아무리 그 여자를 자세히 보아도, 역시 그윽한 향기만 풍겨올 뿐 안광이 몽롱해지고 심신이 황홀해져서 천하일색을 눈앞에 놓고 아무리 그 진면목을 볼래야 볼 수가 없었다. 그래서 아무런 흥취를 느끼지 못하고 담담히 앉아 있자니 주인 삼 형제는 이 모양을 엿보고 있다가 시녀로 하여금 김통사를 밖으로 불러 내었다.

"그대는 어찌하여 천하일색을 앞에 놓고도 정담 한 마디도 없이 그렇게 담담히 앉아만 있는 것인가?"

김통사는 두 볼을 붉히며, 아무리 눈 앞에 있는 천하일색을 보려 해도 보이지 않는 안타까운 사정을 사실대로 이야기하였다. 그러자 주인은 알겠다는듯 빙긋 웃더니 시비를 불러 차를 달여오라 했다.

그리고는 김통사에게,

"이 차는 촉산 특산의 홍교라는 약초를 다린 차인즉 마시면 심신이 상쾌해질 것이요."

하기에 권하는대로 마시고 동방으로 들어갔다.

과연 약초를 먹고나니 안광이 총명해지고 심신이 상쾌해서 그녀의 아름다운 화용월태를 볼 수 있겠는데 천상선녀가 제 아무리 예뻐도 이에서 더할 수 있으랴 할 정도였다.

이리하여 김통사는 천하일색인 운남국 공주와 더불어 운우지정을 맺었다.

이튿날 김통사는 주인 삼 형제를 찾아 별당으로 갔다. 그들은

김통사를 보더니,

"그대는 장차 피녀를 어떻게 처우하려는가?"

하고 운남공주와의 일을 물었다.

"소생, 미천한 몸으로 만리타국에서 창졸간에 이런 일을 당하고
보니 그 선후지책이 막연할 뿐이니 원컨대 끝까지 선도하여
주심을 바랄 따름이외다."

했다.

이에 주인들은 얼굴에 미소를 지으며 피녀를 귀국할 때 데리고
가라고 했다.

이 말에 김통사는 그만 가슴이 털컥 내려 앉는 것 같았다.

예절상 부모를 모신 몸으로 외국에서 작첩을 해가지고 돌아간
다는 것은 도저히 용납되지 못하는 노릇이다. 그래서 김통사는
난처한 점이 허다하다고 말하지 않을 수 없었다.

그렇다고 천하일색을 하룻밤 인연으로 영 별할 작정이란 말인
가?

사실이지, 김통사로서도 천하일색의 운남공주를 하루밤 인연으
로 작별한다는 것은 너무나도 벅찬 애달픔이 아닐 수 없었다.

이런 괴로운 심정의 김통사를 바라보던 삼 형제는 저희끼리
한동안 상의하더니,

"우리가 그대에게 태산같은 은혜를 입었거늘 어찌 그대의 일에
범연할 수가 있겠소. 피녀를 우리가 맡아가지고 일생 생활 보장
을 해 줄터이니 안심하고 다음 번 들어오는 사신의 역관으로
수행하여 다시 오도록 하여 자주 거래하면 그 편이 도리어 피차
간 애정이 새로워지고 좋지 않겠소!"

했다. 이제까지 침울해 있던 김통사의 얼굴에는 생기가 솟아 올랐다.

이윽고 김통사는 만리 타국에서 기연을 맺은 천하의 미인을 홀로 남겨두고, 명나라 서울을 떠나 본국으로 돌아왔다. 그러나, 그후 김통사는 삼년만에 한번씩 정기적으로 명나라에 파견되는 사신의 전속 역관이 되어 명나라 서울을 왕래하게 되었다.

그때마다. 그 피녀는 손꼽아 김통사를 기다리고 있다가 반가히 맞이하여 그립던 회포를 서로 풀었다.

어느새 피녀는 김통사로 부터 낭군을 기다리는 노래마저 배워 김통사가 본국에 돌아간 때면 의례 「정요」를 부르며 그리워했다.

우리 님네 가신 곳이
몇백리나 되옵긴데
한번가면 못오시나
산이 좋아 못오시면
봉봉이 쉬어오고
물깊어 못 오시면
배를 타고 오시련만
어찌 그리 못 오시나

이들이 이렇게 삼년만큼씩 만났다가 애달피 헤어지고 하는 정상이란 마치 견우 직녀의 전설을 방불하게 하였다.

그로부터 무정한 세월은 덧없이 흘러 어느덧 그들 사이에는 일남 일녀가 생겨나 무럭무럭 자라고 있었다.

그리고 만고 풍상을 겪은 선조도 가시고 광해군의 폭정 15년간도 속절없이 흐르고 반정의거가 일어나 인조가 새 정권을 수립하였다.

이 때, 명나라에서 인조 즉위를 하례하고자 파견된 칙사가 있었는데 그 수행원으로 청년 외교관이 한사람 있었다.

얼굴이 수려하고 두드러지게 예쁠 뿐 아니라 우리나라 말을 유창하게 썼다.

그 청년 외교관은 스스로를 조선 사람이라 했다. 그는 곧 김통사와 천하일색인 운남국 공주사이에 출생한 아들이었던 것이다.

양 반 전

돈 천냥에 양반을 산 부자

양반이란 사족을 높여서 하는 말이다.

강원도 정선에 한 양반이 살고 있었으니 그는 성품이 어질고 글 읽기를 매우 좋아 하였다.

그러나 그 양반은 원체 집이 가난해서 먹을 것이 없는 까닭에 할 수 없이 해마다 관가에서 주는 환자를 타 먹고 살 수 밖에 없었다. 그리하여 여러해를 지내고 보니 타 먹은 곡식은 어느듯 천석이나 되었다.

어느 해의 일이다.

순시중이던 관찰사가 그 고을에 와서 곡식을 조사하게 되었다. 그 양반의 탓으로 곡식이 모자라는 것을 안 관찰사는 금시에 머리 끝까지 화가 치밀어 올랐다.

"어느 놈의 양반이 곡식을 축냈느냐?"

이렇게 호령을 하고 당장에 그 양반을 가두도록 하였다.

군수는 아무리 생각해 보아도 그 양반이란 작자가 관곡을 갚지 못할 것이므로 불쌍하여 차마 가두지는 못하겠고 또 그렇다 해서 가두지 않을 수도 없는 일이어서 어쩔 줄을 몰라했다.

한편 양반은 밤낮으로 울기만 했을 뿐, 갚을 방도를 생각하면 눈앞이 캄캄할 뿐이었다.

이런 양반을 바라보는 부인도 기가 막혔다.

"당신도 한 평생 글만 읽더니 지금 와선 관곡도 갚을 길이 없는 모양이구려. 에이 더럽소 밤낮 양반 양반 하고 양반만 찾더니 양반이란 한푼어치의 값도 못되는 구려——."

부인은 남편에게 마구 욕설을 퍼부었다.

그런데 마침 그 동리에 돈 많은 부자가 살고 있었는데 이 말을 듣자 무슨 생각이 들었던지 집안 식구끼리 의논을 했다.

"양반이란 아무리 가난해도 남에게 존경을 받으며 영화롭게 산다는데……."

"우리는 남들이 모두 부자집이라 하건만 이리 천하게만 지낼 뿐 아니라 말 한번 타보지 못하고 양반을 보기만 해도 굽실거리고 뜰 아래에 가서 엎드려 코가 땅에 닿도록 절을 하고 무릎으로 질질 기어야 할 판이니…원 참!"

"그런데 듣자하니 그 양반이란 자가 너무 가난하여 관곡을 갚을 길이 막연하여 양반 노릇을 더 이상 하지 못할 모양이니 그것을 사가지고 내가 한번 양반 노릇을 해보는 것이 어떨까?"

부자는 이런 의논 끝에 당장 양반을 찾아갔다.

그리하여 환자를 자기가 갚을 터이니 양반을 자기에게 팔라는 것이었다.

양반은 이제야 살 길을 찾았다는 듯이 쾌히 승락하였다.

부자는 약속대로 곧 그 환자를 갔다 갚았다.

군수는 놀라는 한편 이상스럽게 여겨서 양반이 무사하게 된

인사도 할 겸 또 그 환자를 갚게 된 내막도 알아볼 겸해서 양반집을 찾아갔다.

　그러나 웬일인지 그 양반은 벙거지에 짧은 옷을 입고 뜰아래 엎드려 연신 소인 소인 하면서 감히 쳐다 보지도 못하지 않는가 ──.

　군수는 어찌된 영문을 몰라 뜰 아래로 뛰어내려가 그의 손을 붙잡고,

　"여보시오 이게 무슨 흉한 짓이오. 자 장난을 그만하고 어서 일어납시다."

하고 말했지만 양반은 더욱 어쩔줄을 몰라하며 머리를 조아리며 연신 빌면서 말하였다.

　"그저 황송하옵나이다. 소인이 장난을 하다니요. 실인즉 양반을 팔아가지고 관곡을 갚은 것입니다. 그러니 이제 부터는 양반을 사간 이 동리의 강부자가 양반이온데 소인이 어떻게 전처럼 높은체 하겠습니까?"

자초지종을 들은 군수는 탄식이 저절로 나왔다.

　"허허 부자야 말로 참으로 군자요 양반이구려. 돈이 많으면서도 인색치 않으니 이것은 의가 있는 것이오. 남의 어려운 것을 급하게 여겨서 구하여 주니 이것은 어진 것이오. 낮은 것을 미워하고 높은 것을 좋아하니 진실로 슬기있는 짓이 아니겠오? 이야말로 참 양반이오. 그러나 당신들 끼리만 양반을 파고 사고 아무런 증서도 만들지 않으면 이 다음에 송사가 나기 쉽소. 그러니 내가 당신들과 같이 온 고을 사람들 앞에서 증서를 만들어 주겠소. 그리고 또 내가 도장까지 찍으리이다."

하고 말하였다.

군수는 즉시 그 고을에 사는 사족들과 농사꾼 공쟁이 그리고 장사하는 사람들까지 한 사람도 **빼**놓지 않고 모두 불러 놓았다. 그리고는 부자는 양반들이 있는 오른 편에 앉히고 양반은 이속들이 앉는 뜰아래 서게 한다음 양반을 매매하는 계약서를 작성하였다. 증서에는,

'건룡 십년 모월 모일에 이글을 만드는데, 양반을 팔아서 관곡을 갚았으니 그 값이 천석이나 된 것이다. 본래 양반이란 것이 여러가지가 있으니 글만 읽는 이는 선비라 하고, 정치를 하는 이는 대부가 될 것이요, 덕이 있으면 군자가 될 것이다. 무관은 서반에 서고 문관은 동반에 서는 까닭에 이것을 양반이라 하는 것이니 네뜻대로 양반을 하기는 해도 낮은 일은 아예 하지말고 옛 일을 본받아서 할것이다.'

'언제나 새벽 오경이면 일어나서 불을 켜고 무릎을 꿇고 앉아 눈은 코 끝을 내려다 보듯하며 동래박의를 마치 얼음 위에 올리는 바가지 굴리듯이 쉽게 외우는 법이다. 배고픈 것과 추운 것을 잘 참고 또 입으로 가난하단 말을 하지 않는 법이다.'

'아래 웃니를 마주 부딪치고 뒤통수를 주먹으로 두드려 가면서 잔 기침을 하고 입맛을 다시고 앉는 그런 버릇을 없앨 것이며 또 언제나 양치질은 너무 지나치게 하지 않는 법이다.

부리는 종을 긴 목소리로 부르고 걸음은 천천히 걸을 것이며 고문진보와 당시 품위같은 책을 마치 깨알 같이 써서 한줄에 백자씩 베끼고 손에 돈을 쥐는 법이 없으며 쌀 값을 물어보는 일이 없는 것이다. 아무리 덥더라도 버선을 벗지 말고 밥먹을 때는

반드시 의관을 하는 법이지 그대로 맨 머리로 먹어서는 안된다.

또 먹는데도 국물을 먼저 떠먹지 말고 물을 마시는데 넘어가는 소리가 나지 않도록 하며 수저를 바쁘게 놀리지 말고 파를 날로 먹지 않는 법이다. 술을 마시는데 수염을 빠지게 말고 담배 피우는데도 불이 불러지도록 연기를 들여마시지 말며 또 노엽다고 해서 제 아내를 때리지 말고 노엽다고 해서 그릇을 깨치지 말 것이다. 아이들을 주먹으로 때리지 말고 종들을 꾸짖을 때도 죽일 놈 죽일년 하지 않으며 소나 말을 꾸짖어도 팔아먹은 주인을 욕하는 법이 아니다. 병이 있을 때에 무당을 부르지 말고 제사 지내는데 침이 튀지 않게 하며 소를 잡지 말고 돈 놀이를 하지 않는 것이다. 이러한 여러가지 행동이 만일 양반과 틀리는 점이 있거든 이 증서를 가지고 가서 송사를 할지어다.'

이렇게 쓴 다음 성주 정선군수가 이름을 쓰고 좌수와 별감도 증인으로 서명하게 되었다. 그리고 통인이 도장을 갖다가 찍는데 소리는 마치 임고 치는 소리와 같고 찍어놓은 모양은 서넉 별이 벌려 있는 것과 같았다.

호장이 이것을 다 읽자 부자는 한참이나 언짢은 안색으로 있다가,

"양반이 겨우 이것 뿐이오? 나는 양반이 신선 같이 좋은 것인줄 알았더니 이런것 뿐이라면 너무 서운합니다. 더 좀 좋은 일이 있게 하여 주십시오."

그래서 다시 증서를 쓰게 되었다.

'하늘이 네가지 백성을 냈는데 이 네가지 중에서 선비가 가장 귀한 것이다. 이것을 양반이라 부르는 것으로 이보다 더 좋은

것이 없으니 양반은 제 손으로 농사나 장사를 할 까닭도 없고 조금만 공부를 하여 크게 되면 문과에 오를 것이오. 적게 해도 진사는 되는 법이다. 문과의 홍패라는 것이 크기는 겨우 두가지 밖에 되지 않지만 무엇이든지 마음대로 할 수 있는 것이어서 그것을 돈자루라 해도 틀림없을 것이다. 또 진사는 나이 30에 첫벼슬을 해도 그것이 차차 높아지면 영의정까지 할 수도 있는 것이다. 귀 바퀴는 일산 바람에 희어지고 배는 예하는 긴 대답소리에 저절로 불러지는 것이다. 방안에는 기생이나 두고 뜰 앞에는 학이나 먹일 것이다. 그리고 궁한 선비가 되어 시골에 가서 살더라도 또한 자기 마음 대로 할 수가 있으니 동네집 소를 가지고 내집 밭 먼저 갈게 하고 동리 사람들을 시켜서 내 밭 먼저 김을 매게 하고도 만일 말을 잘듣지 않는 놈이 있으면 코로 잿물을 먹이고 상투를 잡아매어 갖은 형을 다한다 해도 원망조차 하지 못하는 법이다.'

부자는 여기까지 쓰는 것을 듣다가 어이가 없어서 '아이고'하고 혓바닥을 내밀면서,

"마시오 제발 마시오, 맹랑합니다 그려 당신들이 나를 도적놈을 만들 작정이오?"

하고 머리를 흔들고 가버렸다.

그리고는 한평생을 다시 양반 소리는 입밖에 내지 않았다.

이로부터 상놈 부자의 일화를 엮은 노래가 읊어지기 시작했다.

이 노래는 원래가 흥부전에서 따온 것인데 가사와 노랫 가락을 당시의 일화에 비유하여 불렀다고 전해진다.

가난이야 가난이야
천고 만고에 잇난 가난
아무리 세아려도
내 웃수는 다시 업네
김부자네 검정소야
네 신세가 부럽구나
이 선비가 축 낸 관곡
천만 냥이 되었건만
삼순구식 십년일관
정과 문의 가난하기
내게 대면 부자로쇠

논에 나가 일하는 농군들은 곧잘 이 노래를 불러 흥을 돋구었다
한다.

고 분 가

부채질을 하는 여인

우리나라에는 지금도 상처를 하면 고분지통이란 문자를 쓴다. 이 문자의 출처는 옛날 중국의 도학으로 유명한 장자에게서 전해 내려온 말이다.

장자는 주나라 말엽의 제후국인 송이라는 나라 몽읍에서 출생하였다.

일찌기 벼슬에 올라 주나라 칠원리가 되었을 때 도학의 비조 노자를 만나 도를 배웠다.

세상의 제아무러한 부귀영화도 일장춘몽이요. 일상생활에 대한 일들마저 알고보면 덧없는 것이었다.

아뭏든 장구한 세월을 두고 노력한 장자는 드디어 노자의 후계자로 오묘한 도를 깨우칠 수 있게 되었다.

장자는 어느때나 꿈을 꾸면 자신이 나비가 되어서 창공을 훨훨 날아 다녔다. 이상히 생각하고 선생 노자에게 물으니 노자는 그의 전신이 나비였다는 것을 가르쳐 주었다. 장자가 호접이되고 호접이 장자가 된다는 말은 시나 노래에도 흔히 나오는 문자다. 호접 몽이라는 문자도 여기서 나온 것이다.

장자는 노자에게서 도를 배운 후 이세상 공명에 뜻이 없어 벼슬을 버리고 천하를 주유하며 더욱 도를 닦기에 힘썼다. 세상 일을 뜬 구름이나 흐르는 물같이 여기는 장자이지만 한가지 이 세상인연과 끊지 못하고 있는 것은 부처간의 애정이었다. 장자는 아내를 세번 바꾸었다. 첫 부인은 결혼 후 얼마 안 되어 병으로 죽고 둘째 부인은 과실이 있어서 친가로 돌려보내고 셋째번 부인은 지금 동거하는 부인인데 제국의 공족 전씨로서 문벌도 좋을 뿐아니라 얼굴이 절세의 미인이었다.

장자가 색을 좋아하는 것은 아니지만 부인이 원체 아름답고 얌전해서 피차에 사랑하고 공경했다.

초국왕이 장자의 어진 이름을 듣고 황금 백근과 비단 천필로 예물을 삼아 장자를 모시러온 것을 장자는 이를 뿌리치고 남화산 속으로 들어가 은거를 했다.

어느날 장자는 소풍겸 친구도 찾기 위해서 오래간만에 산문을 열고 산을 내려왔다. 길가에는 묵은 무덤과 새 무덤이 즐비했다.

장자는 무덤가를 지나며 탄식했다.

"세상에 젊은이는 누구며 늙은이는 누구냐? 모두가 한번 죽어 저속으로 들어가면 한줌 흙과 쑥대만 수북하지 않는가!"

이렇게 탄식을 하며 얼만큼 내려오니 엊그제 묻은 듯한 새 무덤가에 젊은 여자 하나가 소복을 하고 손에 비단으로 만든 환선을 들고 무덤에다 부채질을 하고 있다. 장자는 하도 괴이한 생각이 들어 체면이 안되기는 했지만 여자에게 물었다.

"여보! 부인 실례지만 잠깐 물어보겠소. 그무덤은 누구의 무덤이며 무덤에 부채질하는 것은 무슨 까닭이오?"

여자는 사람이 가까이 와서 말을 물어도 일어서지도 않고 그대
로 앉아서 손으로는 부채질을 하며 입으로만 대답을 한다.

"이 무덤은 첩의 남편 무덤인데 남편의 생시에 부처간의 정의가
두터워서 남편이 죽으면서도 첩을 잊지 못해서 유언하기를
내가 죽은후 개가를 할려거든 무덤 위에 흙이나 마른뒤에 가라
고 했는데 마음은 급하고 흙은 마르지 않아서 부채질을 하는
것이오."

장자는 빙그레 웃었다.

"참 성급한 여자로군. 생전에 정이 두터웠다면서 저 모양일때
정이나 없었더라면 어찌할 터인고!"

속마음으로 이렇게 탄식한 장자는 다시 말을 했다.

"그러시오? 그럼 내가 대신해서 부쳐드리지요. 아마 부인은
힘이 약해서 빨리 마르지를 않는 모양이오."

그제야 여자는 비로소 얼굴에 기쁜 빛을 띠우며 못이기는 체
하면서 부채를 내밀었다.

장자로 말할것 같으면 오랫 동안 도를 닦아온 사람인지라 분신
은형을 하고 신출귀몰하는 조화를 가졌었다.

장자는 부채를 잡고 도술을 부려서 몇 번인가 부채로 무덤을
부치니 이상도 하다. 흙은 보씻하게 말라버린다. 장자는 부채를
다시 여자에게 주며,

"이만하면 되지않았소"

했다.

여자는 열번 백번 절을 하며 감사한 뜻을 표했다.

"이런 고마운 도리가 어데 있습니까. 무엇으로 은혜를 갚을까?"

여자는 그 부채와 함께 머리에 꽂은 은비녀를 뽑아 장자에게 준다. 장자는 비녀는 돌려 주고 부채만을 받아가지고 집으로 돌아와 생각하니 참으로 괴상맹랑한 일이었다.

부인 천씨는 장자가 무엇을 탄식하는 모양을 보고 물었다.

"선생님! 오늘은 무슨 일을 보셨기에 그렇게 탄식을 하시며, 이 부채는 웬 것입니까?"

장자는 부채의 내력을 이야기 했다.

부채의 내력을 들은 부인은 얼굴에 분노의 빛을 띄우구 그 여자를 꾸짖었다.

"세상에 그런 사람같지 않은 계집년이 있단 말이오?"

장자는 아무말도 아니하고 글 두구를 썼다.

　　생전개개설은 사후인인서서

(살아서는 가장 정든체 하지만 죽은 후에 무덤에 부채질 않을 사람은 누구인고, 범을 그리되 거죽은 그리건만 뼈는 그릴 수 없고 사람은 알되 얼굴은 알아도 마음은 알 수 없도다)

이것을 본 부인은 남편이 여자를 무시하는 생각에 성이 발끈 일어났다. 성이 나고보니 체면도 돌아볼 것 없이 함부로 대들었다.

"여보! 점잖은 양반이 그게 무슨 말씀이오? 사람의 형용은 비록 같다하지만 현우가 각각 다른데 어찌 모든 여자를 한가지로 형용하신단 말이오? 그런 경솔한 말씀하지 마시오."

"부인은 공연한 객기를 내지 마시오. 만일 불행히 내가 죽고보면 부인같이 젊고 이쁜 여자가 수절을 하겠소?"

"그게 무슨 실례의 말씀이시오? 그래 부처간이라고 몇해를

살고도 내 마음을 그렇게도 몰라주신단 말씀이오. 여자로서
두 남편 섬기는걸 어데서 보셨소? 여자라고 그렇게 무시 마십시
오.”

“그만 두어요. 그건 다 두고 봐야 할 일이지 미리 장담할 일도
아니요!”

“장담할 말이 못되다뇨? 그래두 여자는 당신같이 의리도 없고
도덕도 없는 것은 안합니다. 아내를 세번 씩이나 바꾸는 양반이
무슨 큰 말이오.”

부인은 분에 못이겨 장자의 손에서 부채를 빼앗아 짝짝 찢어
버렸다.

이것을 본 장자는 빙그레 웃었다.

“그렇게까지 성을 낼 것은 없지 않소? 다행히 부인의 지금 기개
를 그대로만 가진다면 누가 걱정을 하겠소. 세상에는 그렇지
않은 여자가 있으니 말이지오.”

이날은 이만하고 피차에 말이 없었다.

며칠이 지난후 장자는 우연히 병이 나더니 나날이 침중해 갔
다. 부인은 병석을 떠나지 않고 주야로 정성껏 간호를 했다. 그러
나 병세는 조금도 차도가 없고 날이 갈 수록 위중해 갔다. 부인은
울며 불며 몹시 슬퍼했다.

장자는 부인을 불러 앞에 앉히고 말했다.

“나의 병이 이렇게 중하니 아마도 다시는 일어나지 못하고 조만
간 영결을 하게 되나 보이다. 아깝게도 일전에 그 부채를 그대
로 두었더라면 나죽은 후 부인도 내 무덤에 부채질이나 할 것을
……”

"선생님! 첩을 그렇게도 못 믿으십니까? 첩도 글을 읽어서 예법을 압니다. 여자란 한 남편 섬기는 것이 도리가 아닙니까? 그렇게도 못믿으신다면 첩이 먼저 죽어서 절대로 딴 마음이 없다는 것을 보여 드리겠습니다."

"부인께서 그렇게 마음이 굳으시다면 나는 죽어서 눈을 감겠소이다."

장자는 말을 마치고 눈을 감은채 조용히 세상을 떠났다. 부인은 시체를 껴안고 통곡했다. 아무리 울어도 죽은 사람은 다시 살아오지를 않았다.

부인은 의금 관곽을 갖추어 염을 하고 흰옷에 상복을 입고 아침 저녁으로 영전에 통곡을 했다. 생전에 지내던 정을 생각하면 생각할 수록 설움이 뼈 끝까지 사무쳤다.

하루 이틀 이레가 시내고 나니 찾아오는 손님도 드물고 부인도 차차 마음이 가라 앉을 무렵이었다. 하루는 청년 하나가 찾아왔는데 얼굴이 기가막힌 미남자요. 차림새도 호화로웠고 뒤에는 늙은 하인 하나가 따랐다.

청년은 하인을 안으로 들여보내어 부인에게 말하기를,

"이 사람은 초국의 왕손인데 일찌기 장선생과 사제의 의를 맺고 문하에 와서 모시기로 약속이 있어 불원천리하고 왔더니 불행이도 선생께서 세상을 떠나셨으니 이런 비통한 일이 어데 있겠습니까."

이렇게 온 뜻을 전하고 나서 청년은 하인을 시켜 행장을 풀고 그 속에서 흰옷을 내어 입고 영위 앞에 절하고 곡을 한 후 하인을 시켜 부인께 대면을 청했다.

이때 부인 천씨는 먼 곳에서 왕손을 바라보니 지금껏 이 세상에서 제일 잘생긴 것이 자기 남편인 줄만 알았는데 왕손을 대하고 보니 자기 남편 장자는 이류나 삼류에 속하는 인물로 밖에는 생각되지 않았다.

세상에 저렇게 잘 생긴 남자도 있는가?

천씨가 속 마음에 이렇게 찬탄을 하고 있을때 청년으로 부터 대면이 청해왔다. 전씨는 초면 남자에게 어떻게 대면을 하겠느냐고 사양했다.

청년은 다시 하인을 시켜 말하기를,

"통가하는 친구의 처첩도 내외가 없다했는데, 하물며 소생은 장선생과 사제의 의가 있으니 그렇게 허물하실 것 없다고 생각합니다."

천씨는 표면상으로는 마지 못한 상을 보이고 제청으로 나와 왕손과 대면을 했다.

왕손은 인사를 마치고 이렇게 말했다.

"선생께서 비록 세상을 떠나셨지만 소생으로는 생전에 사모하던 정을 잊을 수가 없으니 백일동안 선생을 위해서 복상을 하면서 그동안 선생께서 저술하신 책이나 읽어볼까 합니다. 미안하지만 소생에게 한칸 방을 빌려 주시겠습니까."

천씨는 왕손을 대할 때 웬일인지 자신도 모르게 사모하는 정이 간절했다. 그러던 차에 왕손의 말을 듣고 보니 가슴이 뛰놀았다.

"돌아가신 선생과 그러하신 처지시라면 무슨 허물이 있겠습니까 계셔주세요."

천씨는 쾌히 승락을 하고 안으로 들어가서 음식을 차려 가지고 나와서 권했다.

그리고 장자가 지은 남화경과 노자의 도덕경을 가져다가 밥상 머리에 놓으며 우선 이거나 읽어 보라고 권했다.

이리하여 왕손은 제청 곁의 방에 거처하게 되었다. 천씨는 이날 부터 왕손에게 마음이 끌려가지고 견딜 수가 없었다. 매일 같이 제청에 나오는체 하고 왕손과 만나니 잠깐 동안 허물은 차차 없어지고 간혹 추파도 오고갔다.

천씨는 늙은 하인을 시켜 백방으로 왕손을 유인해서 피차 결혼을 하기로 까지 되었다.

왕손은 결혼에 대해서 세가지 조건을 붙였다.

첫째 관을 그대로 두고 그 앞에서 결혼을 한다는 것은 양심상 안되었으니 관을 치울 것. 왕손의 학식이나 도덕이 장자만 못하니 장래 부처가 된 후에도 업수히 여기지 말고 장자에게 하듯이 존경 할 것.

세째 왕손이 객지에 와서 가진 것이 없으니 혼비 일체를 부인이 담당할 것.

천씨는 즉석에서 세가지 조건을 승낙하고 그날밤 안에 식을 거행키로 하고 우선 제청을 걷어 버린후 관을 헛간으로 옮기고 대청을 쓸고는 혼례식장을 꾸민 다음 잔치 음식을 장만하는 등 온집안이 야단 법석이었다.

밤되기를 기다려 천씨는 소복을 벗어버리고 화려한 비단옷을 입고 머리를 빗고 얼굴을 단장하고 대청에는 휘황한 등롱을 밝히고 비단장막에 병풍을 둘러 놓고 신랑 들어 오기를 재촉했다.

왕손도 역시 도포에 관대를 갖추고 하인을 앞세우고 안 대청으

로 올라와 등불 밑에 천씨와 마주서니 남녀가 다같이 아름다워
하늘서 내려온 선남선녀와도 같았다. 서로 절을 하고 합근주를
나누고 백년을 맹세한 후 손을 마주잡고 화촉이 밝혀진 동방으로
들어와 잔치상을 벌이고 피차에 술을 나누니 밤이 벌써 이경이
지났다.

　두 남녀는 술상을 물리치고 옷을 벗고 장차 이불 속으로 갈려고
할 때였다.

　왕손은 문득 이맛살을 찌프리고 고민을 하면서 촌보를 옮기지
못하고 그만 방바닥에 넘어지며 두 손으로 가슴을 우비고는 아파
죽는다고 자반뒤지기를 한다.

　천씨는 왕손을 사랑하는 마음에 첫날 밤의 체면도 돌아 볼 것
없이 달려 들어서 왕손을 품안에 안고 가슴을 문질러 주며 갑자기
웬일이냐고 물었다. 왕손은 입으로 거품만 토할 뿐 말도 못하고
금시 숨이 넘어갈 듯 했다.

　이때 늙은 하인이 달려 왔다.

　"이거 큰일났군. 이걸 어찌하나!"

　"아니 여보! 왕손님께서 갑자기 이게 웬일이오? 그전에도 이런
증세가 계셔요?"

　"네, 있습니다. 간혹 가다가 발작하는 수가 있습니다. 일, 이년만
에 대개 한번씩은 있습니다."

　"그러면 무슨 약을 썼는지 아시겠어요?"

　"약이 없습니다. 있기는 한가지 있지만 그것은 구할 수 없는
약입니다."

　"그건 무슨 약인데 구할 수가 없단 말입니까?"

"우리나라 태의에게 한 방문이 있는데 그것은 산 사람의 뇌수를 뽑아서 더운물에 타 먹으면 금시 씻은듯이 낫습니다. 그런데 여기서 어떻게 생 사람의 뇌수를 구할 수 있겠습니까? 왕손님은 구하지 못합니다."

"이말을 들은 천씨는 한참 생각 끝에 물었다."

"죽은 사람의 뇌수는 못쓰나요?"

"의원 말씀이 죽은 사람도 백날 안에는 그 뇌수가 마르지 않기 때문에 쓴다는 말을 들었습니다."

이말을 듣자 천씨는 귀가 번쩍 띄었다.

"그러면 우리집 먼저 주인이 죽은지 이십일 밖에 안되니 그것을 쓰면 안되겠어요?"

"그러나 부인께서 차마 그럴 수가 있을라구요."

"못할거 뭐 있어요? 내 일신을 왕손님께 맡긴 이상 내 몸이라도 바치고 싶은데 하물며 죽어서 썩을 것을 애낄리가 있어요. 염려 마세요. 내 지금가서 관을 깨뜯고 꺼내올테니 그동안 왕손님을 좀 간호해 주시오."

천씨는 늙은 하인에게 왕손을 맡기고 손수 도끼를 찾아들고 등불을 들고 헛간으로 들어가서 등불을 관곁에다 놓고 두 팔을 걷고 두 손으로 도끼를 높이 들어 관머리를 쾅——하고 찍었다. 한 번 찍고 두 번 찍고 세 번째 찍으니 관머리가 떡 벌어진다. 천씨는 숨이차서 도끼를 든채 숨을 돌리고 섰을때 별안간 관 속에서 기지개 켜는 소리가 나더니 큰 기침을 하며 죽은 사람이 관뚜껑을 떠들고 일어나 앉는다.

아무리 독한 맘을 먹은 천씨이지만 이것을 보고야 아니 놀랠

수 없었다.

천씨는 그만 혼비백산 하고 사지에 힘이 빠져 손에 들었던 도끼를 저절로 땅에 떨어뜨렸다.

이때 장자는 자기 손을 잡아 일으키라고 했다.

천씨는 하는 수 없이 장자의 손을 잡아 일으켜서 관 밖으로 끌어냈다.

관 속에서 나온 장자는 손수 등불을 들고 앞을 서서 걸어나오니 천씨는 그 뒤를 따라 나오지 않을 수 없었다. 그러나 방안에 왕손과 하인이 있을 것을 생각하니 도수장에 끌려가는 짐승과 같이 싫은 발길을 억지로 옮겨 방안에 다달으니 이것은 또 웬일일까? 등불도 그대로 있고 모든 것이 그대로 있는데 다만 왕손과 하인만이 어데로 숨었는지 간곳이 없었다. 이것을 본 천씨는 천만 다행한 일이라 생각하고 마음을 가라 앉히고 도사려 먹었다. 갑자기 얼굴빛을 고쳐 갖고 아양을 부렸다.

"선생님, 세상에는 이상한 일도 많은 것이에요. 선생님이 세상을 떠나신 후로 저는 어느날이고 하루도 선생님을 생각하고 울지 않은 날이 없었답니다. 그런데 웬일인지 관 속에서 무슨 소리가 나는 것만 같아서 옛 사람도 환혼하는 일이 있었다 하기에 혹시 선생님께서도 환혼이나 하시지 않을까 하고 도끼를 가지고 관을 깨뜨렸더니 과연 선생님께서 내가 생각한대로 환생을 하셔서 우리가 이렇게 다시 대면을 하게 되니 이런 기쁜 일이 어데 있겠습니까."

잠자코 천씨의 하는 말을 듣고 있던 장자는,

"고맙소이다. 이게 모두 부인의 정성에 이루어진 기쁨인가 보이다. 그러나 한가지 의심나는 것은 부인께서 아직 복을 입고 계셔야 할 처지인데 이렇게 화려한 비단옷을 입은 것은 무슨 까닭인가요?"

"그것은 관을 열면 선생께서 환생하실 줄을 번연히 알면서 좋지 못한 흉복을 입고 선생님 앞에 언짢은 꼴을 보여 드릴 수 있어 요? 그래서 일부러 새옷을 입고 선생님을 기쁘게 해드리자는 것입니다."

"그러시겠소! 그는 그렇다 하고 내 관이 당연히 성실에나 객정 에 있어야할 것인데 더러운 헛간에 있는 것은 무슨 까닭인가 요?"

이말에는 아무리 심장이 강한 천씨로서도 대답할 말이 없었 다.

장자는 웃목에 놓여 있는 술상을 가리키며, 술이나 한잔 더웁게 데어오라고 했다 천씨가 술을 데어오니 장자는 부인의 손을 빌것 도 없이 자수로 부어 양대로 마시고 도연히 취했다.

천씨는 행여나 장자가 아무것도 모르고 술이 취한 길에 옛날 정을 다시 찾아볼까. 하고 온갖 아양을 다 부리며 동침할 작정을 하고 있었다.

그런 장자는 술이 취한후 벼루에 먹을 갈더니 글을 써놓는다.

백날 부처가 되면 무엇하나. 새 사랑 맺으니 옛 사랑은 생각도 않더라. 관뚜껑 덮자마자 도끼를 맞다니 무덤에 흙은 더디나 마르 더라 일이 이렇게 되고보니 천씨는 남편 앞에 얼굴을 들 수가 없었다. 그는 이웃 방으로 가서 대들보에다 줄을 달고 목을 매어 죽었다.

장자는 천씨의 시체를 염해서 관에다 담은 후 동이를 두드리며
노래했다.

대괴가 무심해서 그대와 나를 이 세상에 나게 했도다. 내가
그대의 남편이 아니거든 그대 어찌 나의 아내되랴. 우연히 만나서
한집 안에 살았을뿐 대한이 끝났으니 합하고 가릴 것은 정한이
치, 믿을 수 없는 그 사람이 여생사로써 정이 바뀌도다. 진정이
이미 들어 났으니 죽지 않고 무엇하리, 그대 살아서 새 사람을
골라갔지만 죽고보니 허무한 것 밖에 또 있는가. 그대는 나에게
도끼 선물을 주었지만 나는 그대를 노래로서 위로하노라. 도끼소
리 나는 곳에 나는 다시 살았지만 노래 소리 나는 곳에 그대 어이
알을소냐. 슬프다, 동이를 깨뜨리고 다시는 두드리지 않으리라.
그대는 누구며 나는누구냐.

장자는 동이를 번쩍들어 땅에 던져 깨뜨리고 초당에 불을 놓아
관이며 가산도구며 일체를 불살라 버리고 산에서 내려와 생각나
는 대로 발길 가는대로 온 천하를 주유하며 다시는 장가들지 않았
다.
도덕경과 남화경이 불타지 않고 남아서 지금까지 전해져 온
다.

애달퍼라 영춘곡

필란의 비련

봄이라기 보다는 아직도 늦은 겨울이었다.

신라 서울의 서산인 선도산 동녁에 자리 잡은 필란과 시열의 집이 있는 동네에서, 멀리 남산을 바라보면 양지가 바르지 못한 골짜기에는 아직도 허옇게 눈이 쌓여 있었다.

"삼짓날이 인제 며칠 남았지?"

필란이가 가야금을 고르나가 손이 시려서 '호호'입김으로 녹히며 옆에서 노래를 부르던 시열에게 물었다.

"얼마 안남았어."

"며칠?"

"가만 있거라. 응, 열흘 밖엔 남지 않았구나."

"열흘! 그럼 다 됐네?"

"그래 얼마 남잖았으니까 조금만 더 고생하면 되겠다. 자 어서 타라."

필란은 시열의 말에 고개를 끄덕 끄덕 하면서도 가야금을 쉬 타려고는 하지 않았다.

"필란아! 너의 아버지가 오시면 또 야단 맞으려구…… 어서 타."

시열이 필란을 재촉했다.

"너는 그렇게 손을 바지춤에 넣고 노래하니까 손이 시리지 않겠지만 난 손이 시려 죽겠어! 조금만 더 녹히구 타자."

필란은 여전히 두 손을 움켜 잡고 입을 '호 호' 불고 있다.

삼월 삼짓날, 그 날은 진흥대왕이 부르셔서 대궐로 들어가는 날이다.

그 날은 우륵선생이며 그의 제자인 니문, 계고 선생들도 가야금을 탈 것이지마는 필란의 아버지 만덕도 춤을 추게 되었다.

아버지 뿐이 아니라 필란이도 아버지를 따라 가야금을 타도록 되었으며 필란의 정혼 지아비인 시열이도 저의 아버지 법지를 대신하여 대궐에서 노래를 부르게 되어 있다.

그러므로 그들은 눈이 펑펑 쏟아지며 고드름이 주렁주렁 달리는 한 겨울을 두고 노래와 춤과 가야금 연습에 열중해 왔다.

필란의 아버지 만덕은 가무악으로선 신라 제일인 이자 신선이며 성인으로 까지 불리우는 우륵선생의 가무 수제자로서 수제자가 된 명예를 손상시키지 않을 뿐 아니라 옛날마냥 다시 한번 실력을 뽐내 보려고 눈 위에서 밤새워 가며 연습을 해왔다.

이렇게 연습을 할 때에는 으례 딸과 시열이로 하여금 같이 실력을 쌓도록 하였다.

필란이 손이 시려서 잘 못타든가 시열이가 실수를 하면 만덕은 서슴찮고 회초리로 종아리를 후려치곤 했다.

참으로 고달픈 연습이었다.

고달프고 피나는 연습이기는 했지만 덕분에 필란의 가야금

타는 솜씨와 시열의 노래 부르는 솜씨는 매우 나아졌다.

이만하면 처음으로 대궐에 들어가는 그들로서 남부럽지 않게 그 날을 치룰 수가 있으리라 자신하였다.

그러나 그 자신은 필란과 시열이 두 사람의 자신일 뿐, 아버지 만덕은 결코 마음을 늦추지 않았다.

조금이라도 게으르든가 틀리는가 하면 이내 회초리를 들고는 종아리를 맞으라하였다.

그것이 무섭고 싫어서 시열이는 필란이더러 어서 또 계속하자 재촉하는 것이었다.

> 눈이런가 눈이런가
>
> 따슨 볕에 다 녹았네
>
> 동산에서 뻐꾸기 울고
>
> 남산에서 진달래 다네.
>
> 봄이런가 봄이런가
>
> 만산야에 잎이나네
>
> 앞내에서 물닭이 울고
>
> 뒷산에서 고사리 따네
>
> 어야 춘풍 어야 춘풍
>
> 나라 안이 춘풍일세
>
> 대궐 안에 꽃들이 피고
>
> 만백성이 태평가 읊네

필란이가 이 영춘곡을 십이현금인 가야금으로 '뚱땡 두둥둥' 타기 시작하면 시열이는 이에 맞추어 너울 너울 춤을 추며 노래를 읊었다.

이렇게 함께 노래와 가야금을 타고 있는데 필란의 아버지 만덕이 나갔다 들어오며 두사람의 연습하는 폼에 귀를 기울이더니 미소를 머금었다. 아마 마음에 든 모양이다.

"이젠 고만 쉬어라."

아버지의 말이 떨어지고야 두사람은 고된 수련에서 해방이 되었다.

"필란아, 너 손이 많이 시렸지? 손을 이리내라. 내 녹여줄게. 내 손은 따숩다."

"아이 괜찮아 넌 목이 아프지? 내 이따가 뜨거운 숭늉 가져다 줄께 응."

필란과 시열이는 쉬라는 아버지의 허락을 받고 마루에서 일어나 뜰아래 필란의 방으로 가면서 서로 이렇게 위로하는 것이었다.

언제 보아도 정다운 둘의 모습이다.

"원앙새 같은 것들."

만덕은 만족한듯 혼자 미소를 머금었다.

남매라면 더 의좋은 남매는 없을 것이로되 낳자부터 둘의 부모가 월하의 예혼을 정해준 정혼 지아비에 정혼 지어미이고 보면 다 같이 열입곱살 꽃다웁게 숙성한 두 남녀는 한쌍의 원앙새 그것이었기에 미소를 머금는 만덕이었다.

더욱이 벼르고 별렀던 삼짓날에 숱하게 많은 가인, 무인, 악인들 중에서도 필란은 가야금을 타고 시열이는 노래를 불렀다. 그리고 진흥왕께서는 유독하게 이 두 남녀를 어전으로 불러 칭찬하면서,

"너희들은 나비와 꽃같구나!"

하셨다.

설성 몇달을 쌓은 보람이 있었으며 만덕으로 서는 그처럼 나랏
님으로 부터 칭찬을 받은 딸과 사위감을 가진 어버이로서 큰 잔치
를 베풀고 우륵 선생을 비롯하여 여러 사람들을 청하기까지 하였
다.

이 좌석에서도 우륵선생은 상감께서 칭찬하심이 지당하시다고
두 남녀를 칭찬하였다.

"모두가 스승님의 은덕이 올시다."

만덕은 이 날 저녁 이렇게 우륵선생에게 치하하였지만 생각해
보면 오늘의 영광은 모두 우륵 선생으로 인해서 생긴 영광이 아닐
수 없었다.

그러니까 그게 벌써 이십 년이라는 세월이 흐른 셈인데, 그
때 만덕은 우륵 선생의 제자가 되었다.

우륵 선생은 본시 신라 사람이 아니다. 대가야국 (지금 고령읍
에 수도를 두었던) 노왕의 둘째 아들로서 어려서 부터 가무악에
신재를 가졌던 사람인데 후에 가야국 가실왕의 분부로 열두줄의
율려를 가지고 십이현금을 만들었다.

이와 동시에 열두곡조도 지었다. 이것이 곧 하가라도, 상가라
도, 보기, 달기, 사물, 물혜, 하기물, 사자기, 거열, 사팔혜, 이혁,
상기물이었다.

이렇듯 뛰어난 우륵 선생이었지만 후에 본국인 가야국이 점점
어지러워져 가자 자기가 만든 가야금을 가지고 신라로 건너가
낭성(지금의 청주)에 살게 되었는데 우륵의 소문은 곧 진흥왕에

게 까지 들어갔다.

원래 예술을 숭상하는 진흥왕은 이 소문을 듣자 즉시 낭성으로 내려가 우륵의 가야금을 듣게 되었다.

하늘에서 선녀가 하강하고 학이 춤추듯 하는 우륵의 솜씨는 진흥왕을 완전히 도취시키고 말았다.

이에 진흥왕은 키던 악기를 정식으로 '가야금'이라 이름짓고 우륵을 설득시켜 서울로 데리고 와선 항시 자기와 기거를 함께 하게 하였다.

당시 신라에는 법지와 만덕등 젊고 유능한 예인들이 있었지만 우륵의 경지에는 미치지 못하였다.

진흥왕은 법지와 만덕으로 하여금 우륵의 제자가 되게 하여 그에게서 배우게 하였다.

이렇게 하여 만덕과 법지는 동시에 우륵을 스승으로 모시게 되면서 가까운 친구가 되었다.

또 둘은 집도 나란히 서산 기슭에서 처마를 맞대고 살게 되었는데 거의 같은 날에 만덕은 딸 필란을, 법지는 아들 시열을 낳았다.

이들의 이름도 스승 우륵이 지어 주었다.

"여보게! 우리 그렇게 아니라 서로 정혼을 하세!"

누가 먼저 꺼냈던지 흐뭇한 마음으로 술을 마시던 두 사람은 술을 마시다 말고 어린 핏덩이들을 정혼시켰다.

그리고 십칠년.

따지고 보면 오늘의 영광은 그 모두가 우륵선생으로 부터 비롯한 것이려니 하고 만덕은 생각했다.

이처럼 만덕에게 기쁨과 영광을 느끼게 하는 딸과 사윗감은 나랏님과 우륵선생을 비롯한 여러 사람들로 부터 축복을 받는 장래가 촉망되는 젊은이었다. 그런데 어찌된 셈인지 시열의 태도는 눈에 띄이게 시들해져 갔다.

"너 어디 갔다 오니?"

그 날도 시열이가 아침 일찍 밖으로 나가더니 한나절이 지나서 돌아오자 필란이가 물었다.

"어디 갔다 와?"

"죽순 따러……."

"죽순? 따 온 죽순이 어디있니?"

"갖구 오다가 다 팽겨쳐 버렸어!"

"왜?"

"응? 그저……."

"거짓말 말어라. 네 눈이 퉁퉁 부어 있는데…… 너 또 남산 봉우리 위에 올라갔었지? 그렇지 응?"

"……."

"틀림없이 네가 또 남녁하늘을 바라보며 울고 온걸 내 다 안다. 그런데 왜 날 데리고 가지 않았니?"

"……."

대답을 못하는 시열은 자기 맘을 너무나 잘 알아 주는 필란의 말에 참았던 슬픔이 터져나오는지 두줄기 눈물이 주르르 흘러 내렸다.

"얘 시열아, 울지마. 너의 부모님 인제 쉬 돌아오실테니 울지마."

　다정하게 말하면서 필란이 시열의 눈물을 닦아주려 하자 시열
은 기어코 왁——하고 복받쳐 올라오는 울음을 터뜨렸고, 흐느껴
우는 시열의 어깨에 손을 얹고 있는 필란이도 소리없이 울었다.
　오년전, 섬나라 일본으로 건너간채 오래토록 소식이 없던 시열
의 아버지는 작년 봄에서야 무거운 병으로 자리에 누워 있다는
소식을 전해 왔다. 이 소식을 전해 들은 시열의 어머니는 시열이
를 만덕에게 맡겨두고 부랴부랴 배편을 얻어타고 일본으로 건너
갔다.
　어머니가 간지도 이럭저럭 벌써 일년이 다 된다.
　그런데도 시열의 아버지며 어머니는 돌아오지 않았다.
　그 때문에 늘 울고 살던 시열이지만 대궐에서 열리는 봄맞이
잔치에 들어가 노래할 연습을 하느라고 겨울 한철은 슬픔도 잊고
지냈지만 잔치도 끝나 한가해지자 시열의 슬픔은 되살아나 언제
나 남산인 금오산 봉우리 위에 올라가 먼 남쪽 하늘을 바라보며
울고 오는 것이 일과가 되었다.
　때로는 필란이도 함께 가서 둘이서 울었다.
　오늘도 그는 죽순을 따러 갔다온다 하였지만 울고 온 것이었
다.
　"……필란아!"
　필란의 가슴에 얼굴을 묻고 울던 시열이가 고개를 들었다.
　"응?"
　"나도 섬나라로 갈까보다."
　"……?"
　필란은 갑자기 무슨 말을 해야 할지 몰랐다.

시열의 물음과 눈은

'필란아 너도 같이 가자.'

하였기 때문이다.

"응? 가서 내가 아버지 어머니를 데려오던가 못하면 보고라도 오던가 해야할까봐. 이대론 정말 참고 있을 수 없다."

"글쎄 우리 아버지가 가라고 하시겠니? 넌 못간다. 거친 파도를 헤치고 가야 한다는데 우리 아버지가 가라 하시지 않을 거다."

"그럼 어떻하니?"

시열이는 다시 또 주루루 눈물을 흘렸다.

섬나라 일본.

그 섬나라에 신라 사람들이 많이 건너 갔었다.

백제에서도 석공이며 와공, 목공, 적공들이 많이 건너가서 거기 사는 몽매한 야만인들에게 돌 다루기, 기와 굽기, 집짓기, 김삼짜기 법들을 가르쳐 주고 있지만 신라에서는 일본의 왕이 되는 사람들도 있었으며 추장이 되는 사람들도 많았다.

신라 본국에서는 하잘것 없는 사람이라도 그 섬나라 일본으로 건너가기만 하면 야만인들의 어른이 되어 돈도 벌었고 잘 살 수 있었다.

그렇게 해서 건너간 많은 신라사람들이 왕께 노래 잘하고 춤 잘추고 가야금 잘 뜯는 악공을 보내달라-고 재삼 요청해 오자 진흥왕께서는 우륵선생과 의논한 끝에 법지를 뽑아 섬나라로 건너가 야만인들에게 가무악을 가르쳐 주라고 분부하시었던 것이다.

가무악으로선 우륵선생에 버금갈 만한 사람이 법지였기 때문이다.

이렇게 되어 섬나라로 건너간 법지는 오년이 다 되도록 돌아오지 않았고 남편의 병 간호를 하러 간 시열의 어머니 조차 건너간지 일년이 넘도록 돌아오지 않았다.

"시열아! 울지마. 쉬 돌아올거다. 네 옆에는 언제나 내가 있지 않니?"

흐느껴 울며 흘리는 시열의 눈물을 소매자락으로 필란이가 닦아 주었다. 핏덩어리때 이미 지아비 지어미가 된 그들이지만, 어려서부터 네집 내집 가리지 않고 함께 자라난 시열이와 필란이는 쌍둥이 남매처럼 서로 떨어지지 않고 자라났다.

그러기에 시열이의 슬픔은 필란의 슬픔이었고 필란의 꿈과 기쁨은 시열의 꿈과 기쁨이었다.

봄도 가고 여름도 가서 서산의 깊숙한 숲 속에서는 밤만 되면 접동새가 밤을 새워가며 슬피 울었다.

시열이도 돌아오지 않는 부모가 그리워서 울며 드새는 밤이 많게 되었다.

시열이는 날마다 서산이 아니면 남산 봉우리 위로 올가서는 진종일을 남녘 하늘을 보며 울다가 날이 저물어서야 돌아왔다. 그러던 중 아버지와 어머니가 다 이름모를 열병으로 돌아가셨다는 비통한 소식이 왔다.

이렇듯 안타까운 소식에 울다지친 탓인지 크도록 마마를 치루지 못한 시열이가 하루는 불이 일도록 신열이 나더니 며칠 안가서 자리에 눕게 되었다.

그리고부터 시열이는 전신에 고름 꽃으로 콩무집이 되서 눈을 뜨지 못한채 끙끙 앓았다.

옆에서는 필란이 밤잠을 안자고 간호를 해주었고 필란의 부모는 무당까지 데려다 배승굿을 해주고 오쟁이를 내 주었다.

그런 탓인지 달포 후, 다행히도 시열이는 자리에서 일어나긴 하였다.

그런데,

"필란아! 내 눈이 보이지 않는구나. 세상이 왜 이렇게 깜깜하니?"

하며 소생한 시열은 필란의 손을 잡으려고 손을 허우적 거렸다. 순간 필란은 깜짝 놀라며,

"시열아 나 여기 있어! 눈을 좀 크게 떠보려무나."

하고 손을 내 맡기며 말했지만 시열이는 듣지도 못하는지

"필란아 나 좀 봐! 내 귀가 왜 이러니? 가야금을 한번 뜯어 봐다오."

했다. 이에 놀란 필란이가 급히 가야금을 내려 곡을 탔다.

그러나,

"필란아 너 어디있니? 가야금을 한 번 타 달라는데!"

하고 딴청을 부린다.

시열은 귀마저 멀은 것이다.

이 정경을 바라보는 필란의 가슴은 천갈래 만갈래 찢어지는 듯했다.

"시열아!"

필란은 크게 울부짖으면서 시열의 얼굴을 가슴에 안고는 한동안 터져나오는 오열을 참지 못했다.

"시열아 염려말아라. 네가 된병을 치뤄서 그렇다. 이제 조금
더 날이 지나면 눈도 보이고 귀도 들릴거다."

필란이는 그 후에도 시열의 옆을 떠나지 않고 눈물겹도록 간호
를 했다.

그러나 어이하랴.

이듬해 봄이 되어서도 시열의 눈은 보이지가 않았고 귀도 들리
지 않았다.

다시 일년이 지나 가을이 되었다.

필란은 자지 않고 꼬박이 한밤을 울며 지새곤 하는 날이 많게
되었다.

필란의 부모도 한숨을 푹푹 내쉬며 접동새 울음에 귀를 기울인
채 훤하게 밝아오는 새벽을 맞곤 하였다.

"이 일을 어떻게 하면 좋담?"

이 말을 거듭할 뿐 필란의 부모로도 별 뾰죽한 수가 있을 리
없다.

그러다가 가을도 다가고 서산과 남산에 피었던 단풍잎들이
우수수 떨어지기 시작하는 초 겨울이었다.

하루는 가야금을 뜯던 아버지가 필란을 불렀다.

필란은 무릎 위에 올려놓았던 시열의 머리를 내려 베개를 고여
주고 아버지에게로 갔다.

"네 거기 앉거라."

딸을 불러 놓고도 아버지는 한동안 말이 없었다.

필란은 왜 그런지 가슴이 섬짓했다.

말 없이 앉았던 아버지는 이윽고 가야금을 한곡조 탔다.

필란으로선 길고 긴 시간이었다.

곡이 끝나자 아버지는 입을 열었다.

"내 네 마음을 모르는 바 아니지만 시열이를 잊어야겠다."

아버지는 너무도 뜻밖의 말을 했다.

"?"

깜짝 놀라 자기 귀를 의심하는 필란을 보며 아버지는 다시 한번 시열이와 헤어져야 한다고 했다.

청천벽력같은 말에 정신이 멍해진 필란은 한참만에야 정신을 수습하고 그 길로 제방에 돌아와 시열일 붙잡고 통곡하고 말았다.

"너무 하셔요! 너무 하셔요!"

시열은 왜 필란이가 우는지 한동안 멍하니 있더니 병신이된 자신의 꼴을 돌이켜보며 덩달아 울음을 터뜨렸다.

그리고 며칠 후, 아버지는 다시 딸을 불렀다.

아버지는 시열과는 헤어져야 한나고 조용히 밀했다.

시열의 정상은 가긍하지만 악과 무로 세상을 살아야할 예인으로서 어찌 앞 못보고 귀가 먹은 시열과 결혼하겠느냐고 했다.

아버지의 말은 옳은 일이었다.

그러나 필란으로선 도저히 그럴 수만은 없었다. 예인이기 이전에 한 지아비로서 점지하신 분이 아니였나 말이다.

그러나 아버지의 말씀은 갈 수록 태산이었다.

"다행이 우륵선생의 아드님 인래가 너를 지어미로 삼고자 하고 있다. 내가 그 말씀을 우륵 선생님께 드렸더니 선생도 좋다 하셨다. 그러니 시열을 잊고 인래에게 시집가거라! 가무악의

성인이신 우륵 선생댁과 네가 혼인을 한다면 어찌 영광이 아닐
수 있느냐? 그리 알고 시열은 단념하거라!"
하는 것이었다.

그러나 그럴 수가 있을까——.

필란이로서는 도무지 아버지의 마음을 알 수 없었다.

"가무악이 제아무리 중하기로서니……."

필란은 눈물로 세월을 보내게 되었다.

어머니가 조르고 아버지가 거듭 타일렀건만 한 지아비를 섬기
려는 필란의 마음은 돌이킬 수 없었다.

일이 여기에 이르자 필란의 부모는 하는 수 없다고 생각했는지
우륵 선생에게 거짓으로 자기 딸이 승락하더라고 하여 드디어
혼인날을 택하고 말았다.

필란은 혼자 몸부림을 쳤지만 돌이킬 수 있는 일이 아니었다.

혼인날이라는 그날 아침.

필란은 무엇을 생각하였는지 시열의 머리를 빗겨주고 세수를
말끔히 시켰다.

그리고 옷도 새옷으로 갈아 입혔다.

시열이로선 도무지 알 수 없는 일이었지만 무슨 영문인줄도
모르고 시키는데로 했다.

그러자 필란은 가야금을 시열의 손에 안겨 주면서,

"자——우리가 즐겨 타던 그 곡 한곡 타봐!"
했다.

필란의 손이 이끌어 주는대로 손을 옮기던 시열은 그제서야
필란의 뜻을 알아차리고 조용히 가야금을 타기 시작했다.

높고 낮게 뚱땅 거리던 음율은 이윽고 결혼 준비에 법썩이는 집안에 아름답게 퍼져갔다.

음식을 빚던 아낙네와 많은 사람들은 신선이 노니는 듯 한 음율에 그저 넋을 잃고 있었다.

얼마나 시간이 흘렀을까.

곡이 끝나자 필란은 가야금을 시열에게서 받아 제자리에 세워 놓았다.

그리고는 시열을 자리에 곱게 눕힌 후 거울을 내려 놓았다.

이윽고 얼마만큼의 시간이 지나자 필란은 비칠거리는 걸음으로 방문을 열고 식장으로 걸음을 옮겼다.

달덩이 같던 그녀의 얼굴은 온통 피로 범벅이 돼 있었다.

"으악!"

"왜 그래?"

뛰어나왔던 사람들은 저마다 소릴 지르며 어찌할 바를 몰랐다.

이 소식을 듣고 그녀의 부모가 뛰어 왔을 때는 필란은 이미 기운이 다해 쓰러져 갈 때였다.

"아바! 어마……."

필란의 입에서는 겨우 그 소리만 나왔을 뿐 드디어 땅에 쓰러지고 말았다.

피투성이가 된 필란은 시열이와의 사랑을 지키고 맹세를 저바리지 않기 위해서 마지막 수단으로 제 얼굴을 바늘로 무수하게 찌른 뒤, 귀를 짜르고 코를 베었던 것이다.

"음! 장한지고——필란은 만고의 열녀로다!"

현장에 달려 온 우륵 선생도 필란의 참상에 자못 감개로워 하며 말했다.

그로부터 얼마 후,

만덕은 할 수 없이 병신 시열과 딸 필란을 혼례시켜 주었다.

필란은 그날 부터 칠성당을 쌓아 놓고 남편을 위해 기도드리기 시작했다.

하루도 걸르는 날이 없었다.

필란의 이런 정성은 드디어 하늘을 감동시킨 바 있어 7년이 되던 날 하늘에서 약 합첩이 꽃에 쌓여 칠성당으로 내려 왔다.

한국인의 風流

한국인의 風流

2001년 10월 25일 인쇄
2001년 10월 30일 발행

엮은이/ 편 집 부
펴낸이/ 최 상 일

펴낸곳/ 태을출판사
서울특별시 강남구 도곡동 959-19
등록/ 1973년 1월 10일(제4-10호)

©2001, TAE-EUL publishing Co., printed in Korea
잘못된 책은 구입하신 곳에서 교환해 드립니다.

■ **주문 및 연락처**

우편번호 100-456
서울특별시 중구 신당6동 52-107(동아빌딩 내)
전화 : 2237-5577 팩스 : 2233-6166

ISBN 89-493-0176-8   03810